午夜琴房的魅影

燈貓——著
唯莎——繪

目次

序幕

秋風瑟瑟，落葉蕭索，靜寂的校園彷彿一隻陷入沉睡的獸，闔上的雙目早已布滿難以忽視的風霜，像是進入一個很久很久不曾醒來的夢，在漫長的時光中，等待被喚醒的那一日到來。

「梅花梅花幾月開——」

稚嫩的童音宛如從遙遠彼岸傳來的呼喚，忽遠忽近，虛無縹緲的不真實感掩蓋了從底部蔓生的不安，那陣響亮的嬉鬧聲像是一則古老的童話，模糊的輪廓隨著時間推演，一點一滴悄悄浮現。

童年的遊戲，琅琅上口的遊戲規則，化成兒歌在校園內迴盪，好比死神的輪迴舞，不斷旋轉的圓圈轉出了一股難以言喻的魔力，嘻嘻哈哈的笑鬧眩惑了來者的雙眼。

「妳們兩個要一起玩嗎？」

像是察覺到對方羞怯的目光，孩童們鬆開彼此緊握的小手，如機械般停下的腳步踩住了時間的空隙，一同望向躲在角落偷看的小小身影。

兩名手牽手的小女孩有著一模一樣的面容，如黑曜石般的雙眸潛藏著少許好奇，她們從草叢中走出，從衣著可以看出是對學齡前的雙胞胎，或許是因為怕生，在面對年紀相仿的同伴的邀請時，多少仍存有遲疑。

「要一起玩嗎？」

孩童們的邀請猶如裹著蜜糖的毒藥，充滿誘惑的嗓音不停撓動著雀躍的心，像是羽毛般的搔癢感輕輕觸著敏感又纖細的神經，一如腳邊隨風顫動的花兒，渴望著起舞的輕盈。

「我們一起玩嘛。」孩童們嘻嘻哈哈的笑聲再度響起，為這場遊戲奏下最後的樂音。

兩名小女孩相互對望了一眼，黑溜溜的眼睛閃爍著美麗的星光，在內心經過幾番猶疑與拉扯後，她們緩緩伸出自己小小的手，正式接受了對方的邀約。

「梅花梅花幾月開——」

像是一場精心設計的遊戲，一雙雙緊握的小手再度開啟神祕的儀式，伴隨充滿魔幻的童音，一步一步邁向終局。

「一月開不開？」

「不開。」

「二月開不開？」

「不開。」

只見蹲在正中央的孩童用雙手蒙住自己的眼，任憑牽起手的同伴們如圓環般將他團團圍住，逐漸加速的步伐，一句又一句的童謠，如咒語般喚醒了沉睡已久的祕密。

「梅花梅花幾月開——」

——好多雙眼睛正注視著，渴望著被渴望的人事物，嘶嘶嘶地吐出蛇信。

「九月開不開？」

——殘缺的葉，掠過耳際的話語，從影子攀升而起的嘻嘻竊笑縈繞四方。

「不開。」

——不要走！拜託你千萬不要往前走！你冷靜一點啊！

「十月開不開？」

——我的時間已經到了，該結束一切了，就如同你所做出的決定。

「不開。」

——我的選擇並不代表我的想法，凡事都得考量，一切都是為了大家的最大利益著想啊。

「十一月開不開？」

——但是，你從來沒問過我的想法啊。

「開！」

蹲在正中央的小孩忽然跳了起來，原本用來蒙眼的雙手快速撲向距離得最近的同伴，如老鷹捉小雞般準備開始抓人，而眾人也很有默契地自動散開，在一片吱吱咯咯的笑聲中開啟了這場追逐之戰。

然而，這般看似再正常不過的景象卻在眨眼間頓時消逝，當校園的鐘聲驟然響起時，一陣狂風猛烈颳來，被捲起的滿地枯葉在空中凌亂飛舞、紊亂了雙眸，待大風終於止息，所有的孩童及嬉笑聲宛如風一般消失。

彷彿不曾存在過，所有的時間再度凝滯，而那些在一旁的竊竊私語，也如逐漸遠去的風聲，回復原本的寧靜。

夕陽斜照，學校的女兒牆上，兩名小小的身影並肩齊坐，看起來既孤獨又落寞，只見她們雙眼凝睇遠方，目光坐落之處竟是同一個方向。

整座校園選擇陷入沉睡，在一片均勻的吐息中依舊保持沉默不語，然而，從這一刻起，好像有什麼不知名的東西悄悄甦醒過來，隱隱約約似乎還能聽見風中的嚶嚶啜泣。

楔子

燈火通明的房間內，兩支老舊電風扇在天花板上嗡嗡嗡的運轉著，即便已經將風速開到最大，那股燠熱的暑氣依然無法順利消除，這讓坐在椅子上滑手機的謝易庭只能一邊盯著手機螢幕上的訊息、一邊掀起衣服搧風，偶爾拉起領口抹去沿著雙頰滑落的汗珠。

雖然房內有裝設冷氣，但謝易庭還是沒有要開的打算，畢竟冷氣費是由六人分攤，即便學校事後會根據餘額平均退費，但她實在不好意思一人獨自開冷氣，再加上這次申請暑期住宿被分配到的宿舍是鳴鳳樓，設備什麼的都比崇善樓、迎曦軒、樹德女宿等其餘的女生宿舍老舊，想當然耳，冷氣自然是最耗電的機型，因此現階段她只能祈禱室友趕快回來，這樣她才不會中暑死掉呀。

「嘖，這麼熱的天氣還要集訓，真不知道未來那群小大一熬不熬得下去呀。」

謝易庭胡亂抽了幾把衛生紙將額頭上的汗擦乾，即便隊服的排汗設計確實還不錯，但在這樣的大熱天裡練球，連向來最會咬緊牙根撐過去的她都快受不了了，不知道開學後那些即將被騙進來的新生，究竟挺不挺得過學長姊訂下的魔鬼訓練？

『謝大，球練完啦？』

「叮咚」一聲，只見麻糬的訊息跳了出來，點開後還能看見後面附上一個微笑貼圖，心情似乎挺不賴的，結果不看還好，一看就讓謝易庭想當場打爆對方。

「今天某人蹺掉一整天的練習，想必那段時間一定舒舒服服的躺在床上吹著冷氣悠哉翻漫畫是吧，曹、娟、娟！」

謝易庭按下通話鍵，另一頭果不其然馬上接通，她想都沒想就直接抓著手機大吼，還不忘咬牙切齒地喊出對方的本名，彷彿當事人要是在現場，那她鐵定恨不得把對方碎屍萬段。

曹娟娟外號「麻糬」，人如其名，身材嬌小的她皮膚看起來白皙又光滑，雖然不能說是有點肉的類型，但臉頰帶點嬰兒肥的曹娟娟乍看之下就像一顆軟綿綿、很好吃的麻糬，讓人忍不住想狠狠捏一把。

不過麻糬就是麻糬，加入系上的女排後並不會因此變得更Q彈有致，因為她討厭曬太陽，所以只有在場地抽到體育館時才會現身，就連系隊暑訓也只能在太陽下山後才有機會見到她的蹤影，這點讓同樣身為大學三年級的謝易庭恨不得掐死對方。

因為，系上學姊點名是採連坐罰，只要當天有幾個人無故未到場，那麼當天的訓練就必須再加上幾個環節，像今天天氣熱到連水泥地都感覺快融化了，她就為了曹娟娟那老是不請假的混蛋多跑了兩圈操場，差點折騰死她了！

『唉呦謝大妳火氣別這麼大嘛，人家也是有千百萬個不願意才偷偷蹺掉的，好啦我保證下次不敢了啦，妳就大人有大量，看在之前上課偶爾會帶食物給妳的份上，原諒我這次吧。』

「妳還敢有下次？下次妳要是再無故未到，妳就保佑自己運氣好走在路上不要被我堵到，否則我多做了多少體能訓練我就要妳加倍奉還！聽到沒！」
儘管手機另一頭傳來的聲音聽起來相當無辜，但向來視軍令如鐵紀的謝易庭絲毫不領情，直接向對方來個下馬威，以確保未來不會再有相同的事發生。
就算其他人能被曹娟娟裝可憐的模樣輕易呼攏過去，但想呼攏賞罰分明到簡直跟閻羅王沒兩樣的謝易庭？
嗯，老話一句，你直接洗洗睡吧。
『知道了啦。』
曹娟娟悶哼一聲，聽起來總算是了解自己對他人造成了不少困擾，然而，她突然話鋒一轉，一開口就讓謝易庭深刻體悟到原來白目這件事不是一天兩天造就出來的。
『謝大，練完球很熱對吧，我幫妳想到一個消暑的好方法哦。』
曹娟娟咯咯地笑了起來，那聲音聽起來似乎有些遠，又有點像是在空曠處所產生的回聲，給人一種很不真實的感受。
『我們在音樂系館探險，妳要不要一起來？』
一聽到「音樂系館」這四個大字，謝易庭當場差點把手機捏碎，她努力沉住氣、低聲暗道：「曹娟娟，妳又不是音樂系的跑去人家系館幹嘛，要是被人發現妳是外系的還不把妳轟出來？別鬧了快回來！」
『妳放心，我們學校音樂系的學生這時間才不會在琴房練習呢，整棟系館空得跟蚊子館一樣，除了我們根本不會有其他人出現。』

曹娟娟的聲音聽起來有些飄渺，再加上手機訊號似乎受到干擾、一直傳來沙沙的聲響，有一瞬間，謝易庭真的感覺到一股莫名的不安悄悄盤據心頭，讓她很想將對方吊起來打一頓。

只不過，她還沒來得及開口對方就先說話了。

『我們在五樓琴房外等妳，就這樣，掰。』

「嗶」的一聲，通話結束的聲響讓謝易庭一時之間反應不過來，她愣愣地望著主畫面跳回原廠預設的桌布，下一秒直接以仰頭長嘯結束這回合。

靠，竟敢掛老娘電話！妳不想活了嗎！謝易庭的憤怒指數再度飆到最高點，即便如此，她還是沒有漏聽曹娟娟所說的那句話——

「我們」在五樓琴房外等妳。

會和曹娟娟一起胡搞瞎搞的，只有紅豆、抹茶和芝麻那幾個傢伙了。快速點開通訊錄，一路滑下來終於找到一同起鬨的名單，果不其然，撥電話過去每個都不約而同轉接語音信箱，這讓謝易庭感到更加心浮氣躁了。

曹娟娟在系上向來以膽大出名，一反看似柔弱需要他人保護的第一印象，任何只要和靈異扯上邊的事情都能引起曹娟娟的注意，假如只是對軼聞傳說感到好奇那就算了，偏偏曹娟娟又是個無神論者，雙重矛盾的思維迫使她凡事都必須親眼驗證才能算數，因此謝易庭才會在聽見「音樂系館」四個大字後驚覺大事不妙。

在謝易庭的認知裡，所有傳說的出現並非空穴來風、一定其來有自，縱使校園內流傳的靈異故事多半經由後人加油添醋過一番了，她多多少少還是秉持著寧可信其有的想法不去接觸，尤其是那棟離樹德女宿十分接近的音樂系館——

因為，那裡是真的有「東西」存在。

「該死，我上輩子一定是挖妳家祖墳今世才會被妳這要命鬼討債！」

謝易庭咒罵一聲後，二話不說連忙抓了件薄外套直往一樓交誼廳奔去，她拿出手機對了一下牆上時鐘的時間，臨行前還不忘再三確認螢幕上的數字是否正確，最後她像是做好萬全的準備、一鼓作氣直接跨出宿舍大門。

啪茲、啪茲。

啪茲、啪茲。

晚風漸起，拂過枝枒的風難得在夏日捎來一絲寒意，原本應該出現於籃球場上的隊訓喧囂此時彷彿幻影般被風吹散，留下一地清冷的寂寥在黑暗中悄悄打起哆嗦。遠遠望去，只見龐大的音樂系館猶如一隻陷入沉睡的獸靜靜臥於盡頭，只有一盞熒黃的燈悄悄溢出微弱的光線，在一旁平靜的水面上映出若隱若現的波光。

啪茲、啪茲。

啪茲、啪茲。

幾隻飛蛾搧動著灰色翅膀在燈光四周飛舞，儘管眼前景象一切如昔，那昏黃的光卻如火星般隱隱出現不規律跳動，一明一滅的節奏似乎透出一絲不尋常。

煩死了，學校還真為了省錢把所有的燈都關了。謝易庭下意識拉緊了穿在身上的薄外套，低聲咒罵校長為了省電費乾脆連晚上的校園都不開燈了的誇張行徑，要不是因為樹德女宿位處偏僻、唯恐發生憾事，那盞微弱的路燈恐怕也將進入休眠狀態。

僅憑著那薄弱的光亮，謝易庭快步經過體育館及空曠得讓人發毛的籃球場，然而，當她好不容易佇足在音樂系館大門前時，身後突然傳來「啪茲」一聲，此時此刻唯一的光源竟然就這樣驟然黯下，在熄滅的那一瞬間還能嗅到空氣中那股難以忽視的燒焦味。

面對這突如其來的狀況，謝易庭當場先是罵了聲三字經，隨即從口袋摸出手機充當照明設備，這太過剛好的時機點讓她隱約感覺到這一次尋人恐怕沒有想像中順利，望著眼前那看似緊閉的門扉，僅是伸手輕輕一推，大門竟然就這樣被打開了，這不禁讓謝易庭產生請君入甕的錯覺。

伸手不見五指的漆黑長廊此刻看來多了幾分窒息感，即便手邊的光源勉強能照亮周遭的景物，但礙於照射範圍根本看不清楚盡頭究竟有什麼。平日都在教室開頭編號為「9」而被戲稱為「九大」的推廣教育大樓和自家系館上課慣了，向來和音樂系八竿子打不著的謝易庭自然沒有去過音樂系館，更別說是裡頭教室的位置了，就連樓梯在哪恐怕還得摸索一番。

她曾經有一次到樹德女宿找朋友，只記得那天天氣很好，天空藍得彷彿遼闊的大海那般美麗，然而經過音樂系館時，她不知道為什麼突然往那個方向瞥了一眼，僅僅只是遠遠望過去而已，那股截然不同的抑鬱與陰暗就這麼盡收眼底，像是不屬於這個時空的存在般被杜絕於現世之外，給人一種不寒而慄的抗拒感。

在那之後，她就盡可能地遠離那座音樂系館，殊不知該死的曹娟娟竟然給她捅出這種婁子！謝易庭恨恨地按下通話鍵，等著電話另一頭的傢伙給自己一個合理的解釋，偏偏等了老半天罪魁禍首始終不肯接聽，隨著等待時間逐漸拉長，原本進入暴躁狀態的她反倒開始困惑了起來。

握著手機的手不自覺垂下，她靜下心來仔細聆聽，似乎隱約聽見曹娟娟的手機鈴聲在偌大的空間迴盪著，站在黑暗中的她豎起耳朵試圖辨別聲音的方向，不曾間斷的旋律讓謝易庭感覺到每一個節拍都如實敲在自己的心頭上，當她下意識用大拇指按下停止通話的同時，那道熟悉的音樂聲也在瞬間戛然而止。

同一時間，謝易庭馬上往盡頭的方向奔去！

假如不接電話是因為開震動所以沒注意到那就算了，偏偏曹娟娟的手機鈴聲響了，而且那鈴響的聲音連她都聽得見了，沒道理當事人一直裝傻不把鈴聲切掉吧，既然如此，對方為何遲遲不接電話呢？如此看來，只有一種可能性——

曹娟娟那傢伙，鐵定出事了。

晃動的光源將視線分割成無數看不清的細小碎片，急躁的步伐與紊亂的呼吸充斥著整棟系館，很快地走廊盡頭的轉角處果不其然出現一座樓梯，沿著階梯迴旋而上的謝易庭只能像現在這樣不斷往前衝，幾乎已經無法分辨自己究竟身處哪一層樓。

她把手機的光照向牆壁，依稀記得曹娟娟說會在五樓琴房外等她，可惜的是，牆面並沒有如她所預期的標示出樓層，這讓謝易庭猛然想起學校的建築物大多歷史悠久，只有少數幾棟系館因被視為危樓而重新整修過、為了美觀而刷掉了用來標示樓層的紅色油漆——除了新蓋的N大之外，音樂系館可說是校園裡最新的建築物。

一想到這點，她馬上繞到走廊查看教室編號，只見門牌上開頭的「4」說明了這裡是四樓。只要再往上一層樓就到了吧。謝易庭如是想著，正打算依照計畫折返回原處時，原本作為照明設備的手機光源突然閃爍了幾下，下一秒，燈光當場熄滅。

從沒遇過如此戲劇化發展的謝易庭當下完全反應不過來，只能愣愣地望著電量還算充足、手電筒功能卻顯示異常的手機螢幕，她不死心地重試了幾下，當她發現該死的莫非定律真的發生在這關鍵時刻後，謝易庭真心覺得自己今年鐵定犯太歲，否則怎麼連這種倒楣事都讓她遇上了。

既來之，則安之，既然都來了，那就得把曹娟娟等人帶回去才行！謝易庭深深吸了一口氣，待眼睛逐漸適應黑暗後，馬上按照原定計畫進行，然而，當她踩上階梯沒多久，她似乎聽見樓梯間傳來細碎的窸窣聲。

外頭稀薄的月光越過窗子悄悄照射進來，靜寂的夜色將這時節本該出現的蟲鳴揉雜成一片死寂，清冷的光暈如翻倒的涼水漫灑出來，從指尖末梢接觸到的涼意開始嚙咬著每一處張開的毛細孔，在屏住鼻息的同時，她隱約看見有兩道模糊的身影在黑暗中潛伏。

「出來！是誰躲在那裡？」

謝易庭微弓起身子、朝樓梯間的方向大聲吆喝，其實她的膽子並不比一般人大，在這敏感時刻，任何一點風吹草動都足以令人膽顫心驚，尤其是這個時間點身處於散發危險氣息的音樂系館，不管對方意圖為何，率先暴露自己的行蹤無疑是不智之舉，然而，謝易庭之所以敢出聲，主要是因為她看見了對方的影子。

「要是再不出聲，就別怪我不客氣了。」

謝易庭維持著先前的備戰姿勢，彷彿再過幾秒鐘就會衝出去，就在她眼神一沉、弓起身子準備採取行動時，神祕的黑影終於開口打破沉默。

「謝大……是、是我們啦……」黑暗中，兩個蜷縮在一起的身影努力攙扶彼此從地上站起，顫抖的語音中似乎多了幾分驚駭。

「紅豆？抹茶？怎麼只有你們兩個？曹娟娟和芝麻人呢？」見現場只有兩人在，謝易庭直覺這場探險一定出了什麼事，否則正常人絕對不會無緣無故獨自躲在黑暗的樓梯間，她掃了一眼驚魂未定的紅豆與抹茶，緊接著把目光放在五樓：「你們什麼時候分開的？」

「不知道……我們真的不知道，只記得在走廊上跑了好久好久，好不容易跑到這裡對方才沒追過來，而且奇怪的是手機完全不能用了，謝大妳看，它一直顯示同一個時間，我們想打電話求救但畫面一直跳不出來……」

紅豆訕訕地遞出自己的手機，只見手機螢幕始終顯示同一個時間，彷彿受到詛咒般完全無法輸入密碼鎖，被定格的畫面毋庸置疑正向眾人揭示一個異常沉重的事實——

11：01

這時間是音樂系館的禁忌，也是傳聞中進入「那個」空間的判斷依據。

「我的也是。」像是怕對方認為這只是場惡作劇，抹茶也拿出自己的手機證明確有此事，儘管這件事巧合到令人毛骨悚然的地步，但謝易庭見狀後臉上並沒有出現絲毫驚駭，反倒平靜得猶如一池不曾掀起任何波瀾的靜水，在冷靜沉著中多了一份難以察覺的鎮定。

「說真的，雖然我很想把你們痛罵一頓，但現在還是先找到曹娟娟她們比較重要。」謝易庭深深吐了一口氣，緊接著向兩人秀出自己的手機螢幕，讓兩人震驚的是謝易庭手機上的時間彷彿不受磁場干擾竟然正常運作，持續運轉的時光齒輪在這空間訴說了另一種可能性。

「如果傳說是真的，那麼曹娟娟本身的存在就符合傳說啟動的條件，這對我們相當不利，你們最後聚在一起的地點是哪裡？說不定曹娟娟和芝麻還在那裡等著，我去找他們。」

「謝大拜託妳別過去！既然妳的手機是正常的，那我們還是先打電話搬救兵吧，多些人手要找人也比較方便，相信我那邊現在很危險，我們剛剛就是被『她』追趕到這裡的！」

連「她」都出現了嗎……一聽到關鍵字，謝易庭不禁喃喃自語了起來，眼神中亦多了幾分深沉。雖然她明白對方口中的「她」指的是什麼，也知道以往到音樂系館探險的人之所以能全身而退的關鍵點在哪，但此時此刻要她打退堂鼓實在不是她的作風，更何況——

藉由犧牲曹娟娟的命來換取大家平安，這種事情她絕對做不到！

「抹茶，打電話給鄭教，他一定知道該怎麼做。」

謝易庭把手機遞給對方，隨後越過兩人慢慢步上階梯。「然後，把紅豆那傢伙給我看緊點，別讓他衝上來了。就算你們不說，我大概也能猜到你們分開的地點在哪，只要繼續待在這個樓梯間，那麼『她』就永遠無法傷害你們——」

她最後深吸了一口氣，離去的同時緩緩道出一句話：

「在鄭教來之前，我不准任何人先喪命。」

滴答滴答的聲響在密閉空間悄悄迴盪，佇足的時間以不可能的姿態緩緩流動，顫動的秒針一步又一步向前推進，循環往復的動作不曾止息，卻也咬碎了所有秩序。

踩著穩重的步伐，來者的呼吸難得沉穩且平靜，陌生的格局雖容易使擅闖的學生感到猶豫與不安，但對某些人來說，正因為如此才更顯現出此刻沉著的重要性，只因凌駕於恐懼之上的往往源自於自身對未知的想像。謝易庭明白那突如其來的滴答聲其實一直都在，此時之所以被刻意放大檢視，純粹是心理作用罷了，然而，有些情緒卻不是那麼容易就能受到控制。

比如說，曹娟娟的存在很有可能符合傳說啟動的條件。

一想到這裡，謝易庭的心情不免跟著沉重幾分，而這也是她最不樂見的結果。

站在五樓的長廊上，映入眼簾的是與其他樓層不一樣的景致，一扇又一扇的復古玻璃窗宛如夜色籠罩下靜謐時空中的一抹幽魂，自樹梢流瀉的月光悄悄越過窗子，在冰冷的大理石地板形成斑斕樹影，如鬼魅般飄忽不定。

而長廊盡頭，一扇孤獨的門無聲佇立，緊閉的門扉散發出一股生人勿近的氣味，彷彿門後塵封著的是不可言說的禁忌。

「咿呀」一聲，尖銳的長音延續了內心的躁動，好似正迎接著不請自來的客人，只見眼前的右門被緩緩推開，虛掩的門扉像是敞開另一個世界的大門，隱沒於黑暗中的是無止境的孤寂，以及揭開遊戲序幕的森森寒意。

還記得第一次家聚時，有名學姊無意中提起關於音樂系館的傳說，當時還是小大一的謝易庭就和所有新生一樣，認為這只不過是為了避免尷尬、刻意炒熱現場氣氛的話題而已，因此當下也只是笑笑聽過去，不曾仔細留意。

非要等到親眼目睹音樂系館後，那莫名湧現的違和感才讓她不得不正視蹊蹺背後欲隱藏的真相，從此也盡可能離得越遠越好，只因每一牽扯到該系館，腦中的警鈴就從沒停響過。

然而，所謂的作死究竟是怎麼一回事呢？或許，這個問題交由謝易庭來回答是最合適的。

謝易庭從沒想過，自己居然會有踏入音樂系館的一天，而且還是處於這種伸手不見五指的不利局勢，偏偏最關鍵的傳說她本來就記得不多，就算那天家聚有認真聽學姊說話，事到如今也忘得差不多了，除了硬著頭皮面對，說實在話，根本想不出其他辦法。

既然如此，現在該前進還是後退呢？

也許，她心中已有了答案。

啪噠。

登音甫一落下，剎時劃破靜寂空間的沉默，鞋底與地板的摩擦叩出第一聲響，不單只是說明她的決定，亦回應了對方的邀請。

——我們果然有仇啊。

謝易庭向前跨出一步，雙眼凝睇的是門後所屬的另一個世界，當中透出的絲絲涼意悄悄向室外蔓延，彷彿織成一張看不見的網，準備將來者攫住。

——這裡是夜晚禁止進入的琴房。

她屏住鼻息，邁向深淵的步伐指向另一個結局，自雙腳踏入琴房的那一刻起，謝易庭便感覺到凝滯的時間裡多了幾分無聲的騷動，不過一眨眼，所處之地與現實世界的連結登時斷開來，幻化成無數銳利的目光向她襲來。

——傳說這事並非空穴來風。

只見許久不見的芝麻果不其然倒在門邊呼呼大睡，從那偶爾因噩夢而產生的夢囈來看，對方僅僅只是睡著了而已、並無大礙，因此謝易庭當下只是一瞥，隨即將目光放在遠方的曹娟娟身上。一架平臺式鋼琴坐落於平日採光極佳之處，然而此刻看來卻瀰漫一股詭譎氣息，而她要尋找的曹娟娟則是伏於一旁的琴椅上，拜月光所賜，隱隱約約似乎可以看見對方額頭多了些許擦傷。

——無論是對還是錯，我們終將被控訴為罪人。

謝易庭上前摸了摸曹娟娟脖頸處的頸動脈，確定對方沒事後，這才稍稍鬆了一口氣，她蹲下來自鞋內取出一把銀色小刀，泛著寒光的刀身映出天花板上逐漸擴大的黑色污漬，同一時間，不斷滴落的深褐色液體在腳邊形成一灘血窪，而不遠處的落地鏡裡此刻竟現出一道模糊扭曲的人影。

——所以，該看還是不看呢？

沒有任何遲疑，謝易庭自原地站起，猛一轉身，雙眼直勾勾盯著方才背對的來時路，空蕩蕩的門口什麼都沒有，只有淒冷的月光伴隨著夜色的惆悵，在窸窸窣窣的私語中顯得尤為突兀。

——我們從來不唱獨角戲的，對吧？

一抬頭，門口上方的身影終於有了動靜，只見赤裸的雪白身軀以詭異的方式懸於上空，隱約能感覺到盤據在牆上的八隻腳正蠢蠢欲動，與此同時，一陣奇怪的歌聲自遠方傳來，如輓歌般預示著接下來的結局。

——妳果然在呀。

黑暗中，她看見對方扭過頭來，而黑色髮絲覆蓋下的，是張笑得令人發毛的豔麗臉孔。

第一章　奇怪的歌聲

炎炎夏日，縱使躲在遮蔽物的陰影下休息，那燠熱的暑氣還是能讓人滿頭大汗。現在正值九月開學旺季，只是站在走廊上，沈凌已經感受到空氣中那股悶熱氣息的威力了。

「我說沈凌啊，真虧你大熱天還能穿成這樣，我光是用看的就快要中暑了。」

楊教授一邊從口袋拿出鑰匙插入研究室的鑰匙孔，一邊伸手抹去欲從額頭滴下的豆大汗珠，他看了站在身旁的沈凌一眼，似乎永遠無法理解對方的溫度調節系統怎能如此出類拔萃，即便身處於這樣的天氣，對方還是有辦法連半滴汗都不出。

「沈凌啊，你真的不打算把圍巾脫下來嗎？說真的，你這樣走在大馬路上，我還真怕你被熱暈了，要不撐個傘吧，外頭太陽正大，挺嚇人的。」

「老師請放心，只要習慣了就好。」一面對楊教授的擔憂，沈凌只是微笑回應，他摸了摸圍在脖子上的黑色圍巾，盡可能地將它拉上來掩住自己的口鼻，始終沒有脫下來的打算。

或許是因為天生體質的關係，皮膚白皙的他給人一股很乾淨的氣息，若不是因為額前的髮絲幾乎蓋住自己的眼睛，再加上大熱天還圍了一條黑色圍巾，那蒼白的臉看在眾人眼裡說不定只會是場錯覺。

「唉，這天氣不開冷氣真的會死人啊。」

好不容易進入研究室，楊教授二話不說立即按下一旁冷氣遙控器的開關，待室內溫度逐漸下滑後，那涼爽舒適的氛圍讓楊教授的臉看起來不再那麼緊繃，心情也跟著愉悅起來。

「坐坐坐，怎麼還站在那裡？趕緊找個位子坐下，都已經是自己人了就別那麼見外，反正你之後都會常來啊。」

楊教授拉開椅子在沈凌對面坐了下來，沒有先前師生之間那過於拘謹的緊張氣氛後，向來不苟言笑的他此刻看來一臉和氣。「話說回來，你會來應徵助理的工作我蠻訝異的，我記得之前聽系上的同學說你在學校的小七打工，而且手腳挺俐落的，怎麼突然決定不做了呢？」

「老實說，其實是因為我不善於和人群接觸，所以想說這學期還是在校內找份打工比較適合我，結果期末時湊巧看見學校信箱寄來一封老師要徵助理的信，於是我就抱著嘗試的心情應徵看看，只是沒想到竟然有幸被老師選上。」

沈凌笑著回答，一口氣說出這麼多話大概已經破人生紀錄了，語帶保留的他盡可能避重就輕，以迴避自己之所以應徵的真正目的，同時暗自期許眼前的楊教授沒有聽出任何端倪。

當然，如此生硬的語句藏著許多顯而易見的破綻，他不打算呼攏對方，只以最簡單的方式進行陳述，至少在動機上他呈現了四分之一的事實。

所幸的是，楊教授除了工作之外一向是個大而化之的人，自然沒有聽出沈凌其實話中有話。

「你這麼說就太見外了，其實當初看見你的名字時我還挺高興的，所有應徵的人裡頭你做事我比較放心，畢竟在系上我可是龜毛出名的啊。你放心，我這邊事情並不多，大部分都是請你幫忙跑腿，不會耽誤到你學業的。」

「那就先謝過老師了。」沈凌點了點頭，隨後抬頭看了一下懸於牆上的時鐘。「我待會還有課，那就先一步離開了，老師有什麼事需要我處理嗎？這兩個禮拜是加退選，比較沒那麼忙，我可以先將老師要的資料或事情盡快處理完畢。」

「哈哈哈看不出來你也是個急性子，要是每個學生都像你這麼積極那就好了，既然如此，我就先派幾個任務給你吧，讓我找一下……」對於沈凌那似乎有些過於拘謹的態度，楊教授並沒有察覺任何異狀，他起身來到櫃子前翻找裡頭的檔案夾，最後將幾本厚重的資料交給對方。

「該做什麼我已經用便利貼貼在上頭了，你只要按指示分類並做成表格給我就好，另外這幾天請你幫我把這份資料拿給音樂系的梁教授，這是我們這次跨系合作的計畫書，這年頭不管做什麼都鼓勵跨領域結合，有的時候其實還挺麻煩的，沒意外的話接下來你應該會很常跑去那裡。如果還有什麼事要處理我會再發信給你，這些就麻煩你了。」

「沒問題。」

離開研究室前，沈凌刻意回頭看了楊教授一眼，只見對方背對著他，似乎正準備為接下來的課程備課，沈凌想了想後，最後還是搖搖頭決定把門關上，繼續往下一個目的地前進。

今天是星期一，雖然絕大多數的通識課都開在星期二，而且週一和週五這兩天大學生通常都不怎麼願意排課，但凡事總有例外，還是會有較為輕鬆或被視為營養學分的課程排在此時，基於這點，學生們在初選時依然各個搶破頭。

沈凌就是當中的其中一名幸運者。

第一週的課通常都是拿來講解課程大綱及評分方式，由於不確定接下來加退選的學生流動率如何，因此很少會有老師直接上起正課來，沈凌修的這堂通識課就是如此。

大約只花了二十分鐘，老師就很豪邁的直接放人了，很快地原本人滿為患的教室一下子就鳥獸散，不到五分鐘的時間，整間教室只剩下零星學生。

收拾著桌面上的東西，說實話，沈凌其實還蠻想繼續待在這間教室，不是因為冷氣甫開啟，導致那舒適的溫度讓人捨不得挪動步伐、離開這涼爽的環境，而是因為他如果不待在這裡，那他勢必只剩回宿舍一途了。

要不還是先在附近繞繞吧？現在回去太早了。沈凌內心忖度了一會兒，最後還是決定把握時間在校園內走走看看，順便將楊教授交代的東西拿到音樂系去。

畢竟，還是有許多人仗著開學第一週不點名自行決定放假，至少他今天踏出宿舍大門時，很確定自己住的那層樓正鬧著空城計，他估計室友大概還要過個幾天才會度假結束。

看來這幾天沒事還是待在圖書館比較好。他默默想著，下意識伸手把自己的圍巾拉高些，手上那裝著沉甸甸資料的牛皮紙袋亦顯得越發沉重，一路上經過椰林大道時，他大老遠便看見校犬小花瞇起眼睛趴在行政大樓前的空地曬太陽，看起來彷彿即將融化的冰淇淋。

過沒多久，有兩名嬌小的女童從前方的竹林島一隅跳了出來，而小花見狀後隨即起身搖著尾巴，只見兩人一犬開始玩著你追我跑的遊戲，這讓沈淩覺得在這樣的大熱天裡，或許只有小孩子還能這般精力旺盛吧。

見到這樣的景象，沈淩並不感到意外，因為學校並沒有阻止外人出入，因此許多時候總能看見民眾帶著小孩來散步，曾經有一次剛踏出教室就被一名正在學步的男童緊抱住左腿，那時男童父母臉上尷尬的表情並不比他少。

只不過，他四處張望後並沒有看見疑似女童長輩的身影，估計是躲到陰暗處休息去了吧。

原來是雙胞胎啊。或許是因為目前正值日正當中、很少會有民眾選擇在這個時段出沒，所以沈淩才會下意識多瞧了她們幾眼，並且發現兩人的特別之處。

只見原本正在嬉戲的小女孩們似乎察覺到來者注視的目光，紛紛停下來望向對方，待彼此四目相交後，沈淩不自覺彎起嘴角扯出一抹淡笑，如往常般釋出善意，不料她們卻一溜煙的躲到行政大樓的玻璃門後，只敢探出一顆頭悄悄打量著對方。

雖然本身並不在意他人眼光，但是對於第一次被小孩視為奇怪陌生人的沈淩來說，難免有些尷尬。為了避免造成小孩們的恐慌，沈淩只好將注意力轉向正慵懶地打起呵欠的小花，試圖緩和現場氣氛。

不過也多虧了小花的存在，沈淩並沒有忘記他此行的真正目的。

「小花，妳不熱嗎？」

沈凌難得蹲下身來摸摸小花的頭，而後者則是嗅了嗅對方的味道後，繼續趴在地上享受日光浴，看起來並不怎麼介意對方靠近自己，這點倒是讓沈凌放心了不少。

這次應該沒問題吧。一想到這裡，心中的那塊大石終於落下，他看向那對雙胞胎，發現她們早已消失得無影無蹤，興許是跑到哪裡探險去了吧。

向小花道別後，沈凌看起來格外開朗許多，亦打定主意直接去趟音樂系館，以免夜長夢多。

或許是因為夏日暑氣逼人，也很有可能是學生們仍緊抓著最後的假期尾巴不放，這一路走來和昔日相比，此刻校園竟顯得冷清許多，就連向來被視為捷徑的藝設系館走廊也杳無人煙，因此才會一出走廊，便大老遠地看見魏如湛走出學生活動中心。

更正，是魏如湛及其女性友人們。

是不是不管到了哪裡，班上都會有一名總是被女孩子們團團圍繞的男同學呢？沈凌不禁苦笑，而這如出一轍的場景就算他從小看到大，至今仍無法習慣。

只見魏如湛像往常一樣與友人談笑風生，完全沒有半點開學症候群的跡象，舉手投足間依舊掩蓋不了對方與生俱來的獨特魅力，而隨著女性們熱鬧的談笑聲逐漸接近，沈凌當下只是放緩腳步，藉由前方柱子的視線死角，以及計算彼此步伐前進的速率，最終悄悄目送一行人離開，也順利免去接下來可能會發生的尷尬。

雖然沈凌並不討厭魏如湛，但是他在路上都盡可能地避開認識的人，以免落入不知是否該打招呼的窘境，畢竟他和班上同學並沒有什麼特別接觸，除了一年級時共同參與的校慶啦啦隊之外，基本上他已經成為「系邊」的代名詞了，遑論家聚這類和自家直屬吃飯的聚會，沈凌自然沒有出席過。

當然，這些都在預料之內，而他也已經習慣了。

確定對方走遠後，沈凌像是如釋重負般鬆了一口氣，而此刻他能做的便是趕緊將手上這份資料送到音樂系館，然後直接打道回府，畢竟他沒料到班上竟然有人這麼早就回到學校，要是繼續在校園內打轉，彼此撞個正著是遲早的事。

只不過，事情似乎沒有他所想的那麼順利，等沈凌好不容易站在音樂系館的大門前，透過玻璃，眼前左右兩邊的岔口讓他想起自己以往經過時都只是匆匆一瞥，並不曾真正進去過，既然如此，要找出系辦的位置恐怕得花上好些時間。

偏偏他最不喜歡的就是杳無人煙的地方，即便他刻意迴避各種待在冷僻處所的機會，但人生還是會有不如意的時候。

就如同吸引力法則，隨著年紀增長，身上的氣味也開始引來相同頻率的同類事物，在好奇心的驅使下，嗅著氣味一路尋來的獸不曾少過，只因這一切源自於自己身為食物鏈最底層的身分。

果然還是得親自走一趟呀。沈凌不自覺嘆了口氣，同時推開那扇緊閉的門扉，儘管內心對這裡還是有著隱隱排斥，然而，一想到方才小花的反應，他彷彿被打了一劑強心針，心情頓時也輕鬆了不少。

「颼」的一聲，彷彿一記冷箭，迎面撲來的冷風掠過耳際，不僅撩起耳內那敏感又纖細的神經，眼角餘光似乎還捕捉到一道白色身影匆匆閃入一旁的陰影之中，速度之快讓人不禁懷疑只是一場錯覺。

好冷。這是沈凌腦海裡飛快閃現的想法。

現在已經九月了，照理來說時序已入秋，是秋意正濃的時刻，但今年不知怎麼了，預期中的涼意不但沒有出現，就連一丁點影子都看不到了，遑論幫忙撲滅暑氣。

既然如此，剛剛那陣冷風究竟是怎麼一回事？

不對，現在不是追究這種事情的時候。只是稍一不留神，自身思緒便會被外界影響的老毛病讓沈凌有些頭疼，他甩甩頭將這樣的念頭拋卻，試圖將專注力拉回。

或許是因為採光設計不佳，也很有可能是建築物本身的設計有誤，所有光源的出入口皆來自於身後那扇玻璃大門，而現在又處於背光的時間，因此乍看之下，整個密閉空間布滿了晦暗與潮溼，和外頭乾燥的氣息形成強烈對比。

面對這般情景，老實說並不罕見，除非是學校那棟被學生戲稱只有一面牆的ㄇ字型建築，否則獨棟的系館在實際走進去之後其實很容易出現這樣的反差，音樂系館如此，藝設系館亦然，並沒有任何區別。

被擋住的光線像是洩漏了來者的心思，殘餘的碎光在地板上勉強拼湊出一個模糊的人形，那輪廓好似一抹即將逝去的幽魂，在為數不多的陰影中幽幽地嘆氣，彷彿只需往地面輕輕吹一口氣，那影子便會膨脹成一隻孤獨的獸，一張嘴就能將來者一口吞下。

是那裡吧。沈凌邁開步伐，下意識往左邊的岔路快步前進，或許是因為已經習慣身體率先做出反應，也很有可能單純只是直覺使然，嗅著空氣中隱藏不了的霉味，現階段的他只能催促自己快點完成今日的任務。

然後，趕緊離開這個地方，僅此而已。

畢竟，對部分外系的學生來說，除非是自家系館，否則那股格格不入的排斥感總會如鬼魅般始終於腦海揮之不去，尤其是敏感纖細之人，陌生地區只會促使各個感官被無限放大，而這樣的現象僅會徒增困擾罷了，不會帶來任何助益。

比方說，他隱隱約約似乎有聽見聲樂組的學生正在練唱。

音樂系的學生因為有場地及設備的特殊需求，因此課程安排多集中在自己的系館，而這樣的特性使得音樂系館在校內多了份與眾不同的隔絕感，除非是參加個人音樂會或向音樂系借場地開系週會，否則像沈凌這樣的學生，可能直到畢業為止都不曾踏入音樂系館一步。

或許是因為距離，那陣歌聲此刻聽起來有些虛無縹緲，乍聽之下宛若耳畔的低語呢喃，又好似遙如彼岸的呼喚，輕柔的聲線多了份朦朧的不真實感，彷彿正以悠悠口吻訴說一則悲傷的故事。

寧靜的晌午，幽微的塵光，正從縫隙緩緩爬入裂開的一隅，彷彿意識到時光的流轉，悄悄甦醒的長廊睇起惺忪微闔的雙眼，再度打起盹兒。

然而，他的腳步卻開始放緩，逐漸慢了下來。

好像……不太對勁。

像是有什麼東西逐漸接近，猛然驚醒的沈凌感覺到莫名的寒意從腳底板直竄腦門，一股熟悉、充滿惡意的腐敗氣味隨即從四面八方襲來，他下意識拉緊脖子上那條黑色圍巾，殊不知急速驟降的體溫怎樣也掩飾不了那亟欲佯裝鎮定的惶恐。

假如真的是學生在練唱，那麼聲音為什麼會有意識地往自己的方向接近呢？那樣的歌曲，根本不是學生會練唱的曲目啊……

這疑問甫浮現心頭，腦中的警鈴頓時大作，一陣又一陣清晰的鈴響聲聲催促著沈凌趕緊離開這是非之地，除了奇怪的歌聲之外，他似乎還聽見窸窸窣窣的聲響由遠而近，像是匍匐前進時所產生的聲音，那來自另一個空間的摩娑在經過一陣躁動後，陡然停了下來。

晦暗的走廊早已看不清最初的面貌，透過殘存的光影，隱約可看見掛在盡頭的一面鏡子倒映出沈凌頎長的身影，然而更令人震驚的是，在那面鏡子中，他看見了從天花板逐漸垂落的黑色物體正緩緩接近，宛如引誘魚兒上鉤的餌，無聲無息的降臨。

那模樣，像極了女人的髮絲。

不行，已經到極限了。幾乎快要窒息的沈凌已經沒有多餘的力氣轉身拔腿就跑，只能勉強維持最後一絲理智快步離開現場，也不管手上的資料根本還沒交到系辦，現階段他只想離這裡越遠越好，僅此而已。

在他離開的同時，遠方傳來的歌聲戛然而止，當中所隱含的悲傷與預言彷彿不曾存在過般，整棟系館再度恢復寧靜，而走廊盡頭的鏡子則是悄悄浮現一張蒼白臉孔，臉上那抹淺淺的笑意多了幾分意味深長的嘲諷。

「砰」的一聲，一聲砰然巨響在宿舍以其磅礴氣勢持續發揮影響力。

假如換作平日，阿康鐵定早就習以為常，畢竟男生宿舍嘛，關個門總是大喇喇的砰來砰去，就算在靠北版提出抗議，我行我素的人照樣把宿舍當自己家，只能暗中來硬的了。

但是，倘若今天發出如此之大的噪音的人是沈凌嘛……

嘖，這下有戲了。

「嘿，好久不見。」

埋在行李堆中忙碌的阿康抬起頭和沈凌打招呼，而後者見狀後彷彿見鬼了般眼睛瞪得比銅鈴還要大，驚魂未定的雙眼多了幾分不可置信，那模樣此刻看來儼然就是一隻受了驚嚇的小動物。

「你怎麼一副死裡逃生的模樣，踩到烏魚子或野狗的尾巴被追著跑？」這是身為過來人的阿康當下的直覺反應，畢竟學校和校友們歷來認證的校犬裡頭，除了小花最平易近人之外，就屬臺灣黑狗兄烏魚子的記仇能力最為人驚嘆。

好不容易將紙箱內的東西通通拿出來，阿康很是滿意地看著自己琳瑯滿目的書桌，只是當他的視線再度觸及沈凌時，身體倒是不由自主地抖了一下。

「幹嘛一直盯著我看，太久沒見覺得我變帥了嗎？」

「我記得這禮拜是加退選的第一週……」

「廢話，我前幾天才傳訊息問你何時開學而已，沒這麼快失憶好嗎。」他無奈翻了個大白眼，繼續道：「這次大二的迎新活動比較早舉辦，我是副召，得提前回來準備開會，要不然你真以為我是回來上課的呀，拜託，還可以多放一個禮拜的假誰不要啊？」

抱怨歸抱怨，向來觀察入微的阿康可沒忘記方才沈凌進房時的異樣。「所以你剛剛到底怎麼了？別跟我說你沒事啊，你這樣若叫沒事，那麼其他人就是世界末日等級的大災難了。」

你還真猜對了。沈凌苦笑，看著室友阿康滿是狐疑的神情，其實他很想把所有的事情全盤托出，然而有些事並不是一時半刻能解釋得清的，更何況，他和阿康的交情本來就不深，對方也有自己的事要忙，沒必要在這節骨眼增加對方的負擔。

畢竟，事情已經過去好幾年了，有些話還是無法輕易說出口，只能笑笑當作沒這回事。

「你還想逃避到什麼時候？沈凌你聽著，他們都已經死了，但你還活著啊！」

「唉呀呀，還真是美味呢，從很遠的地方就聞到這股香氣了，只是沒想到找了這麼久，竟然躲在這種地方呀，我說你啊，真的以為自己能永遠不被找到嗎？」

「不論未來發生任何事，我會以性命擔保，必定保全沈家最後的血脈。」

吶，這一次他真的可以不再連累到其他人了嗎？

「你是我目前見過，心思最細膩的人。」當下，他只能苦笑回應，那模樣看在阿康眼裡，多少也領會對方的意思了。

好歹也和沈凌同寢過一年了，對方要是不想開口，那麼再怎麼逼問也是沒用。在阿康看來，沈凌就是個有很多祕密的人，雖然個性好相處，卻始終與人保持著一定距離，既不傷害人也不被人傷害，只能獨自承受所有的喜怒哀樂。

有的時候，過分的客氣並不是謙遜或有禮，而是在彼此之間劃出一道界線，謹守那條線以內的分際。

「算了，要是不想說就不勉強你了，若真遇上什麼困難，記住，只要幫得上忙的，兄弟我罩你。」阿康擺擺手，轉過身低頭繼續忙碌，算是表明了自身的立場。

「謝謝。」雖然不知道該說些什麼，但此時此刻，這是他發自內心的答覆。

放下心中的一塊大石後，沈凌開始將心思轉移到手上那袋沉甸甸、尚未轉交出去的資料上，方才的情景讓他明白自己絕不可能再踏入音樂系館一步，既然系辦去不成了，看來只好親自到對方的研究室一趟了。

一盤算好內心的計畫，沈凌暫時有種終於能放鬆的錯覺，然而，當他好不容易拉開椅子準備歇息時，目光只是一觸及桌上的東西，整個人便猶如觸電般從原地彈了起來。

周遭的時間彷彿靜止，完全空白的世界瞬間抽離了所有聲音，一股發自內心的恐懼感頓時如潮水般無止盡湧出，像是要衝破最後一道禁制，在屏氣凝神之際，他最終阻擋了即將襲來的波濤洶湧，總算勉強維持住最後一絲理智。

「這從哪來的？」
沙啞的聲音忍不住多了幾分顫抖。
「這從哪來的？」
「什麼從哪來的？」阿康抬頭，看見了一袋用布巾包裹好的物品。「噢，你說那個喔，就你妹拿來給你的啊。」
沒留意到對方早已刷白的臉色，阿康自顧自地繼續說著：「剛剛經過宿舍管理室時，恰好看到管理員站在大門口跟一個女生講話，我無意中聽到他們講到你的名字，於是就特別留意了一下，只是萬萬沒想到，原來那個穿高中制服的女生竟然就是你妹……不過我怎麼從來沒聽你提起過還有一個妹妹啊？」
一意識到自己可能多言了，阿康隨即改口：「沒事，我只是隨便問問而已，沒別的意思。」
相較於阿康的態度，沈淩在試著平順自己的呼吸一段時間後，總算沒了先前的那般惶恐，儘管抑制不住的恐懼仍會趁他稍一不慎時從四面八方襲來，但這些都遠遠不及眼前那水藍色布巾所代表的涵義。
或者說，真正讓他感到畏懼的，其實是水藍色布巾的擁有者。
那名身上雖與他擁有相同血脈、卻是這世上關係最疏遠的少女，這些年來始終是他最忌憚的存在，原本已好些日子沒收到對方的消息，而他也幾乎快淡忘掉有這回事，殊不知這些充其量不過是他的一廂情願罷了，那些被他試圖遺留在過去的人事物最終還是找上了他。

如今，他明白了一件事。
自始至終，他的夢魘從來沒有消失過。

🎹 🎹 🎹

To ET：

恭喜你，你成為這場遊戲中被挑選中的玩家！

對於這世界的祕密感到好奇嗎？有什麼事情的真相讓你一直耿耿於懷呢？如果有任何想知道的事，歡迎加入神祕研究社的行列，讓我們一同為你揭開神祕的面紗。

神祕研究社並不是學校社團，也不是校外可疑的奇怪組織，而是一場遊戲的主辦人，能讓你實現所有的心願。

只要完成收到的遊戲指令，我們會根據你的表現給予積分，最後分數高者就能獲得許願的機會！

當然，名額有限，每個月只會有一名許願者誕生，你們亦可透過每個月的神祕聚會交流彼此的心得，以獲取完成任務的相關訊息。

看到這裡，你還能不心動嗎？

機會難得，敬請把握！

PS.1 就算想知道音樂系館傳說的真相，那也是沒問題的呦。

PS.2 注意，請不要到處宣揚這封信的內容，否則將會被取消資格。

PS.3 請將小卡投遞到學生活動中心三樓諮商中心外的信箱。

看著手上那張外觀設計典雅、但內容好比業配文般充滿讓人翻白眼的廣告詞的邀請函，謝易庭真心覺得創意需要培養、說話果真是門藝術，姑且先不論當中的虛實好了，就算要當神棍好歹也得練就一身天花亂墜的唬爛本事吧，什麼都沒有就想學人在江湖上走跳，難道不知道詐騙也是需要動腦的嗎！

儘管內心腹誹了無數遍，甚至進一步燃起了想把廣告文宣拿去回收的念頭，謝易庭最終還是將這張邀請函留了下來，也不知道是不是哪根筋不對，她竟然將邀請函的內容重覽數遍，只為了咀嚼裡頭想表達的真正意涵。

不單只是因為信中提到了最令人好奇的音樂系館傳說，還有一件事讓她不得不去留意——ＥＴ。

這兩個斗大的英文字母赫然映在眼前，讓謝易庭意識到這很有可能不是一場簡單的惡作劇，因為既然會提到ＥＴ，那就表示這封邀請函打從一開始就是要寄給特定對象，然而，寄件人是如何得知ＥＴ的呢？

像是勾起了什麼回憶，向來躁動的謝易庭難得沉思了一會兒，也對於指名這件事感到相當好奇。假如信中所言皆屬實，真有這麼一個神祕研究社的存在，那麼對方究竟是懷抱著什麼樣的心情寄出這封信的呢？

而且，還特地提及音樂系館傳說的真相，這當中又意味著什麼呢？所有的思緒都化作一團打結的毛線球，即便花了大把時間鑽研，依舊無法從裡頭理出所有原委，讓人忍不住頭疼嘆氣。

戲謔的開端，無知的言行，所有的選擇彷彿一隻看不見的手，正緩緩推動命運之輪，將未知的結果導向一條看似終須前行的道路。

既來之，則安之。既然如此，她要做的決定又是什麼呢？

隨手拿起信封內隨信附上的一張小卡，只見上頭列印出一個相當簡潔的問題，卻單刀直入地直搗核心：

請問要加入遊戲嗎？

沒有多想，謝易庭提起筆，寫下了她的答案。

第二章　宿舍暗影

好冷。

這是沈凌腦中浮現的第一個感覺。

四周黑漆漆一片，伸手不見五指的黑暗加深了感官的敏銳度，彷彿飄浮在無重力空間，沈凌感覺自己正處於天地未形成的混沌之間，什麼都看不到，什麼都聽不見。

突然，眼前的畫面開始恍惚了起來，像是水面泛起波波漣漪，逐漸清晰的場景有如一幕幕幻燈片，喚醒了記憶中最熟悉且最深刻的一部分……

只見沈葳撐著傘，走入熙來攘往的人群中，即便只是背影，依然能看見髮梢剪得有些隨意的鮑伯頭刻意挑染成粉紅色，妹妹總是以很理所當然的口吻說瘦小臉很重要，因此那俏皮的髮型是沈凌對妹妹最深的印象。

然而，畫面一轉，妹妹消失了，取而代之的是救護車的鳴笛閃燈，鮮豔的紅與刺耳的聲響眩亂了眼前的色彩，有好多好多的人從他身旁急速越過，黑與白交織而成的世界頓時成為傾頹的隱喻，無數被切割的場景如紙片般向他襲來，不僅紊亂了雙眸，他還聽見自己的胸口傳來清晰的碎裂聲。

再度降臨的黑暗侵蝕了所有能見度，沈凌感覺到自己的手心多了一份黏膩、溫熱的觸感，猛一低頭，只見大量的紅褐色液體布滿了雙手，無論怎麼擦拭都無法弄去上頭遍布的痕跡，刺鼻的鐵鏽味一如記憶中那無法忘卻的茫然與驚駭，沈凌似乎看見了當年那個無助的自己。

以及，被嫣紅染遍全身的妹妹。

其實他一直都記得這件事。

從他有記憶以來，妹妹就是個活潑外向、討人喜歡的孩子，和孤僻寡言的自己不同，相差四歲的妹妹總是有如一顆小太陽，在他人面前發光發熱，耀眼得讓人捨不得移開目光，而這樣的特質，也使得妹妹成為各個團體的核心人物，被眾人擁戴的同時，亦成為他人的想望。

沈凌明白，在太陽面前自己只能成為對方的陰影，但是他願意接受這樣的結果，只因為他希望對方能有與自己截然不同的際遇。

儘管妹妹充滿鄙夷、優越的眼神總時不時在他面前流露，他也只是選擇微笑帶過，假裝自己不曾在意。

那一天的天氣也是如此。

就和平常一樣，天剛亮起，妹妹早已單手拉過斜背包的帶子，坐在玄關口綁鞋帶，準備迎接一天的開始。那一天，背對著他的妹妹說放學後社團要練唱，不回家吃飯，於是就這樣踩著一雙白色帆布鞋離去。

妹妹總是嚷著紫外線照射會讓自己變黑，因此無論天氣如何都會隨時撐起那把藍白相間的傘，慢慢往學校的方向前行，而那逐漸遠去的背影，是沈凌最熟悉也最印象深刻的一幕。

妹妹是樂團主唱，那陣子為了期中的成果發表忙得焦頭爛額，有時過了晚上七點才回家，這樣的情況雙親早已見怪不怪，因為妹妹出色的表現是有目共睹的，即便才國一，卻已經是個成熟獨立的小大人了。

然而，沈凌萬萬沒想到，那一日妹妹的背影，竟成為此生見到她的最後記憶。

還記得那日傍晚，妹妹很反常的直至八點仍尚未歸家，一開始大家不以為意，只是覺得對方應該是被一些事情耽擱了吧，因為和同儕相聚而忘了時間可說是常有的事，而且這也不是妹妹第一次晚回家了，所以沒什麼好奇怪的吧。

懷抱著這樣的念想，每個人都用一套看似理所當然的事由來說服自己，直到家裡久違的電話鈴聲響起後，那陣隱隱的不安終於被撕扯出一個裂口，如膿般迅速流出幾近窒息的惡臭。

那一連串急促的鈴響，恍如來自地獄的催魂鈴，高頻率的尖銳聲響像是瘋狂的佞笑，聲聲刺激著耳膜，以懾魂攝魄之姿催促來者趕緊過來接聽。他只記得拿起話筒的母親臉色凝重，和父親交頭接耳後，只簡單交代了幾句便偕同父親匆匆離開，離去前母親特地叮囑他一些話，眼神中潛藏著無數的堅定與悲傷。

那時候他腦子鬧哄哄一片，耳邊只剩下嗡嗡嗡的聲音，等他好不容易依稀辨識出「醫院」、「跳樓」、「加護病房」等簡短卻又零散的字句時，身體早已先一步做出反應，他抓著外套搭上計程車飛奔到母親口中的醫院，焦急的他有如熱鍋上的螞蟻到處打轉，完全失去平日該有的冷靜。

聽說，妹妹跳樓自殺了。

聽說，她愛上了同社團的學長，對方是名優秀的吉他手，還蠻受女學生歡迎的。

聽說，她放學後大部分的時間都是和學長約會，因為成發的事大家忙到五點就散會了，她都和學長一起離開。

聽說，學長在外校早就有女友了，大家對這件事心知肚明，卻從來沒有一個人說破。

聽說，正宮放學後直接找上門來了，還當場羞辱了一番，因為有人撞見兩人竟然大喇喇的手牽手逛街，覺得氣不過所以拍照給正宮通風報信。

聽說，學長一開始拒絕對方的追求，後來不知道女生用了什麼方法勾引了學長，才讓學長一時腦袋不清楚而做出劈腿這種傻事。

聽說，女生之所以選擇跳樓，那是因為承受不住他人異樣眼光及網路上排山倒海的輿論，在羞愧與道德的譴責下，最終走上輕生這條路。

聽說，聽說。

去你的聽說。

這些通通都不是當事人親口說的啊！

大量資訊如潮水般迅速湧進腦海，沈凌揉著發熱昏脹的腦袋，完全無法理解這世界究竟發生了什麼事，現在的他無暇消化那些真假摻半的傳言，他只想知道妹妹此刻是否安好、希望對方能平安而已。

然而，在這緊要關頭，母親和父親到底去了哪裡？為什麼他們沒有出現？難道有什麼事情比妹妹的生命還要來得重要嗎？

死亡的花，黎明消逝後的盛夏，沈凌永遠不會忘記那天他聽見了命運對他的嘲弄，一如在逢魔的遺響中演奏著不該存在的唱名，所有深思熟慮的決定，都只為了換來一場試圖扭轉的結局。

而這些，通通在他的預料之外。

遠方忽地傳來急速行駛的救護車鳴笛聲，過沒多久，門口頓時湧現大量人群，好幾名醫護人員推著好幾張擔架床往手術室衝去，來來往往的群眾彷彿看不見沈凌，紛紛從他身旁越過。在分秒必爭的情況下，他感覺到那股死亡的氣味籠罩著整個空間，警衛將記者們擋在門口，嘈雜的人聲讓他開始頭痛欲裂，刺痛的雙目也逐漸模糊了起來……

在那陣匆忙中，他看見了。

僅僅只是一眼，他已經明白發生了什麼事。

即便面目全非，即便全身早已被血色浸染，那樣熟悉的衣著身形他這輩子絕不可能認錯因為不久前他們才同他說過話而已但你要他怎麼相信現在躺在擔架上的是他最摯愛的雙親啊啊啊啊啊啊啊——

口袋的手機震動聲提醒了沈凌這不是一場純粹的噩夢，他已經忘了接聽後對方說了些什麼，他只知道自己只是機械式的回答「嗯」，除此之外就什麼也沒有了。

大片的空白與靜默佔據了整個世界，他看著映在地面上的影子逐漸升高，高大的黑影在無人察覺的情況下緩緩吐出一條黑色小蛇，嘶嘶蛇信像是象徵著某種預言，一路蜿蜒地爬進走廊盡頭，循著樓梯扶手向上爬升，最後鑽入某間病房的門縫。

像是失了魂般，沈凌一路踩著搖搖晃晃的步伐跟在小蛇後面，待他好不容易回過神時，人已推開那扇虛掩的門扉，在伸手不見五指的漆黑之中，透過外頭的光線，他依稀看見有名少女坐在病床上。

乳白色的光輝曳了滿地的燦爛，凝望窗外的少女彷彿沒發現來者的存在，那被月光籠罩的側臉有著流暢優美的線條，臉上的紗布絲毫不減那份與生俱來的清新脫俗之感，令人訝異的是，如此靜謐的畫面竟帶給沈凌一股歲月靜好的美麗錯覺。

「哥，你來啦。」

少女的回眸與出聲，剎時將沈凌的思緒拉回現實，注視著他的雙眸有著不易察覺的沉靜與滄桑，那樣的沉著在歷劫歸來後顯得格外難能可貴，然而，他的耳邊卻也同時響起先前聽見的話語。

——「頭部受創嚴重，全身多處骨折與擦傷，臟器破裂造成出血，到院前已無生命跡象……沈凌，我只能說你妹的求生意志真的很強烈，她竟然在醫生宣告搶救無效前恢復心跳，這是奇蹟，她不可能去跳樓的……沈凌，沈凌你有在聽嗎？」

手機另一頭傳來的慨歎像是來自地獄的冷冽寒風，一下子就將沈凌團團包圍，那直抵腦門的寒顫不禁令他打起哆嗦，從未有過的恐懼如海浪般向他襲來，在那鋪天蓋地的黑暗中，他似乎聽見對方這麼問著：

「哥，你還好嗎？」

恍惚之中，胸口清晰的碎裂聲澈底掩蓋了萌生的恐懼，只因為他明白，這世上有很多事再也回不去了。

下一秒，他轉身，選擇奪門而出。

在狂奔的同時，他感覺自己像是掉進無止盡的漩渦，被離心力拉扯的同時，有什麼東西消失了，而扭曲的走廊彷彿看不見盡頭，只能不停地跑、不停地往前跑……

而這一切是他永遠無法醒來的噩夢。

沈凌知道，她確實是沈葳，但不是妹妹。

因為真正的妹妹，從來不喊他一聲哥。

十幾年來，皆是如此。

原來是夢。

猛然從床上坐起，驚醒的沈凌忍不住倒抽一口氣，似乎對方才的夢境仍心有餘悸，驚魂未定的他下意識伸手想去拉脖子上的圍巾，卻發現自己的手心汗涔涔一片，就連背部也濕透了。

是天氣太過炎熱、還是自己敏感過頭了呢？那宛如捫心自問的詰問，總是如幽魂般時不時敲打著心頭，沈凌很清楚答案是什麼，然而更多時候他希望自己只是單純的睡眠品質不佳，畢竟人只要活在世上就必定為外物所累，偏偏真正令他苦惱的永遠不是外人，而是自己。

牆上的電子時鐘顯示目前正是凌晨三點三十三分，一組看似剛好卻又帶點詭譎的數字，據說那個電子時鐘是隔壁床的體育系學長掛上去的，方便一睜開眼就能得知時間，以免只是瞇一下而已，結果又不小心睡過頭了。

不過，這些都是某天回來時阿康跟他說的，具體情況是什麼就不得而知了，因為學長已經四年級了，經常不在宿舍，開學至今也沒打過幾次照面，這樣的模式可說是標準的大四生涯。

就如同現在這個時間點，腳邊的床位依舊空蕩蕩，散亂在一旁的被子似乎摻雜了點孤寂，些許氣味循著外頭冷清的月色，一點一滴攀爬進來。

自己果然還是太懦弱了啊。沈凌嘆了口氣，對於因為一場夢而嚇出一身冷汗的情形感到萬分無奈，原本他以為自己已經忘記，或者說是釋懷，殊不知自己只不過是將那些情緒壓在心底，只要相關的人事物一出現，那道最後的防線就會直接潰堤。

看樣子，又得失眠一陣子了。憑藉外頭的光線，沈凌隱約能看見位於斜對角的阿康正裹著被子呼呼大睡，黑暗中還能聽見對方均勻的呼吸聲，好似在這如此甜美的夜裡，只有他被噩夢侵擾，獨自從夢中醒來。

已經有多久沒作夢了呢？沈凌他從來沒仔細留意過這回事，只知道自己已有段時間不曾像現在這般焦慮且心驚，所有的因果輪迴皆其來有自，而他的心魔又該如何化解呢？

夜已深，孤獨向來是最會胡思亂想的時刻，沈凌選擇躺下，決定暫時將腦袋放空，因為紊亂的思緒在這深夜註定只能獲得輾轉反側的結局，而且天亮後還有早九的莊子課必須面對，無論入眠與否，此時此刻最需要的莫過於休息，而不是無謂的庸人自擾。

天花板的電扇嗡嗡嗡嗡的運轉著，中途醒來的人是最寂寞的，沈凌拉好棉被，企圖為自己調整出一個舒適的角度，然而，當他翻身準備再次進入夢鄉時，卻冷不防跟一雙空洞的眼睛四目相交，那人站在他書桌前的椅子上，那樣的高度剛好與他的視線平行，在短暫的目光交會後，只聽見對方緩緩吐出一句話——

「你沒有靠椅子。」

「咻」的一聲，沈凌從床上迅速彈起，而這樣的舉動驚動了仍在書桌前奮鬥的阿康，阿康狐疑地瞥了對方一眼，似乎不明白究竟發生了什麼事。

「你幹嘛？作噩夢喔？」阿康將注意力拉回眼前的螢幕，雖然手指依然在鍵盤上快速穿梭，但他還是忍不住碎唸了幾句：「就跟你說大學生平常就是要凌晨兩、三點睡才叫大學生，又不是住家裡，沒事九點、十點那麼早上床幹嘛？要是嫌時間太多就分我一點啊……阿所以你到底是怎麼了？」

和阿康當室友已邁入第二年，雖然對方總是特別多話，偶爾還會嘴個幾句，但是說真的，沈凌還是很感謝對方的聒噪，如此稀鬆平常的相處模式有時候反而成為一股鎮定人心的力量。

「只是作了一個夢中夢而已，沒事。」望著從阿康座位散發出來的溫暖光線，沈凌沒來由感到一陣心安，從黑暗爬出的恐懼也在剎那間被撫平，他伸手往床邊一摸，那條黑色圍巾正好端端地擺在角落。

「蛤？夢中夢？這聽起來也太神祕了吧。」

阿康轉頭看向沈淩，雙眼布滿了訝異，他頓時覺得人世間還真是無奇不有，這種像是恐怖片還是小說才會出現的情節竟然發生在自己室友的身上，這倒是讓他從作業的苦悶中暫時解脫出來。

「那你夢見了什麼？醒來前的最後一個夢應該比較可怕吧，因為一般來說我們都會知道自己正在作夢，但夢中夢好像不是這樣。」

「夢中夢最可怕的地方，應該在於你以為自己終於醒了、安全了，結果卻遇到了本該在夢境裡才有可能發生的事吧。」沈淩答道，小心翼翼地從樓梯上下來。「我夢見有個人站在我的椅子上，而我躺在床上，等我一翻身，馬上和對方四目相交。」

「欸，你說的這個怎麼很像宿舍傳說？你平常沒靠椅子吼？」

阿康看向沈淩的座位，殊不知對方的椅子整齊安靜地靠進桌子裡，很明顯是守規矩的一方，既然如此，又怎麼會突然作這個夢呢？

不，不對。這件事和作夢似乎沒什麼直接關係，重點應該是夢的內容吧……

「我記得學長姊有說過，睡前一定要記得把椅子靠進去，否則半夜時會有人站在你的椅子上看你睡覺。雖然這傳說聽起來很像在唬人就是了，但你作夢夢見這件事，不管怎麼說也太神奇了吧，難道是有什麼啟示要給你嗎？」

「就只是一場夢和傳說而已，哪來那麼多話要說，就算真的有，正常人應該也很難解得出來吧。」沈凌微笑，旋即話鋒一轉，開始好奇起阿康的作業進度：「這陣子看你好像很忙，教程的課還好嗎？」

一聽到關鍵字，阿康馬上進入厭世模式，那張臉簡直恨不得燒掉所有的作業。「從開學到現在，每個禮拜都要交作業就算了，竟然還要互評，還有一堆很零散細碎的計分方式，而且幾乎每堂教程的課都是一樣的模式，難道我的人生除了作業之外就沒有別的了嗎？」

「我終於明白你為什麼總是天天熬夜了。」沈凌不禁深有所感地點了點頭，「我記得你們教程的課搶得很兇，是課開得不夠多嗎？」

「不只是課不夠，有些老師還會故意擋修勒。」他忍不住翻了個大白眼，「現在小教有些課必須到校本部去上，但上課第一天有些老師就明講了，若要加簽他會優先保留給校本部的學生，說這是在保障他們的權益。拜託，如果是中教你這麼說那就算了，但這是小教耶！」

「這樣對你們也太不公平了吧，難道沒有人去抗議嗎？」

「是要抗議什麼呢？他們那的分數是採用英文字母等級制，而我們是百分制，因此校本部的學生老是說獎學金都被我們領走了，若真要比較起來，雙方各自的處境很難說到底是好還是壞，但唯一能確定的一點是，現在課開得那麼少絕對會影響到修教程的學生。」

像是早已積怨頗深，打開話匣子的阿康連珠砲似地將他的抱怨傾洩而出，所謂的不吐不快描述的大概是這般情景，等他終於傾訴完畢後，連日以來的疲憊彷彿蒸發般頓時煙消雲散，整個人也開始輕鬆了起來。

「好啦，抱怨歸抱怨，作業還是得趕出來，你趕快去睡吧，要是又作噩夢記得說一聲，明天我再陪你去鴨肉麵附近的土地公廟拜一拜，說不定祂老人家會有什麼話想對你說。」

切，早知道就回家去了。

佩佩捧著一個裝滿盥洗用具與衣物的紅色大臉盆，踩著一雙早已泛黃的白色夾腳拖，從宿舍房間一路慢慢晃到浴室，途中仍不忘看看這些早已被她看到爛的沿路風光，和平日不一樣的是，當她俯瞰著每一層樓空蕩蕩的走廊時，憑空冒出的喜悅倒是掩蓋了原本的不悅。

今天的迎曦軒十分空曠，這不單只是因為現在是凌晨兩點多的緣故，有時候挑對日子也是挺重要的。

一路上安靜得只聽得見鞋底經由摩擦後所發出的啪噠聲，那擠壓空氣的快感揚散於空中，這點倒是讓佩佩感到十分歡喜，因為這會讓她有種整間宿舍都是她家的錯覺，畢竟平常可不能像現在這樣隨便造次，如今即使大聲嚷嚷恐怕也不會有人跑來抗議。

這就是連假的威力呀。佩佩忍不住讚嘆，能夠達到萬人空巷的情景，恐怕只有連假才辦得到吧。

只不過，這對某些沒回家的學生來說，可能就不是很方便了。學校周邊的店家仰賴學生光顧，因此每到了連假來臨，他們就像是逐水草而居，以學校作為中心點進行輻射，越是接近中心就越像中了睡美人沉睡的魔咒，早在時間到來前便嗅著人群的氣味，悄悄拉下鐵門跟著一同遠遊。

這使得老是在學校附近覓食的學生只能努力拓展自己的版圖，在這般特殊的日子裡，拼死也要多花些時間到人聲鼎沸的市區找尋有營業的店家，否則三餐就只能靠便利商店解決了，著實悲涼。

一想到這裡，佩佩馬上對天發誓，下次連假她要是沒回家那她就是笨蛋！

要不是她的室友剛好也沒回去、至少還能有個人作伴，要她一個人孤苦伶仃、長途跋涉走到火車站附近吃飯那也未免太可憐了吧，更慘的是她沒車沒駕照，就算想去哪裡野也辦不到呀。

望著不遠處偌大的淋浴間，佩佩想都沒想便直接轉彎下樓梯，選擇使用低一個樓層的浴室。

假如換作平時，已經懶到要她多走幾步路就會死的佩佩根本不會有跑到其他樓層洗澡的念頭，畢竟捨近求遠向來不是她這懶人的作風，能夠趕快洗完、趕快窩回房間就很不錯了，誰會大老遠跑去跟其他樓層的女生搶浴室啊，又不是有病。

但是，今日不比昨日，往常鬧哄哄到連洗個澡都可以開戰的淋浴間此刻正鬧空城計，就算平日大喇喇的她老是對怪力亂神感到嗤之以鼻，現在的她說什麼也絕對絕對不會以身犯險的。

之前家聚時聽學姊說過，以前迎曦軒曾經發生過一件怪事，據說有名學姊在洗澡時，有好多人看到一名小男孩趴在淋浴間的門板上方，從高空俯瞰著學姊的一舉一動，然而，大家看到了卻不敢出聲，因為她們都知道對方是不可能出現的存在，事後據說那名學姊還莫名其妙地發了足足好幾天的高燒。

雖然這個傳說乍聽之下有許多破綻，而且那名趴在門板上方的小男孩儼然就是該死的偷窺狂無誤，但是這件事據說就發生在三樓的淋浴間，偏偏她住的樓層就是三樓啊，就算她認為整個傳說都是在胡扯好了，心裡總還是會覺得有些發毛呀。

更何況，現在宿舍可沒剩下多少人呢，要是有變態闖入那該怎麼辦，她當然得明哲保身吶。

佩佩噘了噘嘴，很理所當然地直接踏入二樓的浴室，出發前她還特地交代室友忙完後記得到二樓來找她，順便陪她聊聊天，見對方答應後，她心裡總算踏實多了。

以往洗澡時大家都是三五成群、如進香團般嘰嘰喳喳往浴室前進，而她最喜歡的休閒娛樂莫過於聽那群聒噪的女孩們聊天，除了他人談話內容所帶來的新鮮感之外，最主要的原因還是在於她習慣待在人群吵雜的地方，即便不出聲，那也能產生一股莫名的安全感。

當然啦，前提是那群女人不能太過吵鬧，如果是足以把整間浴室給掀了的等級，那就另當別論了。

選定了一間排水孔沒有被毛髮堵塞的淋浴間後，佩佩將換洗衣物放在置物架上，途中不忘滑開手機將音樂放到最大聲，而且播的還是ＢＴＳ當今最熱門的搖滾歌曲，儼然就是「整間浴室都是我的伸展臺」的宣示感，畢竟過於寂靜的空間容易使人感到不安，有些時候還是需要一些方式來壯膽，以掩飾內心的恐懼。

嘩啦啦的水聲時長時短，伴隨氤氳的水氣冉冉上升成一個人的獨白，溫熱的水蒸氣像是一層朦朧、揮之不散的白色濃霧，在新世界中上演著不存在的獨角戲，而BTS的歌曲彷彿越過所有隔間的藩籬，在偌大的空間中顯得格外清晰。

時間如小河般緩慢流逝，很快的，佩佩關上水龍頭，開始拿浴巾擦乾身體準備穿衣服，或許是因為今天下午手遊玩太久忘記充電，原本不斷循環播放的音樂早在不知不覺的情況下戛然而止，取而代之的是衣物的窸窣聲，以及自己均勻的吐息。

真是的，都已經洗完了，怎麼還沒來啊？是烏龜喔。佩佩忍不住噘起嘴來，開始對自家室友的慢動作有了一定程度的抱怨，平常她洗澡少說也得花上二、三十分鐘，說好要來找她卻遲遲看不見人蹤影是怎樣啦！

就在佩佩內心腹誹的同時，她聽見外頭傳來一群女生的嬉鬧聲，那聲響由遠而近，從那逐漸擴大的音量可以判斷她們正朝浴室的方向前進，果不其然，很快地她便聽見她們一同走進浴室的聲音，估計應該又是一群準備勘察情勢的洗澡預備軍。

嘖，原來還是有人不回家的嘛。佩佩如是想著，頓時覺得自己並不是唯一的特例，心裡總算好過些了。

然而，不知道為什麼，她總覺得似乎有哪裡不太對勁，但是一時之間她又說不出心中那股異樣感究竟為何。

女孩們的談話聲在近乎無人的浴室中迴盪，像是隔了一層膜，明明應該是和往常一樣沒什麼區別的對話，但那嘈雜聲此刻聽來卻忽遠忽近，彷彿來自另一個空間般格外迷離，或多或少多了份不真實的感受。

更重要的是，她竟然聽不清楚她們的談話內容，這實在是太奇怪了。

像是有什麼又黏又黑的東西悄悄湧出，佩佩感覺到心底似乎快爬出即將令人窒息的怪物，穿好衣服的她看著那道門鎖，深吸一口氣後下定決心果斷打開淋浴間的門，與此同時，那些女孩們的嬉鬧聲也跟著逐漸遠去，看起來應該只是一群偶然經過的路人，是她想太多了。

雖然沒有和那群女生撞個正著，但是只要一想到也是有人成群結隊到處串門子後，心裡倒是舒坦了不少，而這會讓她不自覺想去沾沾那股歡樂的氣息，畢竟和孤身一人的自己相比，人多的地方總是比較熱鬧嘛。

思及此，佩佩的火氣就忍不住上來了，她捧著臉盆一路憤慨地晃回自己的房間門口，然後直接用力撞開房門，大聲嬌嗔道——

「謝易庭，妳烏龜啊！不是說好弄完後要來找我？人家都洗好了妳還在那邊摸！阿妳是忙完了沒啦！」

伏首案前的謝易庭一聽見來者的聲音，馬上探出頭看向對方，那咬著筆桿思索的模樣看起來就是在苦惱一件事，而佩佩所提出的疑問倒是讓她皺起了眉頭。

「這是我要問妳的吧，妳不是說要去二樓洗澡？我去二樓找妳的時候根本沒看到妳呀，還把每個樓層都找過了一遍，結果通通沒人啊，妳到底跑去哪了？」

謝易庭眼底滿是困惑，似乎無法理解佩佩只是去洗個澡而已，竟然還可以搞失蹤，曹娟娟是這樣，佩佩也是這樣，怎麼她身邊都圍繞著這樣的朋友啊。

「我就在迎曦軒的二樓洗澡啊，就是平常我們會去用的浴室低一個樓層而已，而且我還放音樂放得超大聲耶，整間浴室都是BTS的歌，怎麼可能找不到我？」

「妳說妳有放音樂？」

謝易庭狐疑的神情再次浮現，「每一層樓的浴室我都去過了，不但沒有聽到任何音樂，就連水聲也沒有，我還在裡頭大喊妳的名字，每間浴室都空蕩蕩的，根本沒有人在。」

語畢，兩人都陷入難以言喻的沉默，這一連串的不尋常不必言明也能意識到當中的問題所在，雖說兩人不小心錯過的可能性並非全無，然而整件事有太多疑點令人感到匪夷所思了，尤其又發生在這樣的時間點，實在很難不讓人心生疑竇呀。

「算了，反正事情都過了再爭也沒用，那就先這樣吧。」

佩佩把自己的盥洗用具塞到書桌底下，像是為了轉移話題，她望向謝易庭那同樣散發著柔和光線的座位，只見對方的電腦螢幕仍亮著，顯示的似乎是靠北X大的粉專頁面，桌上則散落著空白的信紙，以及一堆像是寫過卻又揉成一團的紙球。

「妳到底在忙什麼啊？難得看妳突然爬下床不睡覺，從我去洗澡前妳就一直盯著空白的紙發呆，還沒弄完喔？」

「還沒啊，因為不知道該從何寫起。」謝易庭揉了揉發疼的腦袋，似乎已經很久沒這麼晚睡了。「雖然很想隨便交差了事，但最近實在發生太多事了，現在反而沒那個心情去寫信了。」

「我看妳這是變相失眠吧，還不趕快把那該死的靠北粉專關掉！」佩佩沒好氣地衝過來用滑鼠把對方電腦上的那個網頁點掉，「妳不要再去看那些言論了！現在這年頭一堆人仗著網路匿名到處亂發言，以為真的不用負責任嗎？老是以歧視女性的字眼來攻擊我們學校的人，這很明顯就是要透過貶低他人來掩飾自身的自卑，對於這種無所不在的父權思維，妳不必去回應它！」

緩和一下自身的情緒後，佩佩繼續說道：「因為併校這件事本來就不是我們這群學生能決定的，明明校務會議程序不公才是應該被探討的，而且也是學校高層的問題，但我不懂為什麼第一時間要一面倒的辱罵身為學生的我們。」

「就是因為這樣，所以我才會氣到睡不著覺吧，而且竟然會有校外人士故意發出『X大男生去上全部E大女生兩輪還有剩』的匿名貼文來開玩笑，先不說小編的審核到底在搞什麼，明眼人都看得出來這根本就是刻意來拉兩校的仇恨值，藉機加深彼此的對立。」

謝易庭深深嘆了一口氣，「雖然原PO後來有在靠北X大上發文道歉、澄清自己只是『為求短暫愉悅』才釀下大禍，而靠北X大的小編也請大家別要求那名匿名發文者一定要『現身』道歉、以免對方成為下一個網路霸凌的犧牲者，但有誰想過我們所面臨的同樣也是一種網路霸凌呢？」

「我覺得妳可以把妳現在的心情和想法寫進信裡耶，反正都要寫，那就寫這個吧，而且妳也可以順便問問對方的想法，這不是一舉兩得嗎？這樣看起來就不會很敷衍啦。」

佩佩如是說著，隨後露出燦爛的笑容，那打躬作揖的模樣隨著她接下來說出的話語，看起來格外欠打。

「身為活動股資深成員，在此感謝您的協力參與，我代表全體工作人員感謝您的用心與辛勞，就請妳繼續支援這個活動直到中文週結束吧。」

「靠北喔，早知道就不要幫妳充人數參加了。」

第三章　校慶驚魂

她作了一個夢。

在夢裡，她穿著一條小碎花裙子，和好幾名小孩一同玩耍，其中包括兩名長得一模一樣的小女孩，大家手牽著手，哼著琅琅上口的童謠。

她已經記不得確切的內容了，只記得大概是梅花梅花幾月開這一類的童謠遊戲，蕭索的校園盡是寂寥，被捲起的枯葉圍繞著他們，當鋪天蓋地的旋風向他們襲來時，只是一眨眼，所有的人都不見了。

她茫然地環顧四周，遍地的孤寂讓她忍不住嚎啕大哭，突然消失又出現的兩名小女孩跑來安慰她，說這並不是她的錯，但是不知道為什麼，她就是一直哭，一直哭。

接下來，場景轉變了，她站在一處高樓上，黑壓壓的天空看不見任何光亮，頂樓的強風在耳邊呼呼作響，她愣愣地走到圍牆前往下看，只見一名女學生四肢扭曲地倒在地上，黑褐色的液體彷彿黑色的線，在慘白的軀體上蜿蜒成數條小河，那汩汩液體以對方為中心在地上蔓延成一片，這讓她想起用絲線吊起的傀儡戲。

突然，躺在地上的女學生睜開雙眼，與她四目相交。

開闔的嘴形似乎說了什麼，如此遙遠的距離照理說應該聽不見才對，但她卻清楚聽見對方反覆說著同一句話。

是妳的錯是妳的錯是妳的錯是妳的錯是妳的錯是妳的錯是妳的錯——

宛如魔音穿腦的話語不停在腦海盤旋，讓倒抽一口氣的她忍不住向後退了一步，殊不知腳底竟踩了空，直接跌入深不見底的黑洞，在往下墜的同時，她看見上方一隻又一隻的黑色大蜘蛛紛紛探出頭，像是嘲諷她的無能，站在洞口處看著她往深淵墜落……

從床上驚醒時，她感覺自己的手心明顯溼了一片，下意識摸了床鋪，就連被單也透著異樣的寒冷，而這樣的情況已延續十幾年了。

有的時候，活著並不是為了盼來奇蹟，而是單純選擇活下來而已。

無論是哪個領域，都會有圈子太小太窄的問題，隨便抓出一個人彼此都能有著千絲萬縷的關係，而且體制一旦僵化了，那麼鑽漏洞就成為已公開的祕密，有時候這種軼聞還得身歷其境後，才會發覺並非空穴來風。

從小到大，她最痛恨跟錢扯上關係，至少國中時被老師逼著作偽證協助私吞其他老師的輔導費一事讓她有著不小的陰影，大家都說錢不是萬能，但這句話在她眼裡，更多的涵義在於只要能用錢解決的都是小事而已。就如同踏入教育界後，若非身邊有很多人跑去考老師，她還真不曉得成為正式教師前那些當代課與代理的年資，就算現在的法律或縣市政府不承認，事後還是可以私底下透過特殊管道用錢買回來。

她不清楚這樣的事究竟有多少人知道，只曉得諸如此類的怪事不曾少過，像她的朋友讀研究所當教授助理時，老闆習慣把多餘的經費分送給討論人及主持人做人情，卻怎樣也不肯替老幫他收拾善後且超時工作的血汗學生們漲點工資，而她的朋友最常做的一件事，就是跑各個地方想盡辦法核銷案子，以免影響到下次計畫的申請。

初次聽聞時，她覺得這種事實在太誇張了，但那時候朋友也只是苦笑，說系上老師都是默認或睜一隻眼閉一隻眼，畢竟只要別影響到下次的研討會補助申請，基本上會知道這些詳細內幕的也只有負責處理的學生而已，更重要的一點是，這些錢並沒有進老闆口袋，也不算違法吧？

那時候的她還在國外唸書，有沒有違法她並不清楚，只知道朋友遭受不平等對待，對方原本還試圖不給工資、要求她的朋友改去申請某筆獎學金來充當工錢，雖然事後獎學金甄選一事並不順利，而老闆最終仍有乖乖付薪水，但那時候她就在想了，在學校任職的老師尚能如此，那麼上面的人又如何？

這幾年併校的事情吵得沸沸揚揚，在歷經少子化衝擊後，高教終須走向創新轉型、退場整併的道路，即便這並不完全是選擇併校的主因，但是說真的，事情真有這麼簡單就能解決嗎？一所學校光是為了經費內部就可以吵得不可開支，更何況是兩所不同的學校，這當中各個層面牽涉甚廣，沒有經過「搓圓仔」這關是很難整合成功的，偏偏真正具有談判資格與權力的都集中在少數人手裡。

所以說，學校高層究竟有沒有從中獲利呢？

這點她不敢打包票，因為她從來不是上面的人，也沒打算成為他們口中的紅人，她只知道遊戲規則向來是為有權有勢的人訂立，只要後臺夠硬，那麼就能裝死蒙混過關，除非被鬥倒了，否則由一個小小公務員來當替死鬼根本不足為奇。

之前參加班上的同學會時，就聽見考上公務員的同學說採購案能不碰就不要碰，只要碰到了就要特別小心，小型的案子可能還好，但大型的就得看長官是否夠正直了。前陣子他就因為採購案一事被要求到案說明，所幸那時候他覺得有問題便特別留下了證據，因此才能全身而退，不必幫他人背黑鍋。

當時那名同學深深嘆了一口氣，說他新人報到前，爺爺他們特地把他叫到跟前提醒了一番，因為他的姑姑當初就是被陷害而坐了好幾年的牢。

要不是因為她的家族也幹過類似的事，她大概會詛咒那些只想欺壓老實人的傢伙通通不得好死，然而諷刺的是，她現在所擁有的一切卻是因為有那些金錢才得以奠下的成果，踩在人生勝利組的制高點再次複製階級並批判那些人的行為，很多時候她不得不懷疑這是否亦是種偽善。

人只要越過心中那道界線，嚐過絕美的滋味後就再也回不去了，大家都說換了位置就換了腦袋，倘若撇除物質與權力的欲望，是否多少還會有點道義責任的考量呢？

時間過得越久，奇聞軼事便不再只是奇聞軼事，有的時候，她會希望這些讓人難受的事情化為一陣風，吹過以後，就沒事了。

以前，她會說人生哪來那麼多的身不由己；現在，她會說自己的所作所為，都只是為了不愧於心中的那一句對不起。

🎹 🎹 🎹

當尋常無比的校園開始增添活潑喧鬧的氣息時，通常代表著一個重要日子即將來臨，而能夠讓全體師生及行政人員跟著一起動起來的日子，莫過於紀念悠久歷史的校慶。

隨著校慶逐漸接近，校慶啦啦隊等精彩賽事的籌備也隨之接踵而來，在各式預賽如火如荼地展開的同時，學生激昂的情緒也渲染了校園的每一個角落，可說是熱鬧非凡。

不單只是因為一年一度的校慶是各系學生大展身手的好時機，那時間點恰好正逢期中考結束，可說是足以令人放鬆及宣洩壓力的大好時刻。

當然，這一切的前提都得建立在自己並非參賽人員的基礎上，否則除了體育系的學生之外，在面對各系被硬性規定必須派人參賽的情況下，大概都會以抽籤決定名單作結。

當站在司令臺上的校長一宣布校慶開始，五彩繽紛的彩紙與拉炮便在樂音奏下的瞬間齊聲綻放，鮮豔的氣球以斑斕絢麗之姿躍然升空，學生們那雀躍的心情也跟著校慶典禮的正式開幕溢於言表，彷彿在這普天同慶的日子裡，所有的祝福都化為一陣輕柔的風，是一篇最動人的宣言。

一等到原地解散的指令出現，眾人紛紛開始鳥獸散，有的人回到攤位繼續進行校慶園遊會的前置作業，試圖在今日狠撈一筆，亦有人打著呵欠走回宿舍，打算在園遊會的預備期間好好補眠。

畢竟，開幕典禮規定每個班級的班代務必落實點名，任誰也沒料到早起的集合時間竟遠比早八的課還要痛苦且難捱，除非選擇請假，否則這大概是繼必修課之後，唯一一次有高機率全班到齊的機會。

儘管這些安排讓不少學生們吃盡苦頭，但仍有部分學生對這一切感到相當新奇，為精彩的開幕表演發出連聲讚嘆。

雖然他是直到點名結束前的最後一刻才趕到的就是了。

對正值大學二年級的沈凌來說，這是他第一次參加開幕典禮，一年級時他跑去傑出校友表揚大會幫忙，因而錯過了開幕式，這讓當時身為大一新鮮人的他多少感到有些惋惜，如今回想起來，確實很是扼腕。

因為，參加的身分不一樣了呀。

當其中所代表的涵義不同時，眾人所慶賀的究竟是誰的生日呢？

或許，直至今日，校慶的存在對師生而言已流於形式，一如當初承諾過的賦予校區辦理各自校慶的權利，這些不過是掩蓋主體性消逝的一種假象，對外面的人而言，被慶賀的僅僅只是「學院」的層級。

像是一段憑空冒出的喃喃自語，很快地，這些複雜的思緒便被人們澎湃的情緒所沖散，因為備受矚目的大一啦啦隊比賽將在今日重磅登場，這可攸關一個系的顏面與名聲，當然使各個年級感到熱血沸騰。

不過說真的，在這樣的時間點解散，一時之間實在很難決定要不要回宿舍呀。跟著人群移動的沈凌如是想著，最後他在藝設系館前的長椅坐下，看著忙碌的人們在他眼前快步穿梭。

樹德樓位處偏僻、被視為全校最遙遠的地方，也是全校唯一男女同棟的宿舍，幾乎與世隔絕的位置於學生們而言可說是極為不便利，畢竟它與上課地點是反方向，一南一北的設計讓學生們對於出門這回事也呈現兩極看法——只要一踏進宿舍就不想再出來了，反之亦然，而這便是讓沈凌感到猶疑的主因。

只不過，這樣的遲疑很快地便被弭平。

時光匆匆，才一眨眼的時間，已經聽見不少吆喝聲此起彼落，那相互較勁的意味隨著人潮漸增也跟著逐漸濃厚了起來。

紅色園遊會帳篷一字排開，從學生活動中心一路延伸至竹林島附近，可謂陣仗浩大，每個攤位的人都卯足全力招攬每一名路過的客人，勢必要在這值得紀念的日子大賺一筆。

園遊會的攤位除了販賣飲料與食物之外，基本上只要你能想到的都可說是無奇不有，就連塔羅占卜及看相都能成為擺攤主題，可見學生們搶錢實力毫不手軟。

當然，這也跟近年來學生們紛紛當起斜槓青年有關，在數位時代的浪潮下，網路社群的個人品牌經營早已悄悄崛起，其中又屬文創設計最能展現作者獨特的品味，因此也能看見許多攤位是直接將一只皮箱打開放在桌上，裡頭各式商品琳瑯滿目，總能成功攫住來者的目光。

而此刻站在手作飾品攤位前的沈凌就是最好的例子。

他正仔細端詳一條鑲有貓咪造型墜飾的水藍色鍊子，那精巧細緻的模樣讓人忍不住讚嘆設計者的好手藝，而這也讓他想起以前妹妹總是喜歡收集這一類的文創小物。

「這個是手鍊喔，你看，旁邊藍綠色的石頭是天河石，它具有緩解焦慮的作用哦。」女同學秀出戴在左手腕上的好幾條手鍊，上頭還有黃銅與其他天然石串在一起，看來研究石頭已有些時日。「像我這條也有放天河石，因為我是水象星座，所以其實還蠻容易焦慮的，假如你的心情很容易受到影響，或許可以考慮試試看喔，就算不相信功效，看著美麗的手鍊心情也會跟著變好喔。」

焦慮啊……確實很需要呢。沈凌苦笑，不禁回想起前陣子自身所糾結的困擾，儘管這些根本不是什麼大問題，阿康事後還是陪他到附近的土地公廟拜拜，只是當他向土地公進一步詢問這些夢是否暗示著什麼時，每一次擲筊土地公都只給笑筊，那笑而不答的回應簡直讓他哭笑不得，完全無法明白祂老人家的旨意。

所幸的是，接下來的日子裡不曾再出現過夢中夢，而他也沒再聽見跟沈葳有關的任何消息，彷彿那日對方的出現僅僅只是巧合——

除了那封遠在高雄的伯父所寄來的信。

給沈凌：

沈葳轉學了，這樣也好，你一個人在北部生活，我始終放心不下，她過去之後你們兄妹倆彼此也能有個照應，這樣也好，至少我能比較安心。

新家地址和電話隨信附上，有空就去看看你妹妹吧，她現在才高中，人生地不熟，怕她無法適應。

別忘了，她是你的家人，也是你唯一的妹妹。

我這裡一切安好，勿念。

伯父

像是一場不得不回溯的噩夢，只要伸手觸及，沈凌就開始頭疼了，原本他以為沈葳的出現只是偶然，畢竟那時候已經開學了，身為高中生的沈葳沒道理憑空出現在新竹，如今回想起來，沈葳那天應該是在處理轉學手續，不過會這麼晚辦理，有沒有可能是臨時起意呢？

無論真相為何，這些沈凌都無從得知，因為他已經很久沒和沈葳說過話了。

依稀記得沈葳來的那一天，他最終還是拆開了水藍色布巾上頭的結，只見裡頭所放的是他放在高雄老家的幾件冬衣，原本想說進了大學後再慢慢將厚衣服帶上來，殊不知在那之後他就再也沒回去過了。

除此之外，摺疊整齊的冬衣裡還夾帶一張以簪花小楷寫成的小卡，上頭是一串地址及住家電話，那時他已隱約猜到了幾分，直到數日後收到伯父的信，心中的臆測這才落實。

然而，時至今日，他依然沒有聯繫沈葳，就好比沒有勇氣面對自己的心魔，只能不斷以逃避的方式來掩飾內心的恐懼，即便當年伯父一直說那不是他的錯，他還是選擇離開那個家，不願有人再受到傷害。

水藍色啊……像是想到了什麼，向來游移不定的沈凌突然將手中那條水藍色鍊子遞給女同學，似乎已經下定決心該怎麼做了。

或許，這是給自己一次和解的機會。他如是想著。

就算只有一步也好，若不選擇向前跨出去，那就不會有任何改變的可能性。

意識到生意上門後，女同學喜孜孜地接過鍊子，轉身埋頭尋找盒子準備進行包裝，而在同一時間，沈凌聽見一道熟悉的聲音自耳畔響起——

「呦，這不是沈凌嗎？沒想到你也會來逛園遊會啊。」

循著聲音的方向望去，只見魏如湛手持一杯冷飲、正好整以暇地站在前方不遠處的攤位前面，定睛一看，原來隔壁的隔壁恰好是中文系學會的攤位，看起來應該是來捧場自家賣的東西。

雖然沈凌並不討厭魏如湛，但是碰到這一類型的人時，他往往選擇迴避，因為他和對方很明顯屬於兩個不同世界的人，那樣的不自在感總是在碰見對方時感受特別強烈，尤其面對的是一個幾乎隨時隨地都保持微笑的人，那股油然而生的不安總能如實反映在心頭。

縱使對方之前幫過自己，他還是認為彼此保持君子之交便可，毋須太過親近。

「只是好奇看看而已。」

或許是因為不知道該如何回答尺度才能拿捏得宜，沈凌露出一個尷尬又不失禮貌的微笑，照理說，在給出這般簡短的答覆後，任誰聽來都明白他並不打算接續這個話題，然而，「知難而退」這個詞彙向來不存在於魏如湛的字典裡。

只見魏如湛聽聞後當場只是笑了笑，隨即越過旁人，直接走向前搭住對方的肩，那自來熟的模樣讓沈凌忍不住倒退了兩步，殊不知魏如湛竟強拉著他往自家攤位前進。

「來來來，反正閒著也是閒著，要不就來參加自己系的活動吧，相信我，大三的學長姊會感激你的日行一善。」

魏如湛笑得十分燦爛，而被架著走的沈凌即使試圖掙扎，也完全沒有任何反抗的餘地，那強勢的態度儼然擺明了這是一場不容拒絕的邀請，經過幾番嘗試後，他最終只能任憑對方擺布。

「我們幾個剛剛還在擔心這次的中文週活動沒人要參加呢，畢竟筆友活動從以前就有了，能持續辦到現在也是不簡單，但是時代已經不一樣了，現在大家都習慣打字，連看書的時間都不見得有了，更何況是寫信。沈凌，你就好心幫個忙，救救活動股吧。」

魏如湛將筆塞入沈凌手中，那模樣大概早已篤定對方是個不知道該如何拒絕別人的人，而魏如湛也確實很會看人，面對這般尷尬的情景，沈凌通常只有默默接受的份。

「嘖，阿湛你這根本強迫中獎嘛，哪有人像你這樣招攬客人的？就算是賣愛心筆也沒你這麼直接，你應該學學我才對。」

看起來應該是三年級的學長忍不住嘖了一聲，隨後拍拍胸脯開始進行示範：「凡是報名參加筆友活動者，一律免費致贈特調紅茶一杯，煩惱已久的便祕問題馬上迎刃而解，若是結伴同行，還有機會在廁所聽見此起彼落的交響樂，保證比早餐店奶茶還要有效哦！」

「靠北喔，你這樣最好有人要來啦。」另一名學長笑著往對方肩膀用力一搥，真心覺得這種宣傳詞有夠白爛。「就算我們是倒數第二屆，至少也要來個happy ending吧，要不然到時交接給大二他們，都沒人要參加他們會崩潰的。」

「嘖，所以我現在不就是在努力宣傳、拓展客源嗎？」學長用一種「你怎麼這麼不懂我」的欠揍眼神回敬給對方，然後一臉欣慰地看向魏如湛。「而且有我們如此優秀的學弟在，就算學校的人越來越少了，我相信大二他們一定能絕處逢生、扭轉乾坤的！」

「學長放心，不論是誰去接活動股，我們一定會堅持到底，讓最後一屆能圓滿結束。」魏如湛笑笑地說著，對這般交際往來向來胸有成竹，或許是因為懂得如何應對進退，他的存在總是有辦法討人喜歡。

偏偏這是沈淩最避之唯恐不及的類型。

光是站在一旁看著那三人一搭一唱的模樣，他就恨不得自己可以趕快消失，或者找個沒人認識的地方躲起來，彷彿只有這麼做才能緩解內心的焦慮。

「沈淩，你就看在學長們這麼努力的份上，一起來充人數吧，反正都是自家人，舉手之勞不為過吧？」像是察覺對方內心的躁動，魏如湛突然轉頭衝著沈淩一笑，殊不知此舉倒是讓他陷入一陣尷尬。

「蛤？你是中文系的？欸你是哪家的啊？怎麼之前好像沒看過你？」

「我還想說阿湛怎麼熱情如火成這樣、才剛認識而已就開始勾肩搭背，原來是自己人啊，來來來，既然是學弟那就要好好照顧一下，現場飲料任你挑，免費大放送！」

所謂的騎虎難下，說的大概就是這麼一回事吧，要不是因為魏如湛還在現場，沈凌有極大的機率會向兩名學長點頭說聲抱歉，然後像往常那樣直接轉身快步離去。

說真的，即便是系上的人，身為系邊的沈凌其實也只認識現場的魏如湛而已，而且這還是因為他是班上同學的緣故，向來鮮少參與系上事務的結果，大概就是站在學長姊面前，還被誤以為是外系的學生吧。

存在感的強弱，有時還真能決定一個人給予他人的第一印象。

在兩名學長熾熱目光的注視下，最終，沈凌還是在報名表單上留下自己的資料，硬著頭皮參加了。

「這樣就行了。」魏如湛將桌上一杯剛裝好的鮮奶茶塞進沈凌懷裡，「等我們統計完畢後，會根據電腦抽籤獲得一組編號筆友，到時我們會統一發放寫有編號的信封給你，只要把寫完的信投遞到傻瓜樹下的活動信箱就可以了。」

「學弟你放心，要是記不住規則也沒關係，為了造福廣大人群，我們這一次可說是用心良苦，經過幾番討論後決定進行改革，那就是活動開始時會再附上一張懶人包小卡，保證你想忘也忘不掉，有沒有覺得很貼心啊？」

「你當學弟塑膠？用膝蓋想也知道那是因為系學會經費還剩一堆，所以才有閒錢更改遊戲規則，更何況從今年開始就不會有新的學弟妹了，參與系上活動的人只會越來越少，支出的部分其實很難變多。」

「唉呦沒差啦，反正我們只要把活動辦好那就行了，其他的就別管了。雖然很可惜，但是走入歷史是必然的，畢竟已經併校了啊，一所學校不可能同時存在兩個一樣的科系，而且社會大眾都會很自然而然的覺得要消失的是我們，又能怎麼辦呢？」

或許是因為觸碰到敏感議題，負責顧攤的兩名學長開始討論起相關話題來，而魏如湛則是站在一旁，偶爾在兩人即將起爭執時適時插話緩和氣氛，見三人討論熱絡後，沈凌便悄悄退下，算是結束了這場突如其來的小插曲。

他回到方才原本待的手作飾品攤位，只見那名女同學笑嘻嘻地看著他，手邊多了一個精緻的小紙袋，看起來已經包裝完畢。

「欸欸原來你是中文系的呀，我也是呦，既然親愛的學弟來光顧了，當然要算便宜一點囉。吶，名片我也放進去了，手鍊的長度是可以調整的，你應該是買來送人的吧，要是需要調整長度可以來找我喔，售後服務包君滿意。」

女同學將東西交給沈凌時笑著這麼說，顯然剛才四人的對話早已盡收耳內，這世界就是這麼小，只是逛個攤位而已也能遇見自家人，遑論校慶點完名後已經有許多人趕著離開學校去打工了，還能夠在校園裡相遇自然可說是有緣。

「謝謝學姊。」沈凌接過紙袋，對這名學姊的親切多了幾分好感。

「唉呦三八呦，都是同個系的幹嘛這麼客氣，大家都叫我小尹，你應該就是沈凌吧？」小尹不經意撩起耳邊的髮絲，可以清楚看見她的右手腕上戴了一條紫水晶手鍊，在陽光的照射下熠熠生輝。

「給你一點建議，雖然大家都說眼見為憑，但有時候眼睛看見的並不全然是真實，試著相信你的直覺吧，你需要去聆聽自己的聲音。」

像是一句發自肺腑的忠告，小尹臉上的笑意彷彿無底的漩渦，隨時都能將人捲入，雖然沈凌明白小尹學姊可能只是因為聽到他們的對話一時之間有感而發，但那有意無意的話語總時不時盤旋在心頭，無法明白對方真正想表達的意思。

就如同此刻他坐在講堂甲的椅子上，依然無法制止自己去思考對方那句話的涵義，只見從大門魚貫而入的人們嘰嘰喳喳地討論著接下來的表演，經過他身邊時，臉上的興奮之情溢於言表，與沈凌的表情對比之下，有如天壤之別。

校慶音樂會可說是一連串校慶活動的一大重頭戲，由學校音樂系精心擘劃的演出往往是場聽覺與視覺的極美饗宴，由於座位有限，因此事前必須索票才得以入場，而沈凌之所以會出現在現場，這得多虧音樂系梁教授所給的票。

自從上次音樂系館之行以失敗告結後，沈凌便決定直接親自拜訪對方的研究室，他事先寫了封信給梁教授表明來意，經過魚雁往返後，一同約了時間在對方的研究室外頭碰面。

每個人都會有焦慮的時候，有的人表現在情緒上，也有人以肢體語言來呈現，而沈凌正好屬於後者，即便早已習慣他人異樣的眼光，有的時候，他還是會下意識將脖子上的黑色圍巾拉緊，脖頸處的空蕩總會讓他回想起那一天的恐懼。

渴望平靜的生活並沒有錯，然而這世間不可能事事盡如人意，至少在對方開門的那一瞬間，沈凌可以肯定對方身上的氣息比楊教授的還要強烈。

或許是因為和楊教授是合作夥伴，也很有可能只是單純因為日後還有很高的機率會再碰面，梁教授禮貌性地問了一句，當她一聽見沈凌是楊教授的研究助理後，不知為何眼神閃過一絲詫異，隨後又笑笑地恢復原樣，而捕捉到這微小變化的沈凌還來不及分辨當中的意涵，便被塞了好幾張校慶音樂會的門票，邀請他一同參與這場盛宴。

沈凌對音樂並不在行，甚至可說是音癡，因此第一時間他把票分送給阿康和楊教授，前者後來得知校慶當日有排班，因此索性將票轉送給其他人，而後者收到後倒是先哈哈大笑了幾聲，緊接著派給沈凌一項新任務：因為當日要趕往中部參加研討會，這次音樂會就由沈凌代為出席，可謂兩全其美。

這就是為何他會出現在講堂甲的主因。

當然，沈凌是絕對不會懷疑楊教授發派的任務是否恰當合宜的，因為他還聽過有人必須幫教授接送小孩的例子，因此這件事對他來說不過是舉手之勞，也能承接梁教授的美意。

儘管自己現在很難靜下心來欣賞接下來的演出就是了。

很快的，才一下子的時間，周遭的空位逐漸被黑壓壓的人頭填滿，當大廳的燈光驟然黯下的同時，所有的嘈雜都很有默契的在頃刻間化為烏有，只見燈光三明三滅，待布幕拉起的那一瞬間，舞臺上的燈光緩緩亮起，久違的校慶音樂會正式開演。

這一次校慶音樂會的主軸，據說是由國際指揮大賽得主領軍，聯手學校音樂系所組成的管弦樂團與知名小提琴家共同演出經典名曲，樂音奏下的那一刻，似乎還能聽見內心的澎湃與激動。只聽得琴音迴響，躍動的音符將時序更迭幻化為令人驚嘆的悠揚樂曲，那恍如隔世的悸動再次經由詮釋而躍至心頭。

在這場盛典中，每位聽眾都聽得如癡如醉，就連身為音癡的沈凌也感受得出當中帶給他的震撼，或許正是因為如此，所以才會在中場休息時，聽見人們交頭接耳的熱烈討論，以及離席時那迫不及待想趕回座位的眷戀。

根據節目單所提供的訊息，下半場會由音樂系學生組成的表演團隊負責揭開序幕，沈凌之前便聽說過，學校的校慶音樂會一直被音樂系學生視為兵家必爭之地，無論是與傑出的演藝團隊同臺合作或緊接在後演出，能夠在如此隆重的場合大顯身手，對不少學生來說也算是立下人生新的里程碑，因此下半場的表演基本上是透過甄選廝殺而來，可說是菁英中的菁英。

沈凌和音樂系的學生並不熟，頂多是在通識課的分組報告時見過幾回，在他的印象裡，音樂系和藝設系同屬於「學分少但上課時數長」的科系，除了必須額外投注大量時間與心力之外，基本上他腦中能夠擠出的詞彙大概也和其他人一樣，只能用「忙」來形容了。

畢竟，這當中的爆炸程度不亞於有修教育學程的學生，要是有人能二者或三者合一，那鐵定真勇者無誤，因為新鮮的肝難能可貴，撇開肝遊戲等情況不談，舉凡出自於非自願熬夜的行為基本上都讓當事人感到相當煩躁且無奈。

沈凌如是想著，坐在講堂座椅上的他此刻忍不住放鬆了起來，任憑自己陷入柔軟舒適的軟墊當中，其實他是一個時時刻刻都處於緊繃狀態的人，尤其是來到陌生的環境後，他總會隨時保持警戒心，彷彿只要稍有鬆懈，便容易有突發狀況發生。

所以總歸一句話，這一切都是出自於太敏感的緣故，這裡只是平凡的校園而已，說真的，難道還能發生什麼奇怪的事嗎？

大廳內的廣播響起，柔和醉人的燈光宣告著接下來的表演即將開始，沈凌看了一下時間，發現音樂會結束後恰巧趕得上大一的啦啦隊比賽，幸運的話說不定還能觀賞到藝設系傳承已久的神之迴旋，畢竟往年在校慶啦啦隊這個比賽項目上，能與體育系相互競爭冠軍寶座的只有藝設系，不親眼目睹一番誠屬可惜呀。

一想到這裡，沈凌心裡難得出現一絲雀躍，然而就在眾人一片喧鬧之際，他似乎看見一條若隱若現的白色絲線出現在半空中，從講堂敞開的大門一路延伸至舞臺，在微弱光線的照射下，隱約能看見那條銀閃閃的絲線泛著清冷的寒光。

或許是因為高度的關係，也很有可能打從一開始就存在了，沒有人對於頭頂上空那條白色絲線有任何異議與討論，彷彿它的存在並不影響聽眾的雅致，對凡事要求完美的音樂會現場來說只是無傷大雅的小瑕疵。

怪了，一開始進來時有這條絲線嗎？沈凌試圖再看仔細些，殊不知還來不及看清楚那條絲線究竟從何而來，周圍的燈光已經暗下，讓他不得不將注意力放在眼前的表演上。

舞臺上映入眼簾的是一名身穿紅色長禮服的女學生，而負責鋼琴伴奏的男學生則是一襲黑色燕尾服，兩人截然不同的氣質反倒有些相襯。

接下來的大提琴獨奏一如眾人的期許，在旋律層層堆疊下，放縱的指尖與琴弦舞著宛如交響樂的絕美音色，精湛的演奏技巧飽含著情感豐沛的詮釋，在人們心頭勾勒出一幅優美的畫面。

所謂的天作之合，指的大概就是眼前這幅景致，沈凌原本以為自己可以拋開一切、跟其他聽眾一樣全然投入這場演出，然而，一聲輕歎卻在此刻響起，那無端出現的聲響好似故意彰顯本身的存在，不禁撩起耳內那敏感又纖細的神經，終究還是讓沈凌分了神。

「唉——」

像是發自肺腑的幽幽嘆息，那拉得又長又遠的聲音猶如醞釀已久的吐息，悄悄化為一縷看不見的輕煙，消失在偌大的講堂中。

沈凌忍不住四處張望，卻發現周遭的聽眾們似乎沒聽見這聲突兀的喟嘆，仍聚精會神地欣賞著臺上的演出。悠揚的音樂在靜寂的空間迴盪不已，彷彿剛剛的那聲嘆息根本不存在，有一瞬間沈凌差點以為是自己聽錯了。

一股莫名的寒顫讓他忍不住瑟了瑟身子，下意識拉緊脖子上的黑色圍巾，現今時序已入秋，照理說室內溫度應該不至於這麼低才對，但沈凌卻感覺有股涼意沿著地面蔓延至腳邊，抓著褲管一點一滴沁入肌理。

那就好像有什麼東西要出現了一樣。

熟悉的腐敗氣味頓時撲鼻而來，猛一抬頭，只見舞臺上的表演早已結束，如雷的掌聲如潮水般向他襲來，那熱烈的鼓掌聲好比高分貝的吶喊不斷撼動著耳膜，讓頭痛欲裂的沈凌一時之間無法辨別現實與虛幻。

他痛苦地抓著前方的椅背想看仔細舞臺上的狀況，卻看見空中那條白色絲線彷彿具有生命力般，於舞臺中央往女學生的頭頂緩緩垂落，猶如垂釣的餌，等著魚兒上鉤。

當臺上的兩名演出者準備退到舞臺兩側時，那絲線竟以迅雷不及掩耳的速度向下勒住對方的脖子，情急之下女學生伸手想解開脖子上的束縛，殊不知竟被搶先一步，宛如一場精心安排好的大戲，只見白色絲線硬生生將她整個人懸空提起，離開地面的雙腿在空中奮力掙扎，逐漸發紫的臉色讓眾人意識到這不是演出的一環，而是真正的意外……

現場尖叫聲四起，在一片混亂與搶救中，沈凌聽見舞監氣急敗壞地對著對講機大吼，隨後企圖闔上的布幕卻在中途停下動作，出了問題的馬達讓早已慌成一片的燈音控室無論怎樣按下開關，都無法遏止接下來的慘劇。

清冷的燈光映著女學生那襲紅色長禮服，左右擺盪的身子漸趨靜止，只見被吊在舞臺正上方的人兒猶如一尊美麗的人偶，雙肩垂下，瞪大的雙眼怒視著全場觀眾，彷彿正以尖銳的嘶吼控訴在場所有人都是兇手。

所有的無能為力與不作為，都是冷眼旁觀的人為這世界所下的詛咒。

「遊、戲、正、式、開、始。」

像是史上最惡劣的一句玩笑話，在眾人陷入永無止盡的恐懼及震撼的同時，沈凌隱約聽見耳邊傳來一陣帶有惡意的訕笑，那一字一句緩緩吐出的話語彷彿揭開這場遊戲的序幕，不僅宣告著這齣戲的未完結，亦對這所學校下了不容拒絕的挑戰書。

🎹 🎹 🎹

To易庭：

親愛的學妹，收到這封信時有沒有覺得很驚喜呢？繼上次出國深造後，我又凱旋歸來囉～

聽說你們班的活動股股長一直在抱怨，說中文週活動真是越來越少人參加了，我只能說身為大三的你們真是辛苦啦，畢竟筆友活動已經是元老級的必備項目了，從以前到現在每學期都會舉辦，看到逐年遞減的參與人數難免會感到心灰意冷，但是別擔心，凜冬已過，暖春將至。

話說最近溫室效應真是越來越嚴重了，雖然才春天，但我已熱到穿短袖了哈哈。

記得幫我跟楊教授問好，因為這次校慶我忙著擺攤發大財，所以沒空跟他老人家打招呼哈哈哈哈哈。

妳最溫柔可人的小尹學姊

當謝易庭在背包內翻到這封信時，她真心覺得自己再度重返通訊軟體不是很發達、人們還願意花時間寄手寫信的美好年代，自從她答應佩佩幫忙充人數參加活動後，她就開始進入寫信及收信的無限循環，不知道是不是自身磁場的緣故，導致現在一堆人聯絡她都用寫信的方式。

只不過，謝易庭現在最想吐槽的一點，莫過於小尹塞信的行為：學姊，既然妳有本事把信偷塞進別人的背包，那妳為何不直接當面說就好？現在大家都流行玩躲貓貓是吧，是有沒有這麼無聊啦！

謝易庭內心只能以感慨萬千來形容，別人家的學長姊都超carry，為什麼她認識的都以雷包居多呢？而且平常還神龍見首不見尾，堪稱系上傳說中的隱藏版人物。

對於小尹這個人，謝易庭只知道對方是惡名昭彰的蹺課之王，之所以會得知對方的存在，完全是個巧合。

那一天系隊在球場練球，或許是因為她施力不慎導致學妹沒有接到球，那顆排球就這樣硬生生砸在一名路過的男同學身上，看著對方抱頭蹲下的動作，即使看不清楚對方臉上的神情，也能猜到重力加速度的威力有多麼驚人。

當下她很尷尬地跑去跟對方道歉，值得慶幸的一點是對方也說沒事，還有一名路過的男學生自告奮勇說要幫忙送對方去健康中心，等確定被砸中的男同學沒事後，這才結束了這場鬧劇。

「欸欸，妳好厲害喔，球隨便砸竟然還能砸中自己系的學弟，可見這世界還真小呢。」當她回到球場時，一旁有一名笑嘻嘻的女生是這麼說的。

那個女生就是小尹，留著一頭黑長髮的她在右手腕上戴了一條紫水晶手鍊，據說那個時間點她因為無聊剛好蹺了楊教授的聲韻學，誠屬被當活該的最佳典範。

小尹的行蹤一直是個謎，總在意想不到的時刻出沒，雖然說是學姊，卻一點也沒有學姊該有的樣子，每次出現時總是笑嘻嘻的模樣，在謝易庭眼裡看來，就是個很有事的傢伙，必須為對方的人格打上大大的問號。

謝易庭其實不太清楚小尹究竟是誰家的直屬，不過也幸好她不知道，否則她一定會為那名同學默哀幾分鐘。

不過說真的，學姊的請託還來得真是時候啊……謝易庭如是想著，將小尹的信擱在一旁，拿起不久前剛收到的一張小卡，上頭只有一行簡潔的文字。

請完成看到這項指令後被委託的第一件事。

這是神祕研究社所發布的遊戲指令，每隔一段時間，謝易庭就會在宿舍信箱收到一封署名給她的信，裡頭裝的永遠是印有簡短文字的小卡，除此之外就沒有其他訊息了。

謝易庭仔細端詳手上的小卡，想從中找出一點蛛絲馬跡，卻發現無論是材質還是印刷，就和一般的印刷品一樣，並無任何特別之處。

一開始，她只是抱持著好奇的心態來看待這件事，想知道對方葫蘆裡賣的究竟是什麼藥，殊不知隔天便在宿舍信箱收到第一則遊戲指令，當她跑去女宿管理室問這封毫無郵遞資訊的信是否由她們經手時，得到的答案卻更令人匪夷所思了。

只不過，這還不是最奇怪的部分，更詭異的事還在後頭。

雖說是要完成遊戲指令，但是認真說起來，這些任務內容反而更讓人摸不著頭緒。

今日中午請制止校犬小花進入學餐尋找人類的食物。

請連續三天協助幼教系同學一同宣傳幼兒劇。

先收集數顆果實，並尾隨拿著果實的松鼠，等牠將東西埋入土中後，再將手中的果實全數遞給對方。

一週內，若發現女宿有任何男性擅闖（由女性攜帶亦在範圍內），請直接錄影存證，並通報教官來處理。

……

諸如此類的任務千奇百怪，彼此之間的關聯性基本上可說是零，有一瞬間謝易庭懷疑這根本就是整人節目。雖然難易度不高，有些遊戲指令甚至可說是本來就該遵守的事，然而一般對於遊戲指令的認知，不是應該像小說或電視劇演的那般驚心動魄且挑戰世俗道德嗎？

總而言之，你說內心的落差感不大根本就是騙人的，至少謝易庭是這麼想的。

而且當初邀請函上說會根據表現給予積分，事到如今，她還是不明白給分標準究竟是什麼，就連自己累積了多少積分也不知道，如此簡單的遊戲指令反倒像是日行一善，讓人對於神祕研究社的目的多了幾分好奇。

另外，謝易庭還發現一件很奇怪的事，那就是每當任務結束後，那張印有任務訊息的小卡就會不翼而飛，一開始她以為是自己隨手亂放才不見的，一次、兩次她能說是巧合，但三次、四次之後就開始覺得不對勁了。

彷彿根本不存在般，一點痕跡都不曾留下，那刻意抹滅自身主體性的行為，像是宣告著這場遊戲本身的存在就是個謎，毋須探究起因。

就如同每個月神祕聚會的邀請函，總是無聲無息出現在她的桌上，儘管直至今日都還沒去參加過，但若想解開這些謎團，恐怕就得親自去一趟了。

嘖，麻煩死了，待會兒還有兩封信要寫，根本沒時間去管當中的虛實呀。謝易庭如是想著，一踏出宿舍大門，馬上感受到一陣迎面撲來的暖意，鬧哄哄的人群為平日的校園增添了一股活潑氣息，她抬頭看了一眼女宿管理室的時鐘，覺得時間已經差不多了。

或許是因為寫信對她來說是件燒腦的事，謝易庭發覺自從參與活動之後，她開始會在腦中開啟多重視窗，一邊做著目前該做的事情，一邊思考寫信時該如何回覆及開啟新話題，而且因為她是內定成員兼人手不足的緣故，她一共獲得兩組編號筆友，真心有種被銃康的感覺。

尤其是在得知消息的當下，她差點衝上前掐死笑到岔氣的佩佩，當初說好的電腦抽籤果然通通都是屁。

雖然規則是兩個禮拜寫一次信就好，但是她遇到的兩名筆友不知道是不是壓抑太久了，從文字便能感覺到對方內心的抑鬱，讓謝易庭實在很難間隔這麼久才回信。

A筆友是最讓謝易庭感到擔憂、也是最難回信的對象，通信的這段時間，從信中內容其實不難看出對方是屬於比較安靜的類型，或許是因為性格使然，面對同學們刻意散播的流言蜚語總是選擇微笑帶過，認為只要不去理會那些人就沒事了。

對於這件事，謝易庭真心覺得很靠北，雖然她不會像一般人那樣直接說出要對方務必勇於站出來對抗校園霸凌之類的話，但是她知道保持沉默並不會讓事情變得更好，因為人類的劣根性就是如此，當他們發現你並不反抗或沒反應時，並不會因此覺得無聊而選擇轉移目標，他們會不斷測試你的「底線」，直到你發出聲音為止。

謝易庭不清楚該怎麼幫助A筆友，所以只能不斷透過寫信的方式來鼓舞對方，目前她唯一能做的，就是給予對方一個從現實逃逸後得以喘息的空間，陪對方熬過最艱困的時期。

至於B筆友，就比較沒有這方面的困擾了，不過由於對方話比較少，又不善於表達內心的想法，估計大概也是很少開口說話的那一群，所以很多時候謝易庭最大的煩惱在於如何開啟新話題。

就好比上次，佩佩建議她可以詢問對方對於併校的想法，而她也確實照做了，果不其然這次收到的回信內容比前幾次還要長許多，眼看話匣子終於被打開，謝易庭對此頗感欣慰，也了解到許多人並不是不願發聲，而是許多新聞媒體為了聲量和點擊率，刻意選擇不讓這樣的聲音出現。

「嘿，謝大，妳果然準時出現了，我還以為妳會繼續窩在宿舍直到閉幕典禮才出來呢。」

還沒走進中文系館，大老遠便看見曹娟娟揮舞著雙手，只見她一旁的桌子擺著簽到單，似乎是這次「系友回娘家」的活動接待人員之一。

每次校慶，各個系所都會邀請畢業的學長姊回來相聚，不過因為活動流程中有安排需輪流上臺報告自身近況，因此大家私底下都覺得這根本就是身家調查大會，很多系友之所以不願出席，除了工作繁忙、趕不回來，很大一部分的原因在於這是個不亞於過年親戚過度關心問候的場合。

然而，很多時候，校慶不過是舉辦這個活動的藉口，畢竟慶祝生日的主角已不同，校慶的存在對某些系所而言，已成為召喚認同的儀式。

「曹娟娟，可以不要把我跟妳混為一談嗎？現場所有人，就只有妳的出現是最突兀的，我敢說妳這個遲到大王會去當接待人員，目的絕對不單純！」

「唉呦謝大，妳怎麼會這麼說呢？人家也是有準時的時候嘛，而且系上需要人手幫忙，我當然得挺身而出囉，不信妳問紅豆，人家才不會有什麼目的呢。」曹娟娟趕緊抓著走出教室的紅豆，使眼色要對方替自己作證。

「對對對，謝大，妳要相信曹娟娟，她絕對沒有公器私用，絕對沒有事先得知這次系辦訂的是艾比兒甜點而試圖搜刮大家沒吃完的點心和蛋糕！」

只見紅豆信誓旦旦地拍胸脯掛保證，儼然一副忠臣的模樣，殊不知一開口倒是很誠實道出對方的最終目的，只見曹娟娟歪著頭微笑裝死，謝易庭則是瞇起雙眼，真心覺得所謂的豬隊友大概就是這麼一回事。

在活動正式開始前，現場會準備精緻小蛋糕及點心供來賓享用，既然是相聚的場合，趁享用餐點之餘私下寒暄幾句自然是常態，很多在學的學弟妹們都會來聽學長姊分享自己的經歷，而美味的食物當然是前來的一大重點。

只不過，謝易庭還真沒想到竟然會有人打那些蛋糕的主意，她估計曹娟娟那傢伙已經覬覦至少兩年了。

然而，說真的，看到誘人的甜點其實很難不心動，至少在謝易庭踏入教室時，已經見到不少人手上的盤子堆滿了蛋糕，就連自家教授們也不例外。

奇怪，楊教授好像沒來呀——謝易庭環顧四周，已夾完小蛋糕的她開始過濾現場人員，打算完成今日收到的遊戲指令，可惜的是今天他老人家似乎沒到場，看來只好寫信過去了。

「唉呦謝大，難得哦，妳這個買伯爵奶茶都點無糖的傢伙竟然會吃含糖食物，妳是被穿越還是卡到陰了？」早已發現來者的芝麻忍不住調侃了幾句，卻因嘴裡塞滿了食物導致口齒不清。

「只是吃點甜的而已，用不著大驚小怪。」眼明手快的謝易庭迅速從對方的盤子裡搶走一顆泡芙塞入口中，此舉惹得芝麻現場哇哇大叫起來，因為那是剛剛僅存的最後一顆泡芙了。「而且好不容易有甜點可以吃，當然要開吃一波才對得起自己啊，大家都說心情煩躁時吃點甜的比較好，這句話果然是對的。」

「什麼什麼，謝大妳剛剛說妳心情不好喔？」

像是發現了什麼祕密，負責在外頭接待的曹娟娟不知何時早已偷偷溜進教室覓食，一聽見有八卦可以聽，立刻如嗅著氣味的獸一路尋了過來。「所以是什麼讓妳心情不好呀？有發生什麼事嗎？」

「還能有什麼，除了戰學校、戰分數、戰血統，現在要吵的大概就是併校後大四的畢業證書要不要加註記吧，能夠被幾乎全臺灣的大學生咒罵，這大概是此生值得拿來說嘴的一項成就了。」芝麻倒是笑得十分坦然，「謝大，妳又去翻那些言論了吼？」

「不要講得好像我手賤自己去點來看，你以為我喜歡喔。」謝易庭將蛋糕塞入口中的頻率逐漸增高，那悶悶不樂的語氣如實揭露她的心情。「沒辦法啊，最近那篇文章上熱門了，想不注意也難呀。」

「妳是指有人發文說如何辨認假X大吧，只要學生證上學號的前面多了一個『2』就是原本E大的學生，其實這件事他們說的也是實話，只是用『假X大』來稱呼難免感覺被歧視了。

「但是謝大，說句實在的，在別人眼中我們確實是既得利益者，雖然理由很表面也很膚淺，但是當別人問妳父母小孩讀哪所學校時，他們一定搶著答X大，這就是名校光環的威力，妳敢說自己頂著X大的名號時完全沒有受益嗎？」

「不一定吧，換個問法，你敢說自己頂著X大的名號時完全沒有吃虧的時候嗎？」

一張人臉頓時出現在謝易庭肩膀上方，嚇得現場三人都在同一時間往旁邊退開，只見萬年面癱的萬老師就站在大家身後，而神老師則是一臉對他們正在討論的話題頗感興趣的樣子，可見兩人已經注意他們的談話有段時間了。

「老師，你可以不要像鬼一樣出沒嗎？突然發出聲音是會嚇死人的。」謝易庭眼睛瞪得老大。

「我一直都在，只是你們聊得太忘我沒發現而已。」萬老師的回答一如既往地讓人無語。

「原來你們在討論併校的事喔，我以為我們學校的學生都很贊成這件事耶。」神老師如是說著，眼神依舊溫柔得彷彿能掐出水來。「好好奇你們贊成與反對的點是什麼喔。」

「老師，系上其他老師們都反對這件事嗎？」

「沒啊，還是有人認為併校是好事啊，畢竟名片遞出去感覺就不一樣了，更何況科系與科系間的整合，除了派系與資源爭奪的問題之外，基本上老師升等還是得靠自己啊，差別在於每間學校訂立的遊戲規則都不一樣，想在遊戲中生存，就得想辦法在時限中不被判出局。」

萬老師的臉依然看不出任何情緒，「只是最為人詬病的應該還是他們的態度前後不一吧，併校前說沒關係、一切都可以慢慢談，那時候大家都很感動，誰知一夕之間突然拍板定案，馬上併校的消息一傳出後，他們整個態度丕變，大概沒料到真的這麼快就合併了吧。」

「所以我說學校高層和教育部那邊一定有鬼，資訊這麼不透明又疑點重重，裡頭說不定有什麼神祕力量或磁場在干擾。」曹娟娟陰惻惻地說著，這句話從一個無神論者的口中道出實在有夠矛盾。

「好啦好啦，難得現在還有活動把大家聚在一起，就好好享受校慶開心的氛圍，暫時把那些不愉快的事拋到腦後吧。」

或許是因為現場氣氛變得有些凝重，芝麻趕緊出來打圓場，以免自己開啟的話題壞了眾人的心情，隨後聳聳肩繼續說著：「畢竟今天是校慶啊，儘管這不算是屬於我們的校慶就是了。」

很快的，愉快的茶會時光過去了，轉眼已來到學長姊輪流上臺報告的時間，只見眾人坐在底下聚精會神地聽著學長姊分享自己的經歷，而已參加第三年的謝易庭也不例外，只不過這次她的桌上多了紙和筆，似乎打算趁這段時間一腦多用。

到底該如何回信給A筆友呢……謝易庭單手托腮，回想起這陣子的網路輿論，以及許多女明星因再也承受不了酸民與黑粉的攻擊而選擇輕生的新聞，她突然發現這個社會對於女性的存在還是很苛刻，儘管跟平等有關的口號從小喊到大，但人們根深蒂固的念頭卻比想像中還要原始，舉手投足間總能嗅到一絲複製再複製的氣味，而且是不自覺散發出來的。

厭女，不只是厭女，它與被服務的父權向來是從屬關係。

這是謝易庭深刻體會到的一件事，也是她心繫A筆友處境的緣由，就如同她永遠記得那個人離開後，就再也沒履約出現過了。

人們總會下意識地靠往最輕鬆的選擇，這點並沒有所謂的對與錯，因為法律並沒有規定人們有義務對受害者伸出援手，然而，從人性層面來看，那些最輕鬆的選擇往往不會是最善良的。

而檢討受害者這回事，本身就是為了掩飾自己袖手旁觀的冷漠，彷彿只要把一切歸因於「都是受害者咎由自取」、「受害者本身也有問題」、「只要不去做某事就不會遭遇這種下場了」，那些來自道德的責難與罪惡感便能從此煙消雲散。

她不希冀對方會主動反擊，但至少要活著吧，只要人身安全無虞，那麼事情就有轉圜的餘地，所以她向來很推崇「有愛就要大聲說」這件事，因為討厭你的人根本不會默默討厭你，偏偏該死的人類總是要在當事人死後才開始緬懷對方。

思及此，謝易庭忍不住提筆寫下一句話，而這也是她此刻最強烈的祝願：

如果快樂很難，那麼請你至少平安。

第四章　流言蜚語

霧色溟濛，清晨的朝露身披晨光，從葉緣滾落的淚珠晶瑩剔透，一剎那的豔麗閃閃動人，凝視著盡頭看不見的道路。

遠處傳來一陣清脆的鳥鳴，輕靈的鳥囀伴隨來者的步伐，顯得格外縹緲與輕盈。

緩緩從霧中步出的是名老者，斑白的頭髮微微泛著銀質的光澤，那一身輕裝打扮像極了一名德高望重的耆老，彷彿此時此刻所出現的人事物，都只是一場夢般那麼不可思議。

「壞人！壞人！你怎麼可以這樣做？」

咚咚咚咚的聲響由遠而近，才一眨眼，兩名小女孩一前一後從薄霧中奔出，嬌小的身子圍繞在老者腳邊奔跑，乍看之下就只是兩名調皮的小孩在嬉戲而已。

雖然兩人有著一模一樣的面容，卻在髮型上有著截然不同的造型，就好比母親為了辨別誰是誰，特地添加了一點小巧思。

「壞人！你這個大壞蛋！」小女孩們有著圓滾滾的臉蛋，即便鼓起雙頰，那生氣的模樣也不具任何威脅性。

「好好好，我是個壞人、我是個壞人，這樣可以了吧。」

面對小孩子的嚷嚷與不滿，老者很快地舉雙手投降，索性直接承認小女孩們口中的事實，那微笑的模樣儼然就是一名寵溺孫子孫女的長者。

「不可以，事情怎麼能就這麼算了，你要給我們一個合理的解釋才行！」瀏海用碧色竹葉髮夾夾起的小女孩這麼說著。

「你都沒有考慮我們的感受，也沒有跟他們解釋清楚，你到底是真的為學校好、還是只是想從中受益而已？」以琉璃髮圈綁成高馬尾的小女孩如是道。

孩童的優勢就和學生的身分一樣，人們對其都會有著某種程度上的寬容，所有的質疑和責問無形中削弱了尖銳的本質，至少在大人們眼裡，小孩子的疑問一直有著可以不必認真看待、得過且過的正當性。

「那就得看妳們想聽什麼囉。」他笑著，那兩手一攤的模樣倒是比在校務會議裡的那些人面前還要直率許多。「角度不同，人們獲得的詮釋也會不一樣，就如同站在不同的位置，看見的風景並不全然一致。」

「說話拗口的傢伙！」

「別想隨便呼攏我們！」

「是不是真的，我想妳們應該很清楚吧。」老者笑著，繼續說：「當人們站在框架裡時，就不能說框架外的東西是不存在的，這世上有太多事情不是只有人們看見的那一面，因為當你牽涉到的人事物太廣太雜，那就更不可能只用一句話來下結論了。」

小女孩們歪著頭思考，似乎正在消化對方話裡的意涵，過了一會兒，她們問出自己內心最深處的疑問：

「你是想用這種說法來為自己解套嗎？」

「要這麼說也行，但妳們要知道，這世上人人都想當好人、沒有人想當壞人，偏偏很多事情必須有人去做才行。」

或許是因為談話的對象是小孩子，也很有可能只是想抒發連日以來的苦悶，他難得嘆了口氣，對於外界紛紛擾擾的臆測雖早已有心理準備，但等到真的實際碰上時，內心難免感到一陣扼腕。

「對於併校，學生們普遍擔心的是排名與位階的問題，總會覺得自己被降格或高攀了，但是說真的，學生畢業就離開學校了，之後學校的死活也不干他們的事，然而學校還是在那裡、還是要想辦法生存啊，偏偏這些本來就不干學生的事。」

「這就是角度不同的意思嗎？」

「對啊，每個人關注的點不一樣，所以才會覺得自己的權益是否有受損。如果今天我是校長，那麼我勢必得為學校的未來與願景作出規劃，學生大學四年結束就離開了，但學校要展望的卻是以後的十年、二十年，很多事情必須經過長時間來驗證，不是當下就能評判的。」

他無奈地繼續說著，「更何況，現在大環境一直在變，教育部在二〇一八年推出的高等教育深耕計畫完全改變了遊戲規則，日後勢必還會有更多政策來因應少子化所造成的一系列衝擊，當大家只能各憑本事搶錢時，我們就必須思考該如何突破現有的限制了。」

「所以說到底，你們就是為了提升國際排名，想要在國際上更有能見度與競爭力吧？」

「這是一定要的啊，畢竟學校面臨的困境不是多數學生所在乎的，這些問題本來就只有我們會去留意，當大家都在問我們到底是在急什麼時，還真想直接回嗆等你們爬到我這個位置時就明白事情有多棘手了。人在吃米粉，伊在喊燒，真不知道那群人到底是假關注還是真操心呢。」

老者微笑，隨後補充了一句：「當然啦，若我再年輕個二、三十歲的話就會這麼說了。」

「這句話聽起來超像在婊人！」

「你露出狐狸尾巴了！」

「沒啊，這只是陳述事實而已，畢竟身分不一樣，關注的方向也不盡一致，所謂『換了位置就換了腦袋』，其實也是事實呀。」

他兩手一攤，一副莫可奈何的模樣，完全展現出與外貌年紀不相襯的一面，只不過小女孩們對這點毫無反應，或許是因為她們本身的存在本就是場謬論也不一定。

「所以說，資源整合後，獲利的到底是你們還是學生啊？」

兩名小女孩睜大雙眼，道出了眾人最想得知的問題，因為沒有比較就沒有傷害，無論外界怎麼說、怎麼看，在所有的併校案中，贏的到底是學生還是老師抑或是學校高層，只有身處於風暴中心的人才能體驗箇中滋味。

「這得看妳們對於『利』的定義到底是什麼囉。」他微笑，老是給出模稜兩可答案的行為在小女孩們眼裡看來，根本就是奸詐老狐狸的作法，因為大人們最厲害的莫過於把迴避這項技能點好點滿。

「舉例來說，X大的通識課必須用搶的，所以學生們很缺通識，這時有E大的老師加入開課，那麼缺課問題就能解決了，這對學生來說確實是項福音，畢竟兩校學生修課的選擇增加了，而且這年頭也流行斜槓與多領域發展，何樂不為呢？

「人類最公平的，莫過於每個人一天只有二十四小時，但是別忘了，資源就擺在那裡，如果你不去使用或安排時間做最有效的運用，那同樣也是枉然。」

「那你們呢？雖然你們口口聲聲說這樣做可以領域互補、開創全新局面，但事實是學校行政人力不足，業務變多導致校務推動變得更加複雜，已經聽到很多學校的系所搶錢搶超兇，但要做事時都推來推去的例子了。」

「那我只能深表遺憾地告訴妳們，這就是併校的心態不對了，因為我們要做的一直是想辦法達成雙贏的局面，產生相輔相成的最大效益，如果不能互助合作、而是以帶有階級的有色眼光來行事，那麼到頭來也只會兩敗俱傷，這段時間我們一直試著去做整合和溝通，但未來若仍走向這一步，那我也只能深表遺憾了。」

「又來了，這個該死的官方說詞！」

「每次出事或與預期不符就只會回答『深表遺憾』，如果迴避就能解決問題，那我們也想裝死到底啊！」

大概早就猜到會是這樣的回應，老者從口袋掏出兩支草莓口味的棒棒糖，試圖緩和兩人的情緒，而小女孩們一開始是氣嘟嘟地轉身不予回應，然而經由對方好聲好氣地安撫後，兩人這才拿走糖果，算是暫時相信了老者的善意。

「那麼『嫁妝』又是怎麼一回事？有人說你們向教育部索取高額的『嫁妝』，這點你能解釋清楚嗎？」

「嗯？妳們說的是至少幾千萬的經費還有一筆土地吧？這是一定要的哦，當你想加速大學整併的進度時，當然得提出一些誘因讓人們有意願參與呀，不過這種事也很難說就是了。」

「你是指討不討得到東西嗎？」

「那當然，畢竟法律明文有規定，其實教育部是可以強制要求你併校的哦，等到他們的命令真的下來，那麼到時你就什麼甜頭都拿不到了，所以趁對方不高興前趕快自告奮勇提出併校的方案，這樣才不會落得兩頭空呀。

「妳們看，現在其他學校要合併，教育部有派人出來說他們『樂見其成』，但如果要像之前那樣有嫁妝才肯合併，那麼教育部就不會同意了呢。所以我說了，識時務者為俊傑，越早主動開口說我願意，那麼就越有機會有糖吃。」

「但這只是你的片面之詞啊。」

「每個人站出來當然只會講對自己有利的事，這不是人之常情嗎？」

彷彿至高無上的真理，老者聞言後忍不住笑了笑，經由篩選的言論呈現出來的都只是部分的真實，只因這世上並不存在完全客觀這回事，就如同記者下筆前，通常早已有自己的一番見解。

「拿古代當例子，我們都知道清官很窮沒有錢，但沒有錢你就不可能推動政務改變現狀；反過來說，貪官有錢，徇私舞弊又貪贓枉法，但正是因為有了關係有了錢才能做想做的事呀。所以我說了，這一切都得看自己的良心，只有真正做到問心無愧，才有資格說自己委屈。

「人們『黑化』的過程其實是循序漸進的，很多理想與現實是無法平衡的，這當中有太多大人的問題需要解決，當你選擇跨過那條線，那麼漸漸的你就回不去了，因為在這裡要預謀多少也得拉幾個人當共犯，彼此抓有對方把柄的同時也能相互合作，唯有共同的利益才有可能齊心推動計畫，而這當中也會催生出更大的共犯結構。

「當每個環節都環環相扣時，就算你說是不得已，也沒有人敢說什麼甚至有能力打破這個循環，因為牽一髮而動全身，你對抗的不是一個人，也不是一個隨隨便便就能推翻的組織，而是一個龐大的怪物體系呀。

「不管是要求程序正義，還是秉持公開透明，很多時候我也只能站在自己的立場告訴妳們：至今的所作所為，其實都是為了彼此的最佳利益著想。」

「這整段聽起來好麻煩，而且你也沒有正面回答我們的問題，這種拐彎抹角的方式還真像是大人們的對話啊。」

「不懂也沒關係呀，畢竟只要八年過去了，那麼一切就塵埃落定了。」

像是終於了卻一樁心事，老者微笑，隨後將頭轉向另一方，那好比看向鏡頭的模樣，讓人忍不住豎起耳朵傾聽他接下來緩緩道出的話語：

「雖然這麼說有些失禮，但就算這場大人們的對話只是一場夢，在一旁觀看的人也是時候該醒來囉。」

🎹 🎹 🎹

一陣突如其來的手機震動聲，讓沈凌登時從床上坐起，他順手按下了每日設定好的鬧鐘，只見清晨的微光早已溜進室內，望著窗外灰濛濛的天色，以及那股沁入骨髓的絲絲涼意，他明白新的一天又開始了。

隱約記得方才似乎作了一個夢，但具體內容是什麼呢？好像完全想不起來了——

從階梯上下來的沈凌如是想著，下意識揉了揉自己的太陽穴，對於前些日子的不平靜感到憂心。這陣子不知道為什麼，作夢的情形似乎越來越頻繁，即便醒來後不記得夢境的內容了，但他總覺得好像有什麼東西潛伏在暗處，企圖伺機而動。

他不禁回想起校慶音樂會發生的意外事故，在經過警方封鎖現場採證後，最終以一句令人意想不到的「人為疏失」作結。

這樣的結果引起眾人一片譁然，尤其是當初在現場目睹一切的觀眾們，完全無法接受這樣的解釋，彷彿那日女學生的怒目圓睜並非所謂的偶然，而是一場精心安排好的大戲，準備以鬼魂的姿態緊緊掐住來者的脖子，在每一次的午夜夢迴不斷控訴人們的冷漠。

或許是因為這次事故的當事人是音樂系的學生，學生之間開始流傳一些奇怪的傳言，比如早在音樂會事件發生之前，學校宿舍就已經變得不太平靜，有不少學生在洗澡或待在房間時聽見有人呼喊自己的名字，也有人信誓旦旦地說，在音樂會進行途中曾看見一條白色絲線往女學生的方向伸過去……

無論最終結論為何，周遭怪事頻傳已成為學生們的最大共識，而在繪聲繪影的渲染下，或許是源自於對校方的不信任，也很有可能只是單純的謠言，大家開始懷疑這起死亡案件和音樂系館傳說有關，認為這很有可能是當年事件的詛咒與延續。

縱使沒有多少人能說清楚「當年的事件」到底是什麼，但這些流言蜚語好似一個看不見底的黑暗漩渦，開始將人們一一捲入，讓人們只能在惶恐、不安、焦躁與憤怒等情緒中載浮載沉，再也找不到宣洩的出口。

女學生之死被視為一切的開端，也宣告著這場遊戲已經正式開始，沒有人有喊停或拒絕的權利。

所以說，這些事和最近一直作夢有關嗎？

盥洗完畢的沈淩站在鏡子前，修長的手指熟練地將圍巾對折後繞在脖子上，仔細掩蓋上頭那道淺色的疤，即便當初結痂的傷口早已痊癒、甚至淡得必須近看才會發現它的存在，這些年來養成的習慣依舊改不掉。

平日同樣因有課而必須早起的阿康，今天難得有機會可以在夢中與周公多下一盤棋，據說昨晚臨時收到通知說因為任課老師臨時有事，因此今天早上的課暫停一次，這讓天天被作業追著跑的阿康總算有機會還睡眠債了。

有時候多睡點也是好的，因為太過緊繃的生活往往容易把自己壓得喘不過氣，所以適時的放鬆是必要的，這樣的道理每個人都懂，卻不見得有人去落實。

輕聲關上房門後，一走出宿舍大門，那股泥土混合雨水的潮濕氣息迎面撲來，綿綿細雨像極了在空中飛舞的輕柔絲絨，濕冷的涼意顯示季節遞嬗確實早已到來，是時候該把冬衣整理出來了。

「哥。」

像是一聲久違的呼喚，一抹虛弱的身影倏忽映入眼簾，只見一名身穿白衣黑裙的少女撐著一把黑傘站在雨中，那頭黑色長髮的髮尾隱約能看出當初挑染褪色後的痕跡，即便蒼白的面容不如往昔那般看上去有生命力，卻是記憶中與自己擁有相近容貌與血脈的妹妹。

「好久不見，沈葳。」

良久，這是他沉默了好一會兒後，唯一能吐出的一句話。

其實他設想過好幾次與沈葳相遇的情景，也明白對方總有一天會尋來，只是沒料到會在這樣的情況下碰面，而且刻意選在這個時間點，想必是篤定他絕不會缺席今日早八的必修吧。

「學校的事我在新聞上看到了。」

「我知道。」

「『它們』可能會來找你。」

「我知道。」

「時間所剩不多了。」

「我知道。」

「既然如此，你為什麼還要待在這裡？」

面對這般詰問，沈凌沒有正面回答，而是以靜默作結。

或許是因為對答案早已心知肚明，沈葳沒有繼續追問下去，兩人的對話就在時間的流逝中再度停滯，而這已經是闊別數載後，兩人最久的一次談話。

有的時候，無話可說並不是因為不知道彼此該聊什麼話題，而是有太多太多的話語鯁在喉頭，卻不知該從何說起，因此只能相對無語，讓沉默取代所有的聲音。

「我知道你不想見我，但是，我還是必須來。」

沈葳緩緩說著，眼神隨後望向音樂系館的方向，以及更遙遠的那一端。

沈凌知道她看的地方是哪裡，只因隨著時代演變，許多回憶都被埋在荒煙漫草的歲月裡，唯有長期停留於此的人才會清楚，有些人事物的凋零其實早已有跡可循，只是沒有人去留意而已。

就如同大家都在抱怨宿舍一到了冬天就會變得很潮濕，就連夏天地面也容易出現反潮現象，卻沒有人意識到這些是否與鄰近水源有關。

「這所學校依水而生，傍水而興，豐沛的水資源孕育著這附近的生靈，同時也帶來了許多魑魅魍魎。如今，客雅溪已不復昔日的光輝燦爛，溪水逐漸乾涸，然盤據的神怪妖異卻不曾離去，你可知何故？」

「我明白妳的意思。」頓了半晌，他繼續說著：「別擔心，我可以處理的。」

「別擔心」這句話，其實不過是自欺欺人的話語，彷彿只要這麼說了以後，所有的陰霾終將散去、一切光明都會到來，沈葳永遠記得那一天他選擇負笈北上時，也是這麼說的。

一個總是把事情往自己身上攬、害怕牽連到其他人的人，真的能活得快樂且自在嗎？

「你一直都聞得到吧。」

沈葳走上前，將一個紅色錦囊遞給對方。「無論是直接還是間接，只要被沾染上，甚至是瀰漫在空氣中，其實你多少都能聞得到吧，那股死亡的氣味。」

沒有給予任何時間反應，她說出了自己當年沒有問出口的話：

「那我呢？你是不是也在我身上聞到相同的氣息？」

像是一個不需答覆的疑問，望著沈葳逕自轉身離去的背影，那緊握在掌心的小小錦囊此刻卻燙得讓人收不住手，一如那鮮豔的赭紅，刺痛雙目。

其實，他一直沒有告訴沈葳，關於那些氣息被賦予的涵義。

他所嗅到的氣味，始終是他拿來判斷對方是否存在的一項根據，對於那些潛伏在暗處的鬼魅，他向來避之唯恐不及，然而，有別於以往死亡與帶著惡意的腐朽氣息，沈葳身上從來沒有出現過半點那樣的味道，反而和那晚他在病房內見到時的記憶一致——

那是一股能夠安定心神、蘊藏著呢喃與祝禱的檀香氣味。

🎹🎹🎹

「沈凌，我們要先去處理一些事，醫院那邊就拜託你了。你放心，不會有事的，沈葳她一定會回來的。」

「如果有需要幫忙的地方，就先聯絡你伯父，他這人雖然固執，但不會見死不救的。」

「相信我們，我們這麼做都是有原因的。」

或許是因為沈凌完全沉浸在自己的思緒當中，所以當對方出現在他的面前時，才會沒有任何反應。

猛一回神，只見魏如湛彎起的眉眼帶著一絲促狹的笑意，跨坐在椅子上的他單手托腮，正好整以暇地看著沈凌發呆，方才他的手在沈凌面前揮了揮，見對方難得沒反應，於是索性直接坐了下來，那模樣多少帶了點看好戲的心態。

這讓沈凌尷尬極了。

「剛剛不管怎麼叫你都沒反應，是在想什麼嗎？」魏如湛問著，隨後把目光放在對方手上的精緻小紙袋上，因為從剛才到現在，沈凌一直一言不發地盯著它看。「那個紙袋裡裝了什麼特別的東西嗎？」

「不，沒什麼。」沈凌聞言一愣，趕緊將紙袋往背包裡塞，試圖結束這個尷尬的話題。

其實剛才在文字學的課上，他根本沒有心思將自己的注意力集中，雖然上課認真聽講是學生應盡的本分，但有鑑於這門課即使集中精神也無法領教當中的精髓，沈凌的注意力多少還是分散了。

早上沈葳離去後，沈凌這才想到忘了把那日在校慶園遊會上買的手鍊交給沈葳，他一直將手鍊收在背包裡，打算找時間把東西寄給對方，只是沒料到拖至今日，還是沒有將東西寄出去。

看來，只能找個時機去趟郵局了。

「你有聽到學校最近的傳言嗎？」見沈凌迴避，魏如湛也沒追問下去，而是直接開啟一個新話題：「音樂會發生事故時，你人就坐在現場，對吧。」

「為什麼突然這麼問？」

面對魏如湛的問題，說實在話，沈凌感到有些困惑。

沈凌在班上一直是邊緣人，平日只有上課才會與班上同學碰面，真要說起來，他與大家頂多是見了面打聲招呼的關係而已，因此中途下課時並不會有人特地跑來與他攀談。但魏如湛就不一樣了，一個總是被人群團團包圍的人，其實不乏談話對象，更何況沈凌自認和魏如湛並不熟，他們兩個根本不像是會有交集的人。

基於這點，沈凌完全想不出任何會讓對方突然跑來跟他搭話的理由，那副自來熟的模樣，一如對方捉摸不定的心思，讓人很難理解葫蘆裡賣的究竟是什麼藥。

「因為這陣子見到你，你都一副心不在焉的樣子，於是我就在猜意外發生時你很有可能就在現場，否則沒道理跟著受到外在言論的影響。」

你觀察我？這句話沈凌當然沒說出口，很多時候他一直不明白魏如湛的用意究竟為何，那始終摸不透的笑容背後像是深不見底的汪洋，總讓人無法不去留意他的真實意圖。

或許，一個長袖善舞的人本身就善於觀察周遭人們的情緒，毋須多慮。

「那時候我人在講堂甲，算是整場意外的目擊證人吧。」

「那你真的相信這場意外只是單純的人為疏失嗎？事出必有因，雖然當時我不在現場，但能夠傳出這麼多流言蜚語，想必其中一定有什麼可以質疑的地方，比如說調查結果與現場民眾的證詞有所出入。」

「不管信或不信，這都不能改變已發生的事實。」沈凌頓了一下後繼續說著：「不過，音樂系館的傳說到底是什麼？大家都說這起意外是當年事件的詛咒和延續，但是當中的連結點又是什麼呢？」

「沈凌，當邊緣人雖然自由自在，但是相對的，資訊的取得就會比其他人慢半拍，你一定沒有參加過自己家的家聚吧，因為只要有住過學校宿舍，校園靈異傳說就不會在家聚上缺席。」

大概是因為感受到對方的窘態，魏如湛倒是很大方地攤開雙臂，打算直接來個大放送。「既然如此，我就好人做到底，告訴你為何大家會這麼想吧。」

「就跟大部分俗濫的故事一樣，故事的起因多半與情愛有關，據說當年音樂系有一名女學生因承受不了失戀的打擊，於是選擇跳樓自殺，由於對方是從音樂系館頂樓一躍而下，因此過沒多久系館就有靈異傳聞出現了。

「究竟是不是因為這起意外引發了靈異事件，這點直到現在都沒人可以證實，唯一可以確定的是音樂系館傳說的版本有很多種，目前最具公信力也最被流傳甚廣的應該是有『她』存在的版本。

「為了和其他版本的傳說作區別，我接下來要講的傳說姑且先稱作〈午夜的琴房〉吧，畢竟取個名字比較浪漫嘛，很多傳說不都要先有個標題才知道想講的是什麼故事嗎？

「故事的起頭是這樣子的：只要在晚上十一點零一分進入音樂系館，就會發現被困在系館內出不來，不僅所有的時間都靜止了，連電子產品也無法使用，緊接著會聽見一陣悠揚的歌聲自五樓琴房傳來，循著歌聲一路來到琴房後，就有機會看見一名臉色蒼白的女學生坐在琴凳上唱歌。

「據說只要是因為好奇、不信邪而跑來音樂系館探險的人，都會被『她』當成目標並且殺掉，這時候只要跟唱歌的女學生求救，對方就會伸手指向一旁的落地鏡，一旦穿過鏡子就會來到另一個和音樂系館一模一樣的空間，趁『她』還沒追上來時躲在連接四樓和五樓的樓梯間，就不會被『她』找到。

「但是，如果來不及跑到安全地點躲起來，那麼只好把其中一個人當成祭品了，因為只要有一個人被殺掉，眼前扭曲的空間就會恢復正常，大家就能得救了。

「其實其他版本的故事都大同小異，差別只在於有沒有『她』及後面的東西而已，當然啦，傳說這種東西會不完整也是正常的，像是躲到連接四樓和五樓的樓梯間雖然不會被發現，但也沒說明該怎麼逃出去，於是就有人加油添醋了一番，比如說出門前必須和鳴鳳樓一樓交誼廳的時鐘進行時間校正，這麼一來手機就不會受到時間靜止的干擾了之類的。

「另外，故事流傳久了就會有人開始質疑當中的真實性，比如四樓明明也有琴房、為何傳說會特地指明是五樓呢？有一套說法是因為音樂系館最高只到五樓，而且頂樓和五樓最接近，所以五樓出現傳說並不稀奇，也有人說那是因為自殺的女學生生前很常和相愛的男學生在五樓琴房幽會的緣故。

「至於這次的女學生之死，為什麼大家會將它視為當年事件的詛咒與延續呢？因為據說當年那名跳樓自殺的女學生被發現時，其實是四肢扭曲地倒在草地上，看起來就像是被棄置的傀儡，不覺得和這次被憑空吊起的音樂系女學生有點類似嗎？」

聽完魏如湛的分享與解析後，沈凌開始陷入異常的沉默，值得慶幸的是上課鐘聲恰好響起，不僅讓他能暫時迴避魏如湛的種種提問，也讓他有更多時間得以消化方才接收到的資訊。

沈凌回想起自己初次到音樂系館時所遇到的怪事，儘管不清楚他嗅到的那股腐敗氣息究竟屬不屬於傳說中的「她」，但他能確定的是，那一天確實有聽到奇怪的歌聲。

只不過，傳說中唱歌的女學生和「她」彼此之間又有什麼關係呢？如果最廣為人知的版本藏有部分真實性，這是否代表著兩者其實是對立關係？假如自殺的女學生和唱歌的女學生是同一人，那麼「她」到底是什麼呢？

有太多太多的謎團在沈凌腦中一一浮現，隨著意外事故的渲染變得更加撲朔迷離，在這人心惶惶的時刻，真的有人能秉持科學至上的原則來壓制現今的言論嗎？

沈凌不知道這起風波會不會像之前那樣很快就平息，但是他明白在現今這個時代，已經不再是學校單方面消極處理便能得過且過，學生們的聲音也能以其他的管道開始試著發聲。

只是，活著的人所發出的聲音都不見得能被聽見了，那麼死去的人又該怎麼辦呢？

或許是因為這個問題始終困擾著沈凌，所以才會讓他在回到宿舍後，被室友阿康發現他心事重重。

「你還好吧？難得看你買午餐回宿舍吃，怎麼了嗎？」

向來不曾睡到中午的阿康早已起床，此刻正端著泡麵、坐在書桌前追最新一季的脫口秀節目，見沈凌提著便當回來，他馬上按下暫停鍵，拿出耳機準備接上電腦。

「我沒事，只是想慢慢吃而已。」沈凌漫不經心地回答著，那異常緩慢的語速倒是如實洩漏他的心思。

其實阿康會這麼問，沈凌一點也不意外，因為他平常三餐都習慣在外頭解決，不但免除了製造垃圾的煩惱，在人多的地方也比較安心，畢竟之前在便利商店輪大夜班時，他就領教過當中的差異了。

只不過，他一直有在固定店家用餐的習慣，偏偏他是個只要焦慮就容易食不下嚥的人，他的異常往往會換來店家的關切，為了不讓對方擔心，也或許只是為了證明自己沒事，這段時間他開始學會選擇外帶，算是掩人耳目的一種方式。

「嘖，沈凌，我說你啊，都大二了還這麼不會說謊，看看那群我接的課輔班學生，你該多學著點，現在的小學生可比你厲害多了。」

阿康忍不住咂嘴，對自家兄弟編出的謊言早已見怪不怪，有的時候他會很納悶，對方哪來的自信認為這種程度的撒謊不會被揭穿。「不用你說我也知道，是最近校慶音樂會的事吧，因為你有把票送給我，所以想當然耳你也有去聽吧？」

「你還真了解我。」

「這不是廢話嗎？好歹都當室友第二年了，誰會不知道你這個乖乖牌鐵定全程坐在現場直到音樂會結束啊？」他翻了個大白眼，索性將泡麵碗放到桌上，盤起雙腿很認真地看向沈凌：「我看你還是去廟裡收驚一下好了，雖然學校試圖做好後續的身心理輔導，但我覺得對親眼目睹一切的人來說，以自己最熟悉的方式尋求心靈慰藉是比較好的。」

「你是指宗教信仰嗎？」

「應該這麼說才對，人的一生中一定要有一個屬於自己的信仰，但不必然得是宗教，它可以是處事原則或信念，只要能夠成為你心靈支柱的力量，那麼基本上無論聽到外頭任何風聲，都比較能不受到動搖。」

「你這麼說也有道理。」沈凌不禁苦笑了一下，連自己是受到傳言影響這點也被猜到，可見真的很明顯了。「你聽過音樂系館的傳說嗎？」

「那當然，身為夜教負責人，最需要的就是靈感了，更何況隊輔也需要說鬼故事來炒熱氣氛，音樂系館傳說自然是首選，而且內容都被傳到爛了，要不知道也難呀。」

像是想到什麼，阿康聳了聳肩後繼續說著：「不過這次傳出來的流言蜚語真的有些過火了，雖然傳說這種東西本來就會摻雜著個人意識形態，或者想讓社會大眾聽到的聲音，但是刻意跟學校發生過的命案作連結，不管怎麼想，都不會是件讓人感到舒服的事。」

「你的意思是，這是有人惡意操作？」

「嘖，管他是有意還無意，現階段你還是先管好自己比較實在吧。」

他瞥了沈凌一眼，或許是因為對方全身上下單薄到只剩脖子上的那條圍巾看起來比較順眼，他總覺得沈凌似乎又消瘦了不少。

「人家音樂系出事，你比鄭教還要焦慮，就算是目擊證人，日子還是得照常過下去呀……欸等等，我記得之前負責你們中文系的教官就是鄭教吧？」

「是他沒錯，是從這學期開始才換教官的。」

沈凌如是說著，腦中不由得浮現剛入學時，第一次遇見鄭教的情景。那一天下著小雨，撐著傘的他恰巧路過學生活動中心，或許是因為鄭教和中文系的學生本來就比較熟稔，也很有可能是出自於關心，當時鄭教叫住了他，說若有任何需要幫忙的地方記得開口，別一個人悶著了。

那時候他不清楚對方為何會這麼說，只知道人與人之間的距離原來可以拉得這麼近，後來他也漸漸明白這所學校的學生為何和教官有某種很深的牽絆，或許這是住宿生才能理解的關係。

儘管每次系週會時教官都會不斷宣導不要再叫他們到宿舍幫忙打蟑螂就是了。

「這也太突然了吧，感覺你們系的人會覺得很可惜耶，畢竟已經相處那麼久了。」

即便沒有像沈凌那樣有過直接接觸，阿康對於人事異動多少還是有點感觸，只不過這樣的感慨才過沒多久，剛拉開椅子坐下的沈凌便聽見阿康發出不耐煩的聲音。

「好煩，這東西又寄來了。」

只見阿康努了努嘴，將拆開的信扔到一旁，這反應倒是引起了沈凌的好奇。

「怎麼了嗎？」

「喔沒啦，就每個月都會寄來的邀請函，你要看嗎？」阿康將信封裡頭的邀請函遞給沈凌，見對方伸手接過去後繼續說：「開學的時候收到一張邀請函，說主辦單位是神祕研究社，只要完成任務累積積分就有機會獲得許願的資格，一開始想說好像很好玩的樣子，於是就決定參加了，結果每隔一段時間就會寄來要完成的任務小卡，還有據說一個月一次的神祕聚會邀請函。」

「那你有完成上頭所說的任務嗎？」

「當然沒有啊，你也知道開學後我們大二都要忙迎新……抱歉，我忘了你們系已經停止招生了，我的意思是，開學後的迎新宿營已經夠忙了，還有教程的一堆作業要應付，哪有那麼多時間去完成上頭的指令呀，而且那些任務都超奇怪的，誰知道這封信打從一開始是不是就只是一場惡作劇？」

「你還記得有哪些任務嗎？」

「記得啊，像是凌晨三點到樹德樓頂樓大喊『我愛小花、我愛烏魚子』、選定校內一棟建築物並且捏造出一則傳說散播出去，大概就是這類很莫名其妙的事情。拜託，當我吃飽太閒啊。」阿康很是無奈，隨後用可憐兮兮的眼神望向對方。「以後你在宿舍信箱要是看到這模樣的信封，就行行好直接幫我拿去回收吧，別再放我桌上了，看了也是會心煩啊。」

「我？那些信不是我放的。」沈凌有些茫然，他低頭看了看阿康手中的信封，確定自己從來沒見過這東西。「我只有在宿舍信箱拿過要給我的信，沒看過要給你的。」

「蛤？我之前以為那些信是你放我桌上的耶。」阿康很是詫異，他一直以為那些信是沈凌順便拿上來的，所以並沒有特別過問，沒想到竟然不是。

「有沒有可能是學長放的？」

「不可能，那傢伙都在外頭跟女友住，搬進宿舍只是做給家人看而已，頂多偶爾把這裡當休息站。」

見阿康如此篤定的神情，沈凌自然也意識到事有蹊蹺，他仔細端詳邀請函的內容，只見上頭很簡短的訴說來意：

致親愛的玩家：

又到了每個月神祕聚會的時間，不知各位是否相當期待呢？

先預告一下，這個月的聚會同樣會有一名許願者誕生，歡迎各位一同前來分享喜悅。

此次聚會依然在這個月的農曆十五舉辦，請各位晚上十一點帶著邀請函到築思橋附近等候，會有專人引領至指定地點。

我們恭候大駕的光臨。

就像是一封憑空出現的邀請信，沒有署名也沒有其他額外的訊息，單憑當事人的好奇心驅使來驗證這一切是否真有其事。

假如這不是一場單純的惡作劇，那麼具備怎樣條件的人選才會被選作「玩家」進行任務呢？而且，邀請函中還提到了一個鮮為人知的地點——

築思橋。

現在的人連學校附近有條客雅溪都不清楚了，更何況是建立在溪水之上的築思橋呢？除非在網路上叫出學校平面圖仔仔細細翻找一遍，否則平日根本不會有人在意周邊究竟有什麼東西。

思及此，沈凌下了一個決定。

「阿康，你這張邀請函還需要嗎？」

「噢，你要的話就拿去吧，反正我也用不到。」

對於先前信件究竟是誰放在自己桌上的，阿康已經不想去追究了，畢竟這陣子奇怪的事情與傳聞鬧得滿天飛，不差他這一樁。

人生有時候其實別計較太多，因為有些事你越是深入挖掘，反而越讓人摸不著頭緒，想要在這世上活得長長久久，睜一隻眼閉一隻眼是必備的生存之道。

「啊對了，你之前不是參加你們系辦的筆友活動嗎？剛剛出門時遇到你們系上的學長，他們說因為很難遇到你所以要我跟你轉達，說信紙和信封要是用完了儘管找系學會的幹部拿，不怕寫不夠只怕沒人寫而已。」

「明白了，謝謝你。」

「謝屁謝，你把身體照顧好比較實際。」

🎹 🎹 🎹

月黑風高。

這是謝易庭腦中浮現的第一個詞彙。

有的時候，眼前所看見的風景會取決於當事者的心情，至少她是這麼認為的。

要不是因為邀請函上的指定地點是築思橋附近，正常人根本不會在這樣的時間點於荒郊野外出沒，更何況周遭沒有任何照明設備，只能拿手機充當手電筒來使用。

或許是因為在這杳無人煙的地方，除了變態和歹徒之外根本不會有人偶然路過，所以她才會在看見一抹黑影從她眼前閃過時，快速追了上去。

這不代表謝易庭不怕鬼，而是在這樣的節骨眼，裝神弄鬼的機率實在高出太多了，讓她煩惱的事情本身已經夠多了，現在又多出這麼一樁，自然讓人火氣飆升至最高點。

唧唧的蟲鳴不絕於耳，月明星稀的夜晚難得捎來絲絲涼意，在這場追逐中，只見那黑影輕盈地繞過竹林，最後往築思橋的位置奔去。

僅存涓涓細流的客雅溪不復往昔的淙淙錚錚，然而，橫跨溪水之上的木橋並未如想像中那般腐朽不堪行走，時間彷彿停滯於最初歲月清晰的面貌，連接兩端的橋樑像是銜接陰陽兩界之所，不過是一眨眼的時間，一踏上築思橋，謝易庭感覺周遭的氣氛似乎起了微妙的變化。

好似過了橋後，一切就會不一樣了。

雙腳甫一落地，一陣天旋地轉的暈眩隨之襲來，待前方的視線終於清晰之後，映入眼簾的是一面大型落地鏡，兩支點燃的蠟燭分別擺於鏡前的兩側，搖曳的燭火讓謝易庭明白這一切並不是夢，因為鏡中的她穿著一身連帽黑斗篷，臉上的白色面具此刻看來詭譎至極，即便膽顫心驚，也必須深吸一口氣佯裝鎮定。

彷彿參與神祕聚會時必備的開場儀式，被召喚來的亡魂不具備任何姓名，只因為有所求才聚集此地。

那她呢？是否同樣有著某種程度的盼望才特地前來呢？

謝易庭伸手，待指尖觸碰到冰冷的鏡面後，像是回應來者的呼喚，只見鏡面泛起波波漣漪，隨後一陣白光襲來，她感覺自己的手似乎穿透眼前的鏡子，在好奇心的驅使下，謝易庭舉步往前行，整個人竟逐漸沒入鏡中。

打從一開始，這場遊戲就已經無法用常理來判斷了吧。謝易庭如是想著，放在口袋內的邀請函不知何時早已不翼而飛，這讓她不得不將注意力集中在這陌生的環境上。

踏入的場所是約莫一間教室大的空間，籠中的燈火如微弱的光蝶懸於牆上，只見現場已有好幾名與自己同樣裝扮的黑衣人抵達，就好比有各自的小圈圈，他們三五成群地聚在一塊，似乎正討論著什麼。

謝易庭默默數了一下，現場包括自己大約有十三名成員，一個不算多也不算少的數字。

或許是因為謝易庭站在原地遲遲沒有行動，離她最近的小團體裡頭有一人朝她的方向走來，甫一開口，謝易庭當下便知曉眼前戴著貓咪面具的黑衣人是名女性：

「每場聚會我都有來參加，但今天我是第一次看到這個面具，應該是第一次來沒錯吧？」甜膩的嗓音與來者的面具如出一轍，感覺得出來對方釋出的善意，以及對一名新人的好奇。

「我是第一次參加沒錯。」

「來來來，歡迎妳來參加今天的聚會，我們已經好久沒有看到新人了，不過今天不知道怎麼一回事，竟然一口氣來了兩個人，妳是第二個新來的。」

像是很開心終於有新玩家加入，她二話不說馬上拉著謝易庭加入自己的小團體，言語中不免流露出一絲喜悅。「欸大家，她也是第一次來耶，這樣今天就有兩名新朋友了。」

「小貓咪，妳太聒噪了，保持優雅是淑女的職責。」戴著老虎面具的人忍不住打起呵欠，但仍舊向謝易庭點頭致意。「歡迎加入這場遊戲，不過妳還真不走運，被小貓咪拉進來以後，妳每次來就得忍受她的噪音了。」

「這樣聽起來新人很可憐耶，說不定今天聚會結束後就再也不想來了，因為耳朵很痛呀。」另一名戴著浣熊面具的人咯咯咯地笑著，同時伸手指向一旁同樣戴著白色面具的人：「他也是新來的，你們的面具都一樣，還真是巧呀。」

「所有人的面具都不一樣嗎？」謝易庭有些驚訝，她放眼望去，周遭成員們的面具果然各有特色。

「照理說應該都會不一樣吧，畢竟我們不會拿下面具表露身分，除非從聲音判斷，否則我們要怎麼辨認出誰是誰呢？」貓咪面具如是說著，隨後仔細端詳兩人的面具。「不過一模一樣的面具還真是第一次遇到，應該不是主辦單位偷懶吧，這是不是代表你們兩個有什麼共通點？有血緣關係還是願望性質差不多之類的？」

願望啊，她的願望究竟是什麼呢？之所以選擇加入遊戲，是因為心裡有什麼想實現或想知道的事情嗎？

直至今日，謝易庭還是不清楚自己當初為什麼沒把那張邀請函揉爛，在她的內心深處，是否還對什麼抱持著一絲期待呢？這一點，她始終無法釐清。

「科系呢？」

像是一句驚人之語，低沉的聲音來自始終保持沉默的另一名新成員，眾人紛紛看向對方，大概沒料到對方竟然會出聲吧。

「原來你會主動說話啊，我還以為只要沒有維持一問一答的模式，你就會忘記要動嘴巴呢。」老虎面具忍不住調侃了幾句。

「不鳴則已，一鳴驚人，果然是走悶騷系的少年呀。」浣熊面具的笑聲彷彿從沒停過。

「這也是有可能的耶，畢竟學校就這麼大而已，後來發現彼此認識好像也沒什麼好奇怪的。」貓咪面具歪著頭進行分析，緊接著雀躍地向對方進行了提問：「所以你是什麼系的？」

「中文系。」

「你中文系的？」謝易庭一陣驚呼，似乎沒料到原來系上也有其他人收到如此詭異的邀請函。「我也是中文系，今年大三，你呢？」

「我今年大二。」

對方如是回答，如此簡短的答覆反倒令在場另外四人莫名興奮了起來。

「原來真的有共通點，看來這件事得記下來才行，不過既然是學姊和學弟的關係，你們兩個應該認識吧？我記得中文系一個年級只有一個班才對。」

「小貓咪，妳這話就說得不對了，我的科系也一個班，但班上一堆人都在抱怨誰誰誰家聚從沒出現過，自己家的連長哪樣都不見得清楚了，更何況是其他家的直屬？」

此話所言不假，在謝易庭的認知裡，除了自家直屬和班上的同學之外，基本上若遇到自己系的人，說不認識根本是常態，了不起頂多從別人口中聽過某某某這號人物而已，就算見了面名字對不上也不算什麼稀奇的事。

「抱歉，學姊應該不知道我是誰，因為我很少參與系上活動，算是邊緣人。」那略帶抱歉的聲音像是應證了眾人的假設，卻也讓謝易庭暫時鬆了一口氣。

會來這裡的人基本上都有想實現的願望，刻意讓彼此都戴著面具，想必也是為了保護彼此的隱私吧，畢竟每個人都有自己的難言之隱，要是真有認識的人在現場，恐怕免不了一陣尷尬。

有的時候，匿名性可以讓人暢所欲言，因為沒人知道你是誰，所以發言時可以安心地躲在某種保護層底下，然而一旦身分暴露後，伴隨而來的將是排山倒海的壓力，人際關係的處理勢必又是一大難題。

所以，假如學弟不希望自己的身分被知道，那還是儘量少碰觸這塊吧。謝易庭如是想著，亦打定主意儘量別觸碰到底線，或許是因為學弟已先行告知自己身為系邊的身分，現場話題很快轉變成今日聚會的重點——

關於任務積分的獲取及相關線索。

「對了，你們兩個應該不知道吧，完成任務後只要站在傻瓜樹下一段時間，就會聽見有人在你耳邊說話喔，聽到積分的瞬間真的超神祕的！」

「要是在大半夜這麼做應該會嚇死吧，雖然聽起來很像估狗小姐的聲音就是了。」浣熊面具再度咯咯咯地笑了起來，「現在只要看到有人站在傻瓜樹下等待，都會下意識懷疑對方也是玩家呢。」

「欸等一下，所以傻瓜樹的傳說是唬人的喔？不是說因為男生都痴痴地站在女宿旁的那棵樹下等待、看起來跟傻瓜沒兩樣，所以才被稱為傻瓜樹嗎？」貓咪面具大驚，突然驚覺現實和傳說之間似乎有什麼微妙的出入。

「小貓咪，傳說這種東西本來就是穿鑿附會出來的，怎麼可以全盤接收呢？」老虎面具對此感到嗤之以鼻，「我看傻瓜樹的傳說應該也是為了掩人耳目才創造出來的吧，否則要如何解釋有人三不五時就站在樹下發呆呢？就算是集體焦慮，也該有個合理的說法來解釋這些行為，以免讓人起疑吧。」

「這麼說好像也有道理，畢竟在這場遊戲中被挑選中的玩家們，彼此都有著既競爭又合作的關係呢。」

貓咪面具點了點頭，隨後將視線放在兩名新成員身上。「話說回來，你們兩個真的不打算認親嗎？難得可以遇到自己人，這樣回去之後若要交流也比較方便喔，因為有時候會出現比較麻煩的任務。」

「雖然我們也考慮過回去之後互助合作的可能性，但科系不同機會成本本來就比較高，所以這項提案我們最終直接作罷，不過你們兩個同系應該比較好打聽彼此的人品，或許真的可以考慮看看。」

老虎面具再度打起呵欠，從那模樣看來時間真的不早了，是時候該早點上床補個美容覺了。

「在這裡不方便說出名字，看你們系上最近有沒有什麼活動要舉辦吧，靠聲音或帶個什麼東西碰面都行，算是給你們的參考。」

對於其他成員所給予的意見，謝易庭其實還蠻感激的，畢竟面對像他們這樣第一次見面的人，願意釋出善意一直是件難能可貴的事，然而這同時也讓她感到焦慮，即便她不在乎自己的身分是否會曝光，但這並不代表學弟同樣也是如此。

正當謝易庭思考該如何化解這尷尬的場面時，一道聲音陡然響起，也讓她心中的那塊大石終於落下。

「中文之夜？」學弟不是很肯定的語氣同樣也透露出些許擔憂，看來他們想到的應該是同一件事。

「你是說下下禮拜的中文之夜？」

謝易庭對這件事似乎有著模糊的印象，因為她記得同寢室的佩佩最近忙著剪影片，還不時大聲嚷著好累喔，一問之下才知道是在籌備系上的活動。

見學弟點了點頭，謝易庭對此下了一個決定：

「好，那就約下下禮拜的中文之夜，到時我們各帶一本書到現場，不見不散。」

第五章　暴風雨前的寧靜

「妳為什麼一個人蹲在這裡？」

仍滴著水的髮絲緊貼著雙頰，渾身濕透的少女抬頭望向聲音的來源，寒流的低溫使她的身子有著抑制不住的顫抖。

外頭的天空布滿溼厚的雲層，淅瀝淅瀝的雨聲像是一首催眠曲，悄悄掩蓋了所有的聲音，一如被刀片劃落的傷口即便隱隱作疼，還是得假裝根本沒有這回事。

陰暗的空間讓人看不清楚對方臉上的情緒，待站在高處的短髮少女走下階梯，這才赫然發現對方不僅打了個寒顫，甚至有失溫的可能性。

「妳到底在幹嘛！」

那聲驚呼中夾雜著少許詫異與憤怒，只見短髮少女登時轉身往五樓的方向跑去，過沒多久，回來的她手上多了一條大毯子，不由分說直接往對方的頭上蓋去。

「為什麼會弄成這樣？」

她望向地板那把仍滴著水的傘，很明顯絕對不是因為沒帶傘而淋濕，即便是，也不該渾身都是水，這太不合理了。

況且，之所以選擇躲在四樓與五樓的樓梯間，恐怕也是不斷焦慮著自己會不會把琴房弄髒吧。

要不是因為約定的時間差不多要到了，她也不會走出琴房看對方是否抵達，然後發現對方一個人躲在這裡。

「有人搶走妳的傘？」

見對方搖頭，她繼續接著問：「妳被推入水中？」

「她們不是故意的。」

「不是故意的？那就是有意的囉？」

憤而拔高的音量頓時在空蕩的系館中迴盪，讓她生氣的不只是那些人的行為，也包括對方那忍氣吞聲的態度。

她若沒記錯，樹德樓前有座不到一米深的水池，是抵達音樂系館前的必經之地，每當有人要慶生時，總有一批人趁對方不注意、偷偷延續著把壽星扔進水池的傳統，雖然學校再三告誡學生必須停止這項陋習，但這件事仍屢見不鮮，彷彿這般戲謔的行為根本不具任何危險性、一切都只是為了好玩。

「只是開玩笑而已。」

溼漉的長髮幾乎蓋住了面容，讓人看不清此刻的情緒，只見少女低著頭，任憑對方那雙強而有力的手抓著毯子擦拭著她的狼狽，就像是一隻受傷的小貓，卻倔強得連低聲嗚咽也不肯發出。

「那妳為什麼不先回宿舍換身衣服再來？鳴鳳樓離這又不遠，妳這樣會感冒的。」

「因為時間要到了。」長髮少女頓了一下，「我的手錶時間經常不準，出門前已經跟交誼廳的時鐘校正過了，我怕它又跑掉，所以就直接過來了。」

「遲到又沒關係，我又不會怪妳，就只是一個約定而已啊！」

短髮少女很是無奈，完全無法理解不過是個約定而已，實在沒必要拿自己的健康來賭，而在那陣碎念之中，一心一意專注於前的她沒留意到對方緊咬下唇時、小聲說出了一句話。

「因為是妳，所以才特別重要。」

是啊，因為是妳，所以才特別重要。站在一旁目睹全程的沈凌忍不住在心中複誦了一遍，即便陰暗的光線看不清兩人臉上的情緒，但懵懵懂懂之中似乎能夠理解對方話語中的意涵，也逐漸將眼前少女的身影跟記憶中的某個人重疊。

或許，對方的心情他是能夠理解的，因為在心中具有特別的份量，所以才顯得格外重要吧。

「欸你怎麼會在這裡？」

稚嫩的童音猝不及防落在沈凌身後，猛一回頭，只見之前在竹林島巧遇的兩名小女孩正一蹦一跳地走上階梯，那模樣看起來像極了誤闖森林的小白兔，睜著渾圓清澈的大眼來看待這個世界。

小女孩們的出現在此顯得相當突兀，然而，現場除了沈凌被中斷思緒之外，沒有人對於她們的出沒作出反應。

像是兩個截然不同的時空，沈凌愣愣地看向小女孩們，緊接著再望向另一旁那彷彿身處平行世界的兩名少女，她們的動作與對話絲毫不受外界干擾，繼續演繹著各自的時間流動。

「好奇怪喔。」

無視對方眼底的錯愕，圍繞著沈凌的小女孩們紛紛偏著頭、手擺在身後，像是發現了什麼稀有動物，開始好奇的打量著對方。

「明明是活人，為什麼你身上一點生氣都沒有呢？」

「碰」的一聲，一本特地從圖書館借來的書突然從書架上掉了下來，厚實的撞擊聲讓沈凌從睡夢中驚醒過來，溫暖的被窩和室內的低溫登時形成強烈對比，使得剛從床上坐起的他忍不住瑟了瑟身子，企圖從羽絨被汲取得來不易的暖意。

他嗅了嗅空氣中流動的氣味，除了從門縫滲進來的冷空氣沁入肌理，一如既往的熟悉感總能令他感到安心。

是從什麼時候開始，他已經能聞到那股死亡的味道呢？

這個詰問好比一把銳利的刀刃，總能精準地一擊命中要害，將所有問題的根源拉回多年前的那一夜。

有的時候，他會忍不住想著，如果當初被留下的不是自己，那麼是否會好一些？

然而，不管再怎麼想，這些假設性的問題終究只是假設，所有的事情都無法回到最初的起點，只能拚了命地繼續向前行。

看了一下天氣預報後，沈凌緊接著點開收信匣，發現楊教授發來了一封信。

楊教授的來信總是習慣於凌晨兩、三點時安靜地躺在收信匣，而向來早起的沈凌自然能在起床後的第一時間收到當日被交付的任務，如此一來一往的固定模式早已成為彼此的默契。

這陣子沈凌和楊教授私底下很少碰面，通常是楊教授把要代為轉交的東西放在系辦的信箱，或者是沈凌將處理完畢的資料放回箱子內，因此系辦的老師信箱便成為了兩人傳遞訊息的媒介。

他看了對方發來的信件，隨後火速寫了封信寄給梁教授，過沒多久他馬上收到回信，雖然有些遲疑，但他仍回覆了約定的時間。

沈凌啊，我在整理研究室時發現了梁恩祈老師之前借放在我這的東西，東西並不大，就一個小小的大理石花紋的盒子而已，已經放到系辦信箱了，有空時就幫我拿去還給她吧。

像是一個隨機分配的任務，有時候沈凌會接到諸如這般神奇的指令，若真要由他來說，這倒比較像是楊教授臨時起意。他依稀記得幾天前，在系辦信箱裡確實有看到一個大理石花紋的小小飾品盒，跟他在校慶買手鍊時拿到的包裝盒有幾分神似，然而，究竟是什麼原因讓楊教授回想起這件事呢？這就不是身為學生的他可以過問的地方了。

帶著剛從系辦信箱拿出來的小盒子，沈凌忖度著和梁教授約定的時間，不知道自己是否該提前抵達，還是在剛剛好的時間到便可。

可能是方便之故，梁教授和沈凌約在音樂系館的五樓琴房碰面，這件事其實讓他感到有些焦慮，畢竟之前在音樂系館碰到的怪事仍使他耿耿於懷，但他最終還是答應了此事。

因為楊教授來信時的語氣，總給他一種這是件極為重要的事的感覺。

儘管這一切很有可能都只是自己多想了也不一定。

經過體育館時，沈凌下意識往內靠、盡可能地遠離左手邊的室外綜合球場，雖然平日經過時內心不會湧現任何異樣，但是只要有民眾在場地上活動，那股油然而生的恐懼都會讓他不自覺想離球場越遠越好，所以他都會盡可能避開系隊練球的時間。

然而，更麻煩的問題還在後頭，尤其是在確切了解音樂系館的傳說之後，實在很難說服自己一切都只是想太多。

而且不知道是不是因為期末將至的緣故，他總覺得學校的人似乎有減少的跡象，就連這陣子上課都能明顯感覺到蹺課的學生變多了，這點讓沈凌很沒有安全感。

因為越是人煙稀少的地方，就越能感受到那股難以言喻的荒涼正悄悄蔓延，一點一滴包覆整個校園，在這寒流來襲的十二月，整間學校恍若一座孤城，蕭索的氣味孤獨得讓人即將窒息。

一樣的地點，不同的時間，這一次沈凌沒有太多的猶豫，而是直接推開音樂系館的大門，此次迎接他的是一貫的潮濕與陰冷，彷彿一年四季給人的感受都是那麼有距離感。

接續著上次的記憶，沈凌這一次直接往左邊的岔路前進，走廊盡頭的那面鏡子讓他整個人神經緊繃了起來，因為上次他就是在裡頭看見了不該存在的事物，所幸的是這一次什麼也沒發生，像是為了延續上次未完成的旅程，盡頭轉角處果不其然出現一座樓梯，讓他打定主意拾級而上。

啪噠、啪噠、

啪噠、啪噠。

不曉得是不是每次來的時間點都不對，沈凌發現整間音樂系館安靜得讓人起疑，彷彿沒有任何生人存在，此刻的他幾乎聽不見其他人的聲音，雖然很有可能單純只是這裡的隔音效果特別優異，然而，他多少還是分神了。

當沈凌的腳甫踏上五樓的地板，他感覺自己似乎踩到一個極為柔軟的東西，陷進去的腳還來不及抽離，他便意識到自己已經受地心引力法則的影響，身體重心開始往前傾，緊接著，整個人竟然跌入一個看不見底的黑暗深淵！

糟了！

還沒會意過來究竟發生了什麼事，沈凌只記得雨聲淅瀝，耳邊傳來清晰的淙淙流水聲，不絕於耳的蟲鳴像是來自遠方久違的呼喚，伴隨而來的一聲「撲通」，讓他猛然驚覺自己原來掉入了水中。

冰冷的水層有著沁入骨髓的寒意，他不清楚怎麼會掉入水裡，只知道水不斷灌進他的嘴裡肺裡，他想張口呼喊求救，然而換來的卻是更多的水淹沒了他的聲音。

這一次他的鼻子失靈了嗎？在掙扎與慌亂之際，他腦中第一個浮現的竟然是這個問題。

無止盡的水層像是嘲弄著他的大意，沈凌感覺自己正不斷往下沉淪，他不會游泳，也知道自己該冷靜面對這樣的突發狀況，但被剝奪的理智隨著灌入的水越來越多，他意識到自己的掙扎其實不過是徒勞無功的求生本能。

或許是因為他的感官在此時此刻都被放到最大，他隱隱約約地聽見一陣熟稔的歌聲傳入耳中，待他睜開眼睛，他看見下方水層遍布許許多多既熟悉又陌生的妖異，那猙獰的面孔一如那一日襲擊家裡的妖怪，抑制不住貪婪、垂涎的表情彷彿恨不得將他生吞活剝，紛紛爭先恐後地朝他的方向游了過來——

「沈凌？」

像是一道救贖的光線，一隻白皙的手伸入水中，將他拉了上來。

待沈凌回過神，映入眼簾的是一雙充滿擔憂的眼睛，只見梁教授就站在自己面前，他發現自己正蹲在連接四樓與五樓的樓梯間，或許是因為感受到不對勁，所以梁教授才會走下階梯，伸手拍了拍他的肩膀。

「你還好嗎？因為擔心你迷路，所以我就先出來看看，結果一出來就發現你蹲在這裡，我叫了你好幾次，但你都沒反應。」

梁教授的頭髮很長，那雙憂鬱的眼與削弱的身形看起來比沈凌還要弱不禁風，或許是因為光線不佳、無法看清楚對方臉上的神情，此時此刻不知道為什麼，沈凌竟覺得她的身影和記憶中的某個人重疊了起來。

「抱歉，我剛剛有點不舒服，現在好些了。」

沈凌撒了個小謊，隨後趕緊從背包拿出那個小盒子，說明自身來意。「楊教授最近整理研究室，說發現這是之前妳借放在他那的東西，該物歸原主了。」

「嗯？原來我有東西寄放在他那裡嗎？還是他老人家記性不好弄錯人了？要是他記錯了，那我會去好好取笑他的。」

梁教授笑了，伸手接過小盒子，似乎已經篤定是對方記錯了，然而當她打開小盒子後，臉上的表情卻在剎那間澈底僵住，彷彿盒中所裝的是塵封多年的祕密。

那是一條美麗的鍊墜。

圓形的半透明墜飾有著溫柔的淡青色光澤，那柔和線條的整體設計，看起來像極了一顆美麗的木星，而這般與世隔絕的美好就這樣靜靜躺在盒內，即便歲月流淌也無法掩飾它的光亮。

「……幫我跟他說聲謝謝。」良久，梁教授這才緩緩開口，並重新將盒子蓋上，有一瞬間沈凌捕捉到對方眼裡一閃而逝的落寞，彷彿鍊墜所勾起的是場不怎麼令人開心的回憶。

「也幫我跟他說聲抱歉，我沒想到竟然已經借放在他那邊這麼久了，也多虧他還記得這件事，否則連我自己都忘得差不多了。」

「好的，我會幫忙轉告對方。」

沈凌向來不善於處理他人的情緒，而他本身在面對這樣的情況時，通常也只能尷尬地站在原地。或許是因為不知道該接些什麼，也很有可能對方並不需要他太多的回應，在經過一段時間的沉默之後，梁教授問了沈凌一個問題：

「你身邊有過很傻、總是為別人著想的笨蛋嗎？」

梁教授轉身步上階梯，往五樓琴房的方向走去，並示意身後的沈凌跟上來。

「如果有的話，一定要好好珍惜對方，畢竟這世界的惡意已經夠多了，沒必要讓這份良善也跟著殞落。雖然法律沒規定我們在他人遇難時一定得伸出援手，但若是可以，我希望有天你遇到時，可以選擇不要見死不救。」

「為什麼呢？」

「因為善良是一種選擇。」

像是為了回應沈凌的疑問，梁教授回頭露出了一抹苦澀的微笑，自顧自地說了起來，在那短暫的回眸中，沈凌似乎瞥見一旁的玻璃窗上倒映出一抹倩麗身影，急切地奔過五樓長廊。

「越是溫柔的人，他的悲傷就越深沉，因為明白被傷害的感覺有多痛，所以才會拚了命地對他人好，就是不希望其他人也受到傷害，正因為在努力釋出求救訊息後體會過無助的感覺，所以才會以溫柔的心來對待其他人，只希冀不再有人遭遇自己曾經歷過的一切。

「就算只有一點點也好，哪怕只是一點微不足道的話語或善意，或許都能給人帶來一絲希望，或者說，活下去的勇氣。

「我啊，就是這樣子一路走過來的呦。」

那發自內心的肺腑之言，好似踏過荊棘之後所衍生的慨歎，讓沈凌不由得去咀嚼背後真正的涵義，或許正是因為陷入沉思，所以才會讓他在走至中文系館前的木桌時，沒聽見背後有人出聲叫住他。

「老師。」意識到對方的呼喚後，他猛然剎住腳步，只見楊教授拿著手帕不停地擦著額頭冒出的汗，彷彿他身邊一年四季都是夏天。

會在這裡遇見楊教授，沈凌其實很訝異，因為在他的印象裡，楊教授一直是個很忙碌的人，只有少數特定時間才會出現在學校，即便來了也會匆匆離開，這就是為何對方會發信請他把東西交還給梁教授的主因，既然如此，對方今天怎麼會出現在這裡呢？

而且，不知道為什麼，沈凌感覺到這次楊教授身上的氣息似乎變濃厚了，他很確定那股死亡的氣味是不小心沾染上的，而他之所以選擇接近對方，就是想釐清當中的原委，然而，為什麼會突然產生變異呢？

「沈凌啊，想什麼事這麼認真，很少見到你這模樣。」

「只是走到系館時剛好想到今晚有中文之夜而已，第一次參加活動有點不習慣，那個，剛剛我把東西拿給音樂系的梁老師了，老師，你今天有課？」

「噢我今天沒課，等等系上要開會，所以才會趕過來，因為這次要討論的事情有點重要。」楊教授頓了一會兒，好似在內心掙扎一番後，這才緩緩開口：「你這陣子還好嗎？前幾次上課都看你心不在焉的樣子，發生了什麼事嗎？」

看著楊教授那欲言又止的模樣，沈凌便知曉對方又開始糾結於是否該開口詢問的焦慮當中，他不確定對方究竟經歷過什麼，但是那份敏銳確實捕捉到他的不對勁，怪不得每次在文字學的課上，沈凌老是能感受到楊教授的目光不經意落在自己身上。

原來真的不是錯覺啊。思及此，沈凌不禁苦笑了起來。
「其實只是不小心受到傳言的影響而已，沒事的，別擔心。」
「雖然總是說別擔心，但沈凌啊，現在學校的情況很難讓人不擔心呀。」他嘆了一口氣，「學校越是消極處理，事情就越沒有解決的一天。」
「什麼意思？」嗅到語句中的不尋常，沈凌不自覺進行了提問。
「這件事你們應該還不知道吧，有好幾名學生在進入音樂系館後陷入昏迷了。」
看著沈凌睜大的雙眼，他接著繼續道：「似乎是受到音樂會事件及後來傳說的影響，有不少學生晚上時偷跑進音樂系館探險，結果到了早上被人發現倒在五樓琴房內，完全醒不過來。」
「一開始，學校說是因為學生貪玩、結果不小心撞到頭才會陷入昏迷，而且因為是零星個案，所以我們聽到消息的當下，也覺得是人身安全的疏忽所導致的結果，殊不知人數竟然越來越多，我們系上也有好幾個學生躺在醫院裡了，你們都不會覺得有些人沒來上課很奇怪嗎？」
面對這個問題，說實在話，沈凌也答不上來，除了跟自身個性孤僻及邊緣人的身分有關之外，很多時候是否來上課都是同學個人的選擇，並不會有人刻意過問，畢竟都已經是大人了，多少也要學會對自己的人生負責。
當然，若私下交情甚好，可能會傳訊息關心一下，也很有可能會因為對方遲遲沒有回覆而感到奇怪，但是——
也僅止於此了。

若非這陣子有相關重大事件發生，進而促使人們提高警覺心，很多時候，人心其實是疏離的，即便察覺有異樣，也只會告訴自己那只是想太多而已，只因為不夠具有「好奇心」。

「那些學生現在情況如何？」這是目前為止他唯一能說出口的話。

「到底是好還是壞我也很難說，因為不管做了多少檢查，通通檢查不出任何異樣，唯一的共同點就是陷入昏迷，怎樣都醒不過來呀。」

「醒不過來？」

這點倒是令沈凌納悶了起來，假如說是因為傷到頭部導致昏迷那就算了，但現在這情況聽起來似乎不太樂觀。

「對，等會兒系上開會要討論的內容，其實就跟這件事有關，而且現在系所下年度確定要被學校砍經費了，部分活動都只能暫時取消，雖然這件事之前也發生過，讓所長去找比較有錢的單位想辦法募款贊助也行，但這一次牽涉到系所轉型後是否能順利運作，像上次的年度公演你們拉贊比較辛苦就是這個原因，因為光是這塊的預算就硬生生被砍了三萬呀。」

「為什麼會突然被砍經費呢？」

「因為開校務會議時，我們和其他幾個科系都很反對學校消極處理的態度，再加上你也知道，萬老師說話本來就很一針見血，這學期當上所長後當然更犀利了，大概是因為這樣學校就惱羞成怒了吧。」

「你是說萬老師？」沈凌有些訝異，雖然中文系罵人不帶髒字且走嘲諷路線的現象並不少，但他實在很難想像總是面不改色的冷面笑匠竟會跟學校高層直接槓上。

「別看他好像什麼事都漠不關己的樣子，其實萬老師比任何人都還要討厭不公不義的事。」

楊教授忍不住哈哈大笑了幾聲，似乎對於學校高層被公然嗆聲一事感到大快人心，然而，他突然話鋒一轉，接著問了一個看似毫無關係的問題：「梁老師最近還好嗎？」

「老師指的是？」

愣了半晌後，沈凌這才會意過來這句話的意思，他想告訴楊教授這一次他在對方身上感受到被濃厚的死亡氣息所籠罩的不安，但這些話尚未說出口，就像是被人掐住脖子般硬是卡在喉嚨裡吐不出來，只能以另一種形式進行表述。

「梁老師她……看起來好像不太對勁。」艱澀的字句從喉嚨湧出，沈凌盡可能讓自己不那麼詞不達意：「她打開小盒子後，臉色不太對，她要我跟你說謝謝和抱歉，因為這件事連她自己也忘得差不多了。」

「唉，是真的忘得差不多了、還是刻意不讓自己想起來呢？」

楊教授嘆了一口氣，回望沈凌的眼神多了幾分複雜的情緒，其實打從沈凌第一次見到楊教授時，他就有留意到對方時常用這般若有所思的神情看著他，好像有什麼話鯁在喉頭，總是以迂迴曲折的方式來表達自身的關心。

「你們兩個……真的很像。」

「誰？」

彷彿沒聽見對方的疑問，楊教授自顧自地說了起來，那憶著前塵往事的模樣有著難以言喻的慨歎，而他接下來所說出的話卻有著山雨欲來風滿樓的沉重感，開始預示著某些人事物未來的結局走向。

「沈凌啊，學校裡有東西變了，從吵著併校的時候就開始了，藉由改朝換代通通跑出來了，我說不上來那是什麼，但我知道，有事情要發生了。

「那些學生之所以會好奇地跑去音樂系館探險，就是想知道那個傳說究竟是否為真，偏偏那些被建構出來的東西本來就是人們想聽想看的，不被允許出現的有時候往往才是最真實的，只是我們的道德向來限制了我們的想像，明明有許多疑點卻假裝視而不見、明明聽到了卻直推說自己根本沒聽見，睜一隻眼閉一隻眼所換來的，就是當時那些沒處理好的事會延續到現在。

「沈凌啊，你要知道，言語是一把雙面刃，它可以帶給你溫暖，也可以置你於死地，很多時候我們都會說不要去管別人說什麼就好了，但這些充其量都只是說風涼話而已，因為人一定會受到影響，並且開始自我質疑。

「我不清楚你是否遇過類似的情境，但我要說的是，無論是幫助還是被幫助，請記得為自己而活，也請用自己的方式伸出援手，而非只是單純地被仇恨或自責蒙蔽雙眼，因為這世界需要被改變。

「對於那些只懂得傷害別人的人，我們不需要逼自己一定要去寬恕，因為不懂得自我反省的人是從來不會去祈求你原諒的，因為他們根本就不在乎，但是別忘了——

「你一定得學會寬恕自己，無論花多少時間都沒關係，請試著原諒當時的自己。當你學會了原諒，就代表你已經能逐漸放下，無論未來的路要怎麼走，你都要試著相信你已經有了繼續向前的能力，因為現在的你已變得更加強大，也比你所想像的還要有力量。」

窗外的天空烏雲密布，像極了吸飽了水的厚重羽毛，只聽得遠方的雷聲隱隱作響，使得男子不禁起身走至窗邊，他深深吸了一口氣，潮濕的氣味與沉悶的氣息已預告著接下來將會是一場風雨交加的動盪，這讓他忍不住感慨了起來。

「怎麼突然在那邊嘆氣？有心事？」

身後的門毫無預警地被推開，猛一回頭，只見一名高瘦男子悠然入內，最後大大方方地坐在會客用的沙發上，那翹起二郎腿的模樣儼然就是把別人辦公室當自己家，面對這不請自來的客人，他不禁皺眉，卻又對對方隨興的態度感到沒轍。

「我沒事，倒是你，怎麼突然來了？秘書知道你今天會來嗎？」男子抬頭望向一旁，卻突然想起早些時候，秘書說她有事所以提早離開了。

「她當然不知道我會出現，而我也沒打算讓她知道。」見男子面有難色，他忍不住大笑了起來。「我說你呀，臉色幹嘛這麼難看，我們都什麼交情了，難道見個面都還要打電話預約嗎？只是老同學敘敘舊而已，沒必要如此大費周章，那太麻煩啦。」

「既然是老同學，那你為何總要苦苦相逼？」

「你這話就說得不對了，從頭到尾你情我願，白紙黑字，我從來沒有壓著你對著媒體鏡頭說我贊成、我願意，是兩校彼此心甘情願這麼做的，這一切都是為了學校呀。」

見對方臉色漸趨難看，高瘦男子爽朗的笑聲再次迴盪整間辦公室，只見他打了一個響指，敞開的大門頓時湧入好幾名黑衣人，雖穿著西裝筆挺，卻能感受到那股難以言喻的壓迫。

「裡頭是答應給你的東西。」

其中一名黑衣人從手提包拿出一個厚重牛皮紙袋交給高瘦男子，而後者則是毫不猶豫直接扔到眼前的茶几上，那侷狹的模樣讓男子戰戰兢兢地打開紙袋，只見裡頭滿滿的都是他涉嫌侵占的證據。

「你放心，我們向來說話算話，所以絕對不會有留備分這回事。」

高瘦男子笑得異常開朗，完成任務後便起身理了理衣領，準備和那幫黑衣人打道回府，殊不知就在轉身離去的那一瞬間，男子看見對方眼底閃過一絲狡黠。

「噢，稍微提醒你一下，因為檢察官已經查到你戶頭裡的金錢流向不對勁了，所以你就暫時委屈一下吧，只要坦承是因為行政疏失而誤觸法條，我想多多少少還能幫你挽回一些名譽吧。」

「等一下！這跟我們當初說好的不一樣！」

男子聞言後，氣急敗壞地衝上前想找對方理論，卻被一旁的黑衣人出手制止，那無能為力的滑稽畫面看在高瘦男子眼裡，最終讓他抑制不住地放聲大笑。

「說來說去這還不是得怪你，若打從一開始就站在我們這邊，那我們就不必花這麼多時間來抓住你的把柄，而你也不會拖到現在才被抓包，拿了那麼多，爆出一點也不為過吧？這點數字至少還能用理由搪塞過去，若換成真正大筆的，那你這輩子恐怕都翻不了身囉。」

高瘦男子在大笑中悠然步出大門，徒留男子呆愣在原地，雙手緊抱著那份足以毀滅他此生的資料，而身旁的黑衣人也像是看了一場好戲，跟著哈哈大笑之餘，離去前仍不忘推了男子一把，可見這場競賽所訂下的遊戲規則有多殘酷。

然而，他們萬萬沒有想到的是，歷經打擊的男子早已魂不守舍，那突如其來的用力一推，讓一時沒有心理準備的他登時向後踉蹌了幾步，緊接著像是踩空了般，稍一重心不穩，整個人就這樣朝一旁堅硬的地板直直倒去——

「卡！你們這樣不對啦！」

坐在底下的曹娟娟忍不住嘟起嘴，她舉起被捲成圓筒狀的劇本，開始比手畫腳了起來。

「黑衣人A伸手推校長一號的動作，是要在舞臺上只剩下三個人的時候才進行，還有，校長一號你準備倒下的前置時間太長了啦，最近這幾次排練看起來超刻意的。」

「抱歉抱歉……那這段我們兩個重新來一遍？」

只見兩名學弟略帶抱歉地走回原本的舞臺位置，似乎每次排演到這一幕時，兩人不知道為什麼都會在這裡卡關。

「那就從校長二號大笑走出去的地方開始吧，待會兒資訊部的人會把這段錄下來，我們先照著劇本把其他幕跑一遍，晚點再來討論這邊該怎麼辦吧。」

身為導演的曹娟娟打了一個響指，看起來很是滿意自己做出的這個決定。

不對吧，根本不是演員演得太刻意，而是劇本裡這整個橋段都很有問題吧，最好一般人會跌得如此獵奇啦。同樣坐在觀眾席的謝易庭忍不住在心中狠狠吐槽一番，真心覺得自己的白眼已經卡在後腦勺翻不回來了。

對許多三年級的學生而言，接幹部絕對不是一件輕鬆的事，在所有的活動項目中，尤以系上一年一度的戲劇公演最為辛苦，為期一年的籌備可說是中文系的重頭戲。

雖然對不是幹部的人來說這就不干他們的事了，但畢竟是同班同學，又是系上引以為傲的特色，總得要來慰問一下或在人手不足時給予協助。

像今天聽說要在人稱「講甲」的最大講堂進行排演，於是謝易庭特地撥出時間跑來探班，仗著自己和幹部們交情匪淺，想事先知道這次的劇本究竟是演什麼內容。

往年公演都是在五月舉行，然而今年不知道怎麼搞的，竟然延到六月才舉辦，眾人內心的焦慮和煎熬無條件延續，再加上碰巧遇到大四畢業首當其衝，大三們要忙送舊又要忙公演，整個五月大概只能在壓力中度過。

只不過，壓力歸壓力，道德歸道德，回到現實層面，她只是看了排練的其中一幕而已，就已經想掐死曹娟娟了。

這齣戲叫作《偽完結》，光看劇照宣傳，大致就能猜出這是一個關於兩校鬥爭且充滿陰謀論的故事，號稱情節可以媲美臺灣黃金八點檔裡頭萬年不變的商業鬥爭，兼具民眾最愛的灑狗血糾葛，完美呈現了勾心鬥角的黑箱精華，並在看似絕望的尾聲中，表達了這一切的抗爭都尚未完結、一切仍在進行中的概念。

但是——

整個劇本的內容也太明目張膽了吧！人事時地物各種影射就算了，當中的意圖與立場也毫無意外地呈現二元對立，這樣的劇本真的可以演出來嗎！

謝易庭已經進入眼神死的狀態，然而更令她感到無語的是，整個編劇部的人竟然會同意曹娟搞出來的劇本？就算是編導合一，這個劇情走向不管怎麼看都是屬於曹娟娟的戲啊！

完了完了，果真是天要亡我系，這年頭連曹娟娟都可以當導演了，這世上還有天理嗎？

知道這次的公演大概會演什麼樣的題材之後，謝易庭可說是毫無懸念地起身，可以直接揮揮衣袖轉身離去了，畢竟正式內容要等到公演當天完整收看才有意義，而且今晚就是中文之夜了，她得先去趟圖書館，以免忘了要帶書過去這件事。

「謝大謝大，妳幫我帶杯『八冰綠』回來好不好？今天天氣好熱，等等放飯時我想要配冰冰涼涼的飲料！」

像是感應到對方準備離席，曹娟娟突然轉過頭來，開開心心地列出她的許願清單，為了避免謝易庭一口回絕，她義正嚴詞地補上最後一句：「喝甜的有助於降低火氣。」

「真正需要降火氣的是因為刁戲而壓力暴增的學弟妹們，不是妳！」

謝易庭很是無奈，無法理解怎會有人臉皮厚到要她在大熱天幫忙跑腿，還能一臉無害地說出看似很有道理的話，是不會跟大家一起湊金額叫外送喔？

「曹娟娟，這次的劇本妳是故意的吧。」

「沒辦法啊，誰叫我們系向來和校長不合，這屆公演硬是被砍了三萬塊的預算，既然沒錢演我最想要的時代劇和古裝劇，當然得想辦法開源節流囉，不信的話你可以去問佩佩，人家是服飾部部長，光是租戲服的價格就很精彩了呢。」

她無辜地眨了眨眼，「相信我，演現代劇真的比較省錢，而且劇情若與現實雷同，那麼我深表遺憾。」

「遺憾妳個大頭鬼啦。」

謝易庭翻了個大白眼，離去前扔下一句話，算是對曹娟娟無理要求的一種妥協：「飲料我直接放休息室，不准在講甲吃東西。」

「我知道啦，那麼晚上的中文之夜見。」

曹娟娟笑得沒心沒肺，似乎對這樣的結果感到很開心。

第六章　潘朵拉的盒子

「情況如何？」

「老樣子，說不上是好還是壞。」

「是嗎？」

一聲幽微的嘆息在普通病房內迴盪，重新拉上簾子後，梁恩祈與醫師一同步出病房，從那模樣看來，似乎也是愛莫能助。

「已經一個月了，家屬那邊有說什麼嗎？」

「一開始還會問什麼時候會醒過來，但現在基本上也都不怎麼問了，和這個比起來，學校那邊應該比較麻煩吧？」

「都被壓下來了，還有什麼麻煩不麻煩的呢。」她深深嘆了一口氣，「畢竟連外傷都沒有，而且監視器也拍到是他們不守規矩在先，就算要吵要鬧，學生自己還是得負最大責任，根本不干學校的事。」

「學校那邊還是一樣精打細算呀。」

「意料之中。」

「看來也只能先這樣了，若有什麼情況我會再通知妳，這陣子妳到處奔波，也該回去好好休息了。」

「好的，那麼學生們就麻煩你了，謝謝。」

「沒什麼，這些本來就是我該做的，畢竟我也受到你們梁家不少的照顧。」

語畢，兩人像是不曾交談過般，在被其他人撞見前迅速分道揚鑣，整條走廊再度恢復寧靜。

然而，就在梁恩祈思考是否該回學校時，一道熟悉的聲音陡然落下，讓她不禁停下腳步。

「恩祈。」

一名女子站在身後不遠處的地方，毋須回頭，她便明白來者為何人。

「妳怎麼在這？」

「因為我知道妳會來。」

女子往前跨出了一步，來到梁恩祈面前與她平視。「都認識妳這麼久了，我江雪怎麼可能不清楚妳在想什麼？」

「既然明白，那就請妳讓我去吧，只要有任何關聯性，那麼我就會追查到底。」

像是醞釀許久的話語，也很有可能只是計策，良久，她緩緩吐出最後一句話：「若妳還把我當朋友來看待的話。」

「妳這話是什麼意思？難道我們過去幾十年的交情都是假的嗎？還是說，這些年來妳其實一直在懷疑我？」

「我沒有懷疑過妳什麼，但是真要說起來，妳不就是父親安插在我身邊負責監視我的棋子嗎？我說得沒錯吧，江江。」

「妳總算願意喊我的小名了。」江雪苦笑了一下，「自從那件事之後，妳就把自己的心門關上了，這要我如何不擔心？」

「這是我的選擇。」她平靜地說著。

「我知道，所以我從來沒有阻止過妳，不是嗎？」江雪頓了一會兒，接著繼續道：「相信我，這個世界終會還妳一個公道。」

江雪離去後，站在走廊上的梁恩祈開始思索那句話背後的意涵，她知道很多都只是揣測，但是十幾年過去了，有時候她會覺得自己的處境依然沒變過，她還是當年那個束手無策的自己。那個犯下無法彌補的罪過的負罪者。

突然，一陣手機震動聲分散了她的注意力，待看到來電顯示的是再熟悉不過的名字後，她想都沒想直接按下接聽鍵。

『親愛的，有沒有想我呀？』

電話那頭的笑聲一如既往地笑得沒心沒肺，彷彿天大地大的事都能夠一笑置之，讓人不禁羨慕起這般無所畏懼的信念及勇氣。

「沒有，因為我的腦容量需要騰出空間，以備不時之需。」這問題梁恩祈倒是答得挺乾脆。

『嘖，梁恩祈，妳到底跟誰學的？說話真是越來越賤了，好歹看在妳身分證配偶欄印著我名字的份上，顧念一下彼此的革命情誼吧。』

「沒辦法，那是你的問題太蠢了，恕難從命。」她頓了一下，「不說這個了，宋慶華，江雪剛才來找我了。」

『不意外，她應該也收到學校那邊的消息了吧，畢竟妳還留在那裡。』

「什麼意思？」

『這不是重點，我打給妳是要跟妳說一聲，關於新校長遴選一事。』

「又要黑箱了嗎？上次是在開票過程中因為跳電而恰巧撿到一張遺落的選票，這次是什麼新玩法呢？」

『雖然推陳出新很重要，不過這次簡單多了，就跟其他學校一樣，外面來的候選人在第一階段投票永遠比較吃虧，帶有行政職的教職員會打分機電話給老師暗示投給指定候選人，若該名候選人當選，那麼下年度會從優增加各系所經費，還真是簡單好懂呢，不過妳應該不會接到電話就是了。』

「因為這次的派系同樣也是梁家的人嗎？」

『是呀，就跟那時候一樣呢。』

像是勾起了以前不怎麼愉快的回憶，兩人沉默了一會兒後，這才由梁恩祈出聲打破這場尷尬：「晚上有場重要的開幕酒會，我需要你陪同出席。」

『沒問題，等等把時間發給我，那妳要以梁家的身分代表出席嗎？』

「不，這次我要以『梁恩祈』的身分出席。」

那斬釘截鐵的一句話，猶如一場最後的宣示，正式預告了接下來暗潮洶湧的走向，或許正是因為梁恩祈太專注於接聽電話，所以才會讓她直到步入電梯後，都沒有察覺空氣中隱藏的一絲異樣。

突然，一聲又一聲的呼叫鈴響縈繞整個護理站，這讓值班的護理師們紛紛急速趕往螢幕顯示的病房，殊不知就在她們打開各自前往的病房門後，眼前的情景讓她們忍不住放聲尖叫。

只見病房裡布滿了大量的銀白絲線，密密麻麻的絲線泛起森冷的寒光，那模樣像極了特定生物所吐出的白絲，下一秒，她們看見躺在病床上的病人臉色逐漸發紫，彷彿有東西緊緊勒住他們的脖子，那一道道黑紫色的瘀血掐痕若隱若現……

🎹 🎹 🎹

聽說改朝換代之前都會天有異相～

例如之前發生過學生抗議絕食、大喊行政程序不公因而鬧上新聞版面

結果那年校長續任與否在開票過程中正方及反方票數竟然一樣

就在案情陷入膠著之際，現場突然來了個大跳電，在一片混亂中，主持人手持麥克風要大家

別緊張，已經派人去檢查了。

殊不知就在燈亮的瞬間，主持人表示剛剛黑暗之中在地上撿到一張遺落的選票、我們就來看看結果如何吧，於是打開一看——

各位客官，竟然是張同意票呀！

然後我們親愛的校長就續任了呢啾咪＝3＝

聽說最近學校又到了要選新校長的關鍵時期了

大家有發現什麼不尋常的事件嗎？

我先來給個線索暗示一下↓

校慶音樂會、跳樓、玩遊戲、醫院、最佳利益、黑箱

wine2926：瓜

pita8304：等瓜

queen1548：吃瓜

winnie6161：嗶嗶小心支語警察

star9704：各行各業都有黑箱不稀奇ㄅ

panda8534：那個最佳利益不是臺劇嗎，第二季不知開播了沒（歪樓

book0976：我只知道學校校慶音樂會死人，然後一堆人懷疑這是當年音樂系女學生的詛咒

（因為失戀的關係？聽說這次死掉的女生和幫她伴奏的那位是一對），但是這跟黑箱那些有什麼關係就不知道了（聳肩）

litchi5443：阿不是說改朝換代前會天有異相？你舉的例子跟天有異相沒關係吧

lord8574：book0976：現代呂洞賓？這種見不得人好的心態母湯喔，都作古那麼久了可以請幽靈學姊不要棒打鴛鴦嗎

salmon5355：不恨也難吧？這世上有誰可以接受被信任多年的閨蜜橫刀奪愛？搶人男友的綠茶婊通通去死啦！

water8304：人家幹嘛干你屁事！反正畢業後都要當社畜，學校搞什麼有差嗎

panda8534：water8304：你兇什麼＝＝

tiger4465：先來點嚴肅的，教育界黑箱是常態，基本上都是睜一隻眼閉一隻眼，但會被爆出來一定是你太超過了！

oreo4786：鵝覺得心累，鵝不想聽

seal5667：推老虎＋1，只是去國小代理兩年，每到了教甄時期都能見證學校人事暗中處理及78同事逼走新人的噁心手段，人情名單什麼的通通去死（O）

taco8400：黑箱最討厭的就是不事先說好，分數都打好了然後才在那邊該說因為想留誰要我改數字，把人當北七也要有個限度

cock2845：seal5667：那你還留下？

cookie6745：他說的黑箱指的又不一定是學校，可以不要在那邊帶風向嗎

cookie6745：自己學店當年吃相難看就不要扯校長續任案啦

jay3240：cookie6745：禁止釣魚

cake6258：禁止釣魚

sundae6363：願者上鉤

fox9415：cookie6745：請不要在這裡戰學校喔，很明顯樓主想討論的是學校近期發生的怪事，請不要對號入座喔。

pink1495：原來這就是同溫層和異溫層的感覺呀

bbq9937：之前有聽系上老師說過，在聘專任教師時其實並沒有學生想像中公正，光是看履歷表上的最高學歷都能形成各自的派別了，私底下是否有特別關係也都是進來後才知道的事

bbq9937：反正只要行政程序合法＋專業足夠強大，誰會去懷疑你有沒有問題

snake6530：其實不只是大人們，連學生也會發生類似的事喔，而且選民服務超好用！

miso1503：我聽到的比較不一樣，不過因為新聞沒有報出來，真實性也有待商榷，怕造成不必要的麻煩和恐慌，所以這邊會用「聽說」、「可能」來說明我聽到的，請大家當故事聽聽就好（土下座）

miso1503：聽說音樂會死人之後，就開始有人跑去音樂系館探險了，奇怪的是明明琴房都

會上鎖，一般人照理說根本進不去才對，但不知道從哪天開始，每到了早上就會發現有學生躺在五樓琴房的地板叫都叫不醒，送醫院後就沒下文了。

miso1503：最近有聽到系上老師在傳，說那些學生送到醫院後其實就一直躺在普通病房沒醒來，然後學校早在第一時間就把整件事壓下來，這些是跟著老師他們開系務會議時聽到的，大家私底下都在猜有沒有可能是學校裡有不明力量在作祟，否則不會那麼剛好在這個時候爆出來。

tiger1602：miso1503：為什麼老師們開會你會坐在現場？

miso1503：tiger1602：系學會會長及副會長都會到場喔

walrus1207：欸這個我好像也有聽過耶！最近到了黃昏那段時間，小花對著空氣狂吠的頻率開始大增，一開始我們懷生社以為牠只是在吠民眾，現在回想起來那好像是音樂系館的方向……

squid9656：怕.jpg

weasel3521：怕.jpg＋1，這裡什麼時候變成媽佛版了QAQ

steak2455：所以他們到底在音樂系館看見了什麼？我記得傳說裡面沒有提到昏迷啊，還是我漏掉了？

bread8625：steak2455：傳說裡頭確實沒有提到會昏迷，或許可以去打聽有誰很久沒到學校上課了，等他們醒來再問問也不遲？不過目前看來進去探險的都還躺在醫院裡就是了。

peach3534　：所以音樂系館傳說是真的？

wine2926　：不對哦，當年還是有人探險完後平安回來喔

「欸，你前陣子有沒有看校長遴選座談會的網路直播？你覺得怎樣？」

「不管誰當校長都一樣吧，現在連選校長都要搞得跟政治人物的選舉沒兩樣，說不定哪天還會想辦法挖到對手的生辰八字去作法勒。」

「你說的是最近網路上很夯的那篇文章？我後來聽人說果然有好幾個沒來學校的聯絡不上，有看得見那邊的人說了，半夜時曾經看見對面音樂系館的五樓長廊出現詭異的白影，當他想看清楚那是什麼時，下一秒，突然有個披頭散髮的女生趴在窗戶上瞪大眼睛死死地盯著他看，而那些學生之所以會昏迷不醒，很有可能是因為他們的魂被音樂系館裡的東西帶走了。」

「被帶走應該就死了吧？假如真的跟爆卦的人說的一樣、那些沒來的其實都還躺在醫院，即便是昏迷也還有生命跡象啊，這樣就不算是魂魄被帶走了吧？」

「當然算啊，誰說被帶走人就一定會死，我們不是很常說那些神智不清的人就是三魂七魄跑掉了嗎？依照這樣的邏輯來看，昏迷不醒的人應該可以視為靈魂出竅之類的吧。」

「那照你這樣講，那些昏迷的人豈不只能永遠躺在床上了嗎？」

「欸，你的腦筋怎麼這麼死啊，既然昏迷的原因是因為魂被帶走了，那麼只要想辦法把魂引

回來那就沒問題了吧。」

紅磚步道上，兩名學生邊走邊討論起近期論壇上被火速轉發的文章，這讓走在兩人後頭的沈凌不禁悄悄豎起雙耳，認真聽起雙方的談話內容。

沈凌不常使用網路，所以也很少到各大論壇閒逛，自然無法在第一時間獲得最新資訊，但是學生陷入不明昏迷的消息早已悄悄流傳於校園，成為茶餘飯後的話題。竊竊私語的人變多了，那股肅殺之氣伴隨著日益荒蕪的冷清，開始跟著擴散出去了。

雖然陸陸續續出現了各種對消息的補充及臆測，但裡頭究竟摻雜了多少真假也無從分辨，至少對沈凌而言是如此。

假的傳言有機會不攻自破，然而，流傳的若是真的呢？

將手中的小說及專書拿到圖書館櫃臺辦理還書後，沈凌便離開了，即便距離中文之夜結束已有段時日，他還是等到今日才連同期末課堂小論文的參考書目在同一天一起歸還，畢竟學期快結束了，一月的期末重頭戲自然也結束得差不多了。

其實沈凌有想過要不要問問阿康：在那之後，是否還有收到神祕聚會的邀請函？自從校園怪事頻傳後，他就開始思考神祕聚會的存在究竟有何目的，假如完成任務累積積分一事真的有一定機率能獲得許願的機會，那麼不管許什麼願望，真的都能夠實現嗎？

這讓沈凌不禁想起那名在神祕聚會上認識的學姊，或許他應該設法再次前往那個聚會，他總覺得在那次的參與中似乎察覺了什麼異樣，只是一時之間說不上來而已。

也許，他應該要去找學姊，說不定學姊跟他一樣也有相似的感受……

「嘿，原來你也在啊。」

猛一回神，沈凌這才發現自己不知不覺竟又走到了自家系館，並且與迎面走來的魏如湛碰個正著，看到對方一如既往的笑容，即便沈凌有想轉身逃跑的想法，他的雙腳仍死死地釘在原地，理智面迫使他別忘記人與人之間應有的禮貌，而這般充分的理由足以使他選擇留下。

「好久不見。」

沈凌之所以這麼說其實不無道理，畢竟大學的期末週若不是期末考便是放假讓學生寫小論文，再加上魏如湛本身就是蹺課慣犯，所以也算是好些時日沒見到對方了。

儘管這句話說出來的當下頓時讓當事人覺得尷尬癌爆表就是了。

「怎麼？你看起來好像不是很想見到我，還是說，你很意外我會出現在這？」

魏如湛彎起的笑眼多了幾分戲謔，雖然乍聽之下只是普通的玩笑話，但對於像沈凌這般敏感的人，聽聞的當下還是會忍不住愣了一下。

像是捕捉到空氣中細微的變化，魏如湛如往常般迅速切換到另一個話題，適時化解了這場尷尬。「你看起來心事重重呢，應該跟期末無關吧？」

「你怎麼知道？」

「因為你不像是會為了課業操心的人。」他笑得十分欠揍，「至少在我眼裡不是。」

那我看起來像是為了什麼？第一時間，沈凌內心不自覺浮出這句話，雖然對方的話語聽起來總有點貶損的意味，但他不得不承認魏如湛的好眼力著實令人佩服。

「最近論壇上有篇很熱門的文章，雖然不見得全是真的，但我覺得……裡面的留言透露了一些線索，你有什麼想法嗎？」

「你是指音樂系館傳說？」

「對。」

其實沈凌也不太清楚自己為何會跟魏如湛說這些，或許是因為他還惦記著上次是對方告訴他關於傳說的真正內容，也很有可能只是因為魏如湛本身具有一股神奇的魔力，讓人忍不住想開口傾訴。

「人們面對面都不可能說真話了，更何況是試圖用『可能』、『聽說』、『我夢見什麼』等詞彙來規避法規的網路匿名呢？」魏如湛聳聳肩，對於網路言論一事向來採取中立的態度。「假如去探險的人真的跟網路上說的一樣都陷入昏迷，那麼這應該是特殊案例或這陣子才出現的狀況，因為之前系上的學長姊雖然也是倒在五樓琴房的地板，但是一叫就醒了。」

「我們系上的？」一聽到這裡，沈凌不禁訝異了起來。

「就靜靜學姊他們呀。」

見對方一臉困惑，魏如湛倒是笑了出來。「沈凌，你家聚缺席太久了，這麼大的事都沒人跟你說，怪不得你老是跟音樂系館扯上邊呢。」

「我……」

「走吧，既然想知道當時是怎麼一回事，那就去問當事人吧，我也想知道最近發生的事和傳說有沒有關係。」

沒有任何猶豫的時間，魏如湛二話不說，一個箭步上前拉著沈凌，直接往系辦的方向前進。

「靜靜學姊已經大四了，平日沒課時都在系辦打工，沒意外的話今天也會在。」

系辦的大門一推開，只聽見魏如湛喊了聲報告後，就直直地往一旁低頭認真打字的女生的方向走去，開口喊了一句：「靜靜學姊。」

「欸，阿湛你怎麼跑來了？」

詫異的聲音在系辦顯得格外響亮，一看見熟人，靜靜學姊可說是又驚又喜，她四處張望了一下，確定助教她們不在後，便趕緊放下手邊的工作，示意兩人跟著她到沙發區坐下。

「難得偷懶一下，你們可別說出去喔。」

靜靜學姊俏皮地吐了一下舌頭，下意識伸手撩起額際的瀏海，有一瞬間，沈凌似乎瞧見對方的額頭上有著一道淡淡的疤痕。

「學姊放心，我們口風向來很緊的。」魏如湛不忘做出一個嘴巴拉上拉鍊的動作，向對方再三保證。「就算助教回來，我們也只是在談公事而已，絕對和偷懶扯不上關係。」

「學弟如此懂事，學姊真是頗感欣慰啊。」靜靜學姊很是感動地點了點頭，隨後不禁打量起坐在魏如湛旁邊的沈凌。「你應該是阿湛的同學吧，我好像沒有見過你耶。」

「抱歉，我很少參與系上活動，學姊沒見過我是正常的。」

「正確來說，是學姊超前部署，一堆學分早就修完了，哪還有辦法跟我們同一堂課呢？要見過面當然比較難囉。」魏如湛如是說著，緊接著話鋒一轉，馬上切入正題：「靜靜學姊，妳們之前不是曾經到音樂系館探險嗎？我們想知道當時妳們究竟看到了什麼，以及為何會被人發現倒在五樓琴房的地板。」

「是因為論壇上的那篇文章嗎？」靜靜學姊苦笑了一下，「阿湛，雖然我很想回答你的問題，但是，我覺得你去問其他人可能比較能得到你想要的答案，因為現在的我只能告訴你，其實我什麼都不記得了。」

「不記得了？」兩人異口同聲的驚呼在系辦迴盪著。

「對，我什麼都不記得了，不是時間過太久的那種忘記，而是那晚發生了什麼我真的都完全想不起來了。」

靜靜學姊低下頭，開始玩起自己糾結在一塊的手指，偶爾會搓搓手、對雙手呵氣，似乎很怕冷的樣子。「那一天，我們幾個因為天氣熱，一時興起就跑到音樂系館探險，我們聽說只要在特定時間進入，就有機會聽到一陣美麗的歌聲，還能在五樓琴房遇見當年自殺的女學生，當時我們就只是好奇而已，想說要是真的碰見了，說不定還可以問問對方當年選擇跳下來的心境。」

「那妳們當時有聽見有人在唱歌嗎？」沈凌問著。

「印象中沒有，我記得我和一個人講完電話後，就跟其他人一起跑到五樓去了，但因為對方還沒來，所以我就先進去琴房探險，畢竟它們沒有鎖，可能是學生離開時忘記關好了。」

「對方還沒來？靜靜學姊，妳說的是和妳講電話的那個人？」

「對，但是在那之後我什麼都想不起來了，奇怪的是，就連當時和我通電話的是誰也沒留下任何紀錄……」

靜靜學姊平穩的聲音多了幾分掙扎，像是陷入了難解的回憶當中，沈凌看見她臉上閃過一絲痛苦的神色，似乎無法明白那個夜晚究竟發生了什麼事。

「那一天晚上，是鄭教找到我們的，他說有人打電話向他求助，也在樓梯間發現了另外兩個人，但是求救電話卻不是從他們兩個的手機撥出去的。

「事後鄭教查了通聯紀錄，情況也跟我遇到的一模一樣，但那兩人始終信誓旦旦的說電話真的是他們打的，奇怪的是當時打電話的那支手機卻怎麼找也找不到，也說不清是誰交給他們的。

「我所知道的就只有這麼多了，雖然聽起來很不尋常，但是這些都是真的。」

「這整件事聽起來確實很詭異，跟最近發生的事一樣，很難讓人相信真的只是巧合。」魏如湛點了點頭，「學姊，謝謝妳今天跟我們說了這麼多。」

「不會，其實也得謝謝你們，否則這輩子我大概都不會再提起這件事了。」她頓了一會兒，「畢竟，我們幾個私底下也跟鄭教說好了，以後這件奇怪的事就不再公開討論，就讓它隨著時間慢慢被淡忘吧……」

離開系辦後，沈凌再度陷入沉思，直到魏如湛拍拍他的肩膀後，這才回過神來。

「你為什麼會這麼問？」

「什麼意思？」

「問學姊探險時是否聽見有人在唱歌。」

「你記得還真仔細。」

「你難得開金口，要不注意也難吧。」魏如湛笑了，「你也覺得音樂系館很奇怪，我這麼理解應該沒有錯吧，畢竟靜靜學姊他們遇到的事真的不太對勁。」

「說到這個，我之前好像沒有聽過靜靜學姊這號人物，學姊是轉學生或轉系生？」

在系上，「只聞其名不見其人」的現象一直是常態，就如同沈凌雖然是個重度邊緣人、接獲消息的速度總是比別人慢半拍，但如今系上的學生越來越少，根據他薄弱的印象，他記得系學會每年發放的小語錄裡頭似乎沒有「靜靜」這個人呀……

「噢，那是因為靜靜學姊的本名並不叫靜靜，據說是因為自從那次探險回來後，學姊的個性一百八十度大轉變，不知道為什麼現在整個人變得超級安靜，所以才會被叫做靜靜，而且靜靜這個稱呼是這學期才出現的，你沒聽過很正常。」

「那學姊的本名是？」

「本名你應該就有聽過了吧，畢竟就算你不去看系上的公演，去年最後一屆公演的宣傳海報廣告那麼大，要是還看不到編劇部部長的名字，美宣部可是會崩潰的呢。」

他如往常般咧開嘴笑了笑，為對方的不解給出了答案：

「學姊的本名叫曹娟娟。」

請在今晚子時前趕至音樂系館之五樓琴房，解開傳說背後的所有謎團。

一行清晰的字體列印在一張小卡上，和往常無厘頭的內容大相逕庭，這次的任務反倒多了些許迫切性，這讓沈淩開始忖度字句背後的涵義。

方才回到宿舍，意外發現寢室及阿康書桌上的燈是亮的，卻遲遲不見對方的蹤影。

原本以為只是去上洗手間，殊不知過了好一段時間都等不到人回來，於是沈淩便來到阿康的座位，想確認對方是否有留下任何訊息，否則依照阿康的習慣，是不可能長時間外出卻不鎖門的。

不知道是不是巧合，才剛對音樂系館的傳說釐清部分頭緒，沈淩便看見一個極為眼熟的信封靜靜躺在阿康的桌上，那模樣完全沒有被動過的跡象，再加上先前與阿康的談話，這使得沈淩更加確信裡頭的不尋常並非偶然。

回想起阿康的囑咐，沈淩猶豫片刻後打開了信封，裡頭的物品和他猜想的一樣，果不其然是遊戲指令。

冥冥之中彷彿有什麼神祕力量牽引，每當他掌握一項線索時，就會有新的人事物出現，不斷將他往前推進，然而當他越接近真相後，所有的安排不免讓人懷疑這一切都只是在請君入甕。

況且，根據他對音樂系館傳說的理解，倘若真要解開背後的謎團，不是應該要在傳說中的時間抵達嗎？

看著手上那張任務小卡，儘管內心充滿遲疑，還沒來得及等阿康回來，沈凌已經披著外套來到音樂系館，想知道神祕研究社策劃這場遊戲的真正目的。

假如這場遊戲打從一開始就跟未知力量有關，那麼在背後操縱這一切的人，懷抱的究竟是善意還是惡意呢？

或許是因為沈凌太過於想知道對方背後的意圖，也很有可能他當下違反自身性格的行為本來就不合乎常理，當他意識到自己竟然會在思慮不周的情況下動身時，人已經站在五樓琴房門前，而這一路上的暢行無阻，讓回過神的他突然想到，有些祕密之所以選擇塵封在盒子內，不就是因為揭開後所要付出的代價並非任何人承受得起嗎？

既然如此，他一步步追查音樂系館傳說的真相之行為，真的是正確的嗎？

推開琴房的門，緊閉的門扉不自覺發出咿呀長聲，映入眼簾的是一架沐浴於月光下的鋼琴，還有一面和現場顯得格格不入的落地鏡，不知道是不是使用者的疏忽，離開時裡頭的窗戶竟然沒有關上，任憑窗簾在冷風中恣意飛舞，迎來更多的瑟瑟寒意。

奇怪，都已經一月了，這麼濕冷的天氣怎麼還會有人想打開窗戶呢？

沈凌走至窗邊，企圖將窗戶關小一點，避免刺骨的寒風不斷灌入室內，然而，當他下意識傾身探頭往外看去時，他突然聽到一陣窸窸窣窣的騷動。

那個聲音他應該聽過才對。

是那種很細微、卻很密集的摩擦聲。

沙沙沙……

沙沙沙……

沙沙沙……

如斷訊般的聲響在整個空間悄悄擴散，像是運動會時所有人員進場的壯闊氣勢，開始從四面八方湧出來，伴隨而來的喧囂撼動著耳膜，緊接著爬上雙臂的卻是整片不明所以的雞皮疙瘩。

沙沙沙……

沙沙沙……

沙沙沙……

站在窗邊的沈凌想起來了。

半夜時他曾經在宿舍聽過這種聲音。

只有過度敏感與過於神經質的人才會對這聲音如此關注。

那時阿康說是他想太多了，但他從不認為自己的聽力有問題。

一抬頭，天花板上密密麻麻地布滿了正在高速移動的生物，那異於現今世人認知的碩大體型讓他明白產生變異的不只是傳說，有些東西也改變了。

其實沈凌早該想到那是什麼了，因為越是潮濕的環境越有機會撞見。

至少他在宿舍裡曾經見過牠一溜煙就消失的蹤影。

至少那時是出現在地上。

至少那時不會有隨時掉落的危機。

至少那時他離得遠遠的。

只不過，為什麼是蜘蛛呢？

只見大量的黑色大蜘蛛密密麻麻地布滿整個天花板，迎面而來的恐懼讓他下意識倒退了一步，像是聽見沈凌內心的吶喊，趁他還沒意會過來之際，頃刻間，有好幾隻大蜘蛛突然從天花板墜落，往沈凌的方向撲了過去。

一個猝不及防，他整個人直接跌出窗外。

其實她已經記不得最後一次見到那個人是什麼時候了。

在她模糊的記憶裡，那個人留著一頭很長的頭髮，還有一抹甜甜的笑容，偶爾回家時會帶著好吃的零食，一臉寵溺地看著她開心得手舞足蹈的樣子。

那個人大部分的時間都是安靜的，只有她老愛嘰嘰喳喳，總時不時拉著對方的手，說了好多好多旁人不見得聽得懂的話，而對方總是很溫柔地微笑傾聽，仔細聆聽她說出來的每一句話。

小孩子嘛，對情緒的捕捉是相當敏銳的，尤其是空氣中的流動與變化，雖然在她面前那個人總是溫和地笑著，但她知道對方心裡其實藏了一些祕密。

那時的她並不清楚對方心裡藏了些什麼，也沒有想太多，只知道她最喜歡的人又出現了。

她一直覺得那個人很厲害，明明很多說過的話連她自己都忘記了，但那個人每次回來時都會記得她之前說過了什麼，所以每次見面她都很開心，覺得對方應該是這世上最了解她的人。

如果她沒記錯，那陣子似乎很流行外星人，電視不管轉到哪一臺都在談論跟外星人有關的話題，就連到了幼稚園，大家也都在討論一樣的東西。

或許是因為大人對她之前談論恐龍的主題比較感興趣，也很有可能只是因為她實在是太聒噪了，所以每當那個人出現時，長輩們都會很開心地把她推過去，彷彿耳朵終於能暫時清靜。

所以說嘛，大人通通都是一個樣，對小孩子總是特別沒耐性，太安靜就要被說是孤僻，太吵鬧就要被說是過動，當小孩還真難啊，難怪她老是覺得全天下只有那個人懂她的苦悶，因此只要那個人一回家，她都會把自己獲得的最新消息告訴對方，因為只有那個人在聽她談論外星人時，不會露出不耐的神色。

而且呀，那個人總是笑著摸摸她的頭，還幫她取了個小名，說這是彼此的祕密。

ＥＴ、ＥＴ。易庭、易庭。

她最喜歡那個人用溫柔的嗓音喊著自己的名字了。

印象中，那天好像是最後一次吧，最後一次見到那個人的身影。

那一天，她們小指打勾勾約定好了，下一次回來時要教她唱那首歌，殊不知在那之後，那個人就再也沒有回來過了。

她只記得那陣子家裡的氣氛很沉重，母親什麼話也沒說，親戚們交頭接耳、背地裡談論時，總會吐出「卸世卸眾」、「一定是伊家己有問題才會予欺負」等片段字句，彷彿談論的是什麼見不得人的禁忌，那個時候她不懂那是什麼意思，只知道那個人就像是人間蒸發般，從此從她的世界中消失。

人是很奇怪的，很多事非得等到長大才會慢慢明白，那些長輩們絕口不提的原因。

比如說，那個人大了她十五歲。

比如說，那個人是她同母異父的姊姊。

比如說，那個人之所以沒有回來，是因為已經跳樓輕生了。

這些事是她長大後好不容易一點一滴偷偷拼湊出來的。

為什麼要自殺？在學校發生了什麼事？同學們都知情嗎？

其實她真正想問的是，為什麼沒有回來履行她們之間的約定？

面對這些問題，大人們習慣以沉默或轉移焦點作為回應，偏偏他們忘了小女孩是會長大的，而她也早已過了大人們說什麼就是什麼的年紀。

沒有解答的疑問像是一個永遠無法填補的空缺，慢慢擴大成深不見底的黑洞，並在這漫長的歲月裡，成為童年記憶中始終無解的一項缺憾。

學測成績出來後，她選擇了跟對方一模一樣的大學，就只為了看看那個人之前待的校園究竟長什麼模樣。

只要身邊的人提到跟音樂系有關的訊息，她都會不自覺豎起耳朵，只因為那是那個人之前就讀的科系。

或許，她的內心深處仍藏有一絲盼望、想知道當年對方自殺的原因，所以才會在聽見音樂系館傳說時，察覺到當中的不對勁。

她暗中調查了相關的人事物，也打聽了不少消息，卻發現傳說的變異與眾口鑠金脫離不了關係，這不禁讓她開始懷疑打聽到的訊息究竟摻雜多少真實性，而這也是為何她在一開始就選擇加入遊戲、甚至去參加神祕聚會的起因。

第一次可以說是偶然。第二次也可以說是偶然。到了第三次時，這些就不是單純的偶然了。為什麼神祕研究社會知道ＥＴ這個暱稱呢？他們又是從何得知自己一直私下調查音樂系館傳說背後的真相？

這一連串的巧合，讓她不得不對神祕聚會的存在產生好奇，假如完成任務累積積分就有機會獲得許願的資格、願望也確實沒有任何侷限性，那麼活動發起人圖的又是什麼呢？

或許是因為有太多難以解釋的事情發生，所以才會讓她下定決心，到神祕聚會的現場一探究竟吧。

一想到神祕聚會，謝易庭內心可說是百感交集，其實她有想過是不是應該再次前往那個聚會，不單只是因為她有想要詢問的事情，也包括她想見見那名在聚會上認識的學弟。

中文之夜學弟並沒有出現。

那天晚上，她帶著從圖書館借來的書前往目的地，雖然她早已知曉這次中文之夜的主題是K歌大賽、特地帶書到現場真的很奇怪，但就是因為這行徑看起來特別古怪，所以才比較好辨識，旁人問起時也能以其他理由來搪塞。

那一天，直到活動結束散場後，都沒等到學弟出現。

謝易庭知道臨時作出的約定本來就很容易產生變數，也明白當下迫於情勢而作出回應的可能性並非全無，甚至也很有可能是在現場觀察對方是誰後決定不要暴露身分，但是她的直覺告訴她，學弟並不是一個會爽約的人。

既然如此，又是什麼因素迫使對方臨時無法到場呢？

這件事好比一個懸宕多年的謎團，始終藏在謝易庭心底，讓她有了再次前往神祕聚會問個仔細的念頭，然而，由於期末忙碌的關係，這件事一直被她擱著，直到暑訓期間曹娟娟等人沒事找事做、跑到音樂系館探險後，她這才意識到很多事情果然不能一拖再拖。

例如，她已經很久沒收到A筆友的回信了。

例如，期末時B筆友告訴她校慶音樂會的女學生之死讓他很在意，所以他冒名參加了神祕研究社舉辦的神祕聚會。

所有怪事通通牽扯在一塊，讓她真心覺得老天爺實在有夠靠北，偏偏還沒來得及理出頭緒，像是嫌她遇到的謎團還不夠多似的，冥冥之中一直有隻手不斷推著她前進，若真要用言語來形容，這種強迫中獎的感覺還真是不好受。

看著門口上方的身影，謝易庭第一時間想到的是，原來不知從何時起自己也開始跟著遺失恐懼，只見一旁的落地鏡中出現一道模糊扭曲的人影，像是刻意彰顯自己的存在，如電視雜訊般的畫面竟越發清晰了起來。

其實她大概有猜到傳說中的「她」到底是什麼，在學校裡頭待久了，什麼奇奇怪怪的生物沒碰過，通常能夠在校園內成為傳說的，多半都是與學生日常生活最緊密相關的人事物。

那張豔麗的臉孔有著森然的詭笑，在月光的照射下，妖嬈的身姿與雪白的胴體無疑是今晚最完美的雕塑作品，讓人忍不住想將頭埋進對方豐滿的胸脯裡，然而——

要不是底下那蠢蠢欲動的八隻腳讓她聯想到某種生物，或許謝易庭真的會相信自己第一時間跑去摸曹娟娟頸動脈的行為是電視劇看太多了，畢竟，有太多具有威脅性的生物都是從脖頸處下手。

至少，她很確定眼前的女郎蜘蛛就是如此。

流年不利果真什麼怪事都會找上門來啊。

頃刻間，謝易庭聽見沙沙的聲響自四面八方響了起來，一如黑暗之中那若隱若現的白光，正式宣告這場戰役即將展開。

她突然想起小時候很常聽見的那首曲子。

那個時候，她總能聽見那個人時不時哼著歌，那輕快的曲調讓她每回想起時，都會覺得那段記憶閃閃發光。

當時，那個人說這是朋友寫的改編曲，也答應下次回家時可以教她唱那首歌。

然而，這個約定卻再也沒有兌現的機會了。

長大後，她用盡各種方法尋找記憶中的歌曲，卻怎樣也找不到類似的作品，最後是憑藉著依稀記得的幾句歌詞，勉強找到了一首歌詞相仿、但曲風卻截然不同的頌歌。

所以她說了，這首歌果然得等那個人來教才有意義啊。

對於被留下的人來說，或許真正最糾結的，是永遠不明白為何到最後會只剩自己一個人吧。

謝易庭如是想著，在那泛著冷光的白色絲線從四面八方襲來的同時，她笑了，一如當初的那個人最常露出的笑容，她練習了好久才好不容易練出記憶中的模樣，偏偏這些終究只是模仿，而她也幾乎快忘記對方的容貌了。

就如同小時候很常聽見的那首曲子，她開口，在這危急的時刻哼出了那個人最喜歡哼唱的句子，算是回應那陣熟悉的歌聲所帶來的預警，只因她深信在這琴房中，遠方的那個人一定可以聽見自己的聲音。

「天佑吾皇，常勝利，沐榮光——」

第七章　時空悖論

其實他一直忘不了那天的情景。

如果時間能重來，他最想回到什麼時候呢？

或許，他曾經想過，假如自己從來沒有出生在這世上，那麼這一切是否就不一樣了呢？

這麼一來就不會有人因為自己而受傷了。

那一次的意外，沈葳只在醫院躺了幾天就出院了，除了傷勢復原的速度讓醫生及護理師感到嘖嘖稱奇之外，面對這些突如其來的變故，周遭的親戚們反倒陷入異常的沉默，像是早已知悉所有的來龍去脈，彼此都很有默契地在他們面前絕口不提此事。

親戚們的噤聲猶如一道難以言說的禁制，彷彿這些緘默並非源自於人們普遍秉持著「死者為大」的詭異心理，而是某種不該存在的未知力量促使一切發生，這讓他感到相當茫然，一如喪禮上寥寥無幾的弔唁人數，當日前來的僅有慰問禮金。

後來，是伯父收留了他們。

向來不苟言笑的伯父什麼也沒說，直接將他和沈葳接到家中照料，但是除此之外，對於雙親的事就如同其他親戚的態度，依然是隻字不提，彷彿那些本來就沒什麼好說的。

自沈凌有記憶以來，他和兩邊家族的人本來就不親，一如現今年輕人已經鮮少主動去維繫周遭長輩親戚們之間的關係，或許是因為持續和家族保持連結的始終是雙親，所以第一時間他們才沒被人遺忘吧。

只不過，為什麼是伯父呢？這一點沈凌一直想不透。

雖然大家都不說，但他依稀記得小時候過年過節回沈家村時，對於這類熱鬧的大家族團聚，伯父永遠是缺席的。

那個時候，懵懵懂懂的他從長輩間的談話隱約嗅到伯父對家族的厭惡，以及對他雙親的種種不諒解。

但是，究竟是為了什麼事呢？這個疑問就像是一個不能言說的祕密，沈凌從沒想過要深入追究，也沒料到這件事竟與自己和妹妹有關，直到有一天——

他突然明白所有的悲劇並非只是一場偶然，人這一生的所作所為，都是需要付出代價的。

就如同沈葳的出現，竟是藉由交易換取來的結果。

轉學後的沈葳過著和從前差不多的生活，唯一不同的地方在於那個活潑外向、喜歡熱鬧的妹妹從此消失，取而代之的是一名沉默寡言的少女，或許是因為身體狀況大不如前、導致請假在家休養的次數逐日漸增，沈凌後來發現對方閒暇之餘似乎有翻閱書籍的習慣，而這是有手機成癮症的妹妹絕對不可能做的事。

接二連三察覺的異狀讓沈凌越發篤定內心的臆測，他不知道該如何與沈葳相處，也對於她的存在感到恐懼，於是他選擇與沈葳保持距離，盡可能避開單獨相處的機會，只因為他不願再去回想起到頭來家裡最終只剩他一個人的事實。

有時候他不禁會這麼想著，渾渾噩噩地活著究竟算不算是一種活法？

或許正是因為他一直選擇逃避，所以才會錯過空氣中細微的變化，也沒有留意到改變的其實並不只有沈葳，也包括周遭的一切。

那天是霸王級寒流報到的日子。

剛溫習完功課的沈凌從房內走出，打算去廚房倒杯熱水，下樓經過客廳時他聽見裡頭傳來電視的聲音，新聞臺的氣象主播正以溫和的語調提醒民眾務必做好保暖措施，一如往昔尋常的夜晚，熟悉的聲音總是令他感到安心。

沈凌知道，伯父在客廳看電視時有不開燈的習慣，所以他習慣放輕腳步，以免自己的出現打擾到對方的作息。

也許是因為出了房門的時間比較久，再加上又是寒流來襲的日子，那一晚沈凌難得在家裡感覺到一絲冷意，所以才會在端著熱水準備上樓時，忍不住在客廳前駐足了一下——

風是從客廳吹進來的。

沈凌下意識走入客廳，卻發現空蕩的客廳並沒有人，開啟的電視繼續播著千篇一律的新聞，但眼前的玄關大門卻是敞開的。

一旁翻飛的窗簾如花兒般在風中飛舞，一陣陣強風從陽臺沒關好的門吹了進來，沈凌感受到的颼颼涼意就是從這裡蔓延出去的。

奇怪，為什麼兩邊的門都沒關呢？

沈凌放下手上的水杯，一路來到敞開的大門前，只見外頭一片漆黑，也沒看見任何人的蹤影，這讓他猶豫了半晌後，才默默地將大門闔上。

他猜測伯父應該是臨時有事出門了，只不過向來嚴謹的伯父怎麼會沒有把門關好呢？而且今晚霸王級寒流抵達，為何還將陽臺的門打開呢？

沈凌如是想著，瑟著身子走到陽臺前想將門拉上，避免凜冽寒風繼續吹入室內，殊不知當他將手放在門框上時，突然聽見陽臺外頭傳來一陣奇怪的聲響。

窸窣、窸窣。

窸窣、窸窣。

像是有什麼神奇的魔力，那奇異的聲音讓他不由得伸出手，拉開陽臺的那扇紗門走出去查看。呼嘯而過的強風在耳邊呼呼作響，除此之外就再也聽不到任何東西，就在沈凌懷疑是自己的錯覺時，他聽見身後傳來一聲急促的呼喚——

「沈凌！你快閃開！」

那一瞬間，他什麼也沒看見，只知道猛一回神，迎風舞動的窗簾輕盈得宛如一陣風，與此同時，一聲突如其來的匡啷聲讓他意識到大事不妙，還沒來得及反應就被一團黑影迅速撲倒在地。

啪噠、啪噠。

啪噠、啪噠。

濃厚的鐵鏽味在空氣中瀰漫，透過稀薄的月光，他看見紅色血花遍地綻放。

翻倒的熱水與玻璃碎片漫灑一地，只見捂著胸口的伯父用背倚靠著柱子勉強撐著，大量的嫣紅伴隨粗重的喘息不斷湧出。

血。

是血。

那是血啊。

一陣撲鼻的惡臭像是終於隱藏不住自己的蹤跡，直接向四周擴散開來，滿滿的惡意混雜著血腥味直接衝入鼻中，胃裡不斷翻騰的胃酸讓他有著乾嘔的念頭，他欲伸手制止即將湧現的衝動，卻發現被箝制的四肢完全動彈不得。

「唉呀呀，還真是美味呢。」

尖銳的嬉笑聲裡頭有著藏不住的竊喜，壓在身上的巨大黑影張開一對碩大的黑色羽翼，彷彿潛伏於黑夜中伺機而動的鬼魅，對相中的獵物早已虎視眈眈多時，而那閃爍著異樣光芒的眼，散發出無與倫比的喜悅。

「從很遠的地方就聞到這股香氣了，只是沒想到找了這麼久，竟然躲在這種地方呀。」

脖頸處隱約傳來的疼痛感將沈凌的意識拉回現實，讓他更加肯定這一切並非一場夢，他感覺到自己的生命正隨著劃開的傷口一點一滴緩慢流逝，當對方伸出那染血的銳利指爪憐愛地撫摸著他的臉龐時，耳邊不停傳來的嗡嗡聲讓他怎樣也無法輕易忽視對方所說出的話。

「還真是漂亮的孩子呀。」她充滿魅惑的聲音彷彿具有魔力，搭配那張豔麗的臉孔，開始給人一股昏沉沉的感受。「可惜了這張臉皮，應該要先扒下來好好收藏才對，否則不小心刮花了，那可是會心疼的。」

「離他遠一點！妳要是敢動他，我不會放過妳的！」

朦朧之中，他聽見伯父的咆哮在耳邊隆隆作響。

「還真是吵鬧呢。」

無數看不見的飛刃向一旁飛去，很快的，周圍再度陷入寧靜。

「就算殺得了我又何妨？詛咒已然生效，大家都會前仆後繼地循著味道一路前來，這是躲也躲不過的劫難呀。」

她忍不住咯咯咯地笑了起來，接下來說出的話卻讓沈凌整個人頓時清醒了過來：

「沈家最後的血脈註定活不過二十二歲，現在想想這果真是上一輩所造的孽呢，以偷天換日的方式替人換命，沒想到諷刺的是沈家再怎麼神通廣大，竟然也有連自己子息的命數都換不了的一天。喏，我說你啊，真的以為自己能永遠不被找到嗎？」

這番話猶如一道開關，讓他想起了許多之前不明就裡、卻又被他忽視的重要訊息。

其實他大概有猜到是怎麼一回事，也正是因為如此，才會試圖忽略那些他從小便隱約察覺到的蛛絲馬跡……

難怪，每次返家時都會湊巧看見那群穿著西裝與套裝的人正好準備離去。難怪，他的雙親總是對小時候的他所提出的疑問笑而不語。難怪，他曾聽旁人低聲暗道沈家的祖業天理不容。難怪，與他同輩的血親始終寥寥無幾。難怪，他已經好久不曾回沈家村了。難怪，伯父老是叫他不准再逃——

因為，他哪兒也躲不了。

當泛著寒光的爪子如利刃般往頸處用力揮下時，只聽見「鏘」的一聲，一陣火花迸現，硬生生阻斷了對方的攻擊，甚至在對方還來不及反應之際，另一樣東西緊接著向她襲來，劃過了她原本堅硬無比的肌膚，在手臂上留下一道長長的血痕。

在電光石火間，他看見了，那是一把鋒利的匕首，手柄的部分似乎刻著水藍色的神祕符號。

「你還想逃避到什麼時候？沈凌你聽著，他們都已經死了，但你還活著啊！」

伯父的怒吼不知為何在耳邊持續喧囂，原本沈凌以為是短暫的幻聽，殊不知眼角餘光竟瞥見伯父正艱難地從地上起身，身旁還有一人幫忙攙扶。

「運氣好，只差幾公分而已。」

那個人如是說著，順手拍了拍伯父衣服上的灰塵，定睛一看，那個人竟然是沈葳！

「嘖，冒牌貨還敢出來攪局，臉皮真不是普通的厚呢。」

那頭妖異怪笑著，隨後將視線轉向來者，似乎早已料到一定會有人出現。

「庇護他的那個人就是妳吧，進醫院那天他早該死了，只差魂魄沒被勾去而已，能撐到現在還真是幸運，可憐我那群倒楣的同伴，竟然碰到了願意以性命作為交換的兩個瘋子，這代價果然夠大，怪不得有幾把刷子。」

「他們二人願意相信我，定不負所託，修正那早已亂了套的時間軌跡。」沈葳看著她，語調一如既往的平靜：「不論未來發生任何事，我會以性命擔保，必定保全沈家最後的血脈，直至約定的年限。」

「一個早已死去的人，是要怎麼保護一心求死的半個死人呢？」她低聲嘿嘿了幾聲，無視那從傷口逐漸燃燒起來的熊熊業火，只見金黃色火燄猶如舞動的神靈，照亮了她美麗的臉龐，在消失之前，她低頭看了身下的沈凌一眼，說出了沈凌這輩子想忘也忘不掉的一句話：

「你就繼續逃，盡全力地逃吧，我們絕對會循著味道找到你，然後扭斷你的脖子。」

是啊，不管躲到哪裡終究都會找上門來，那麼他是不是消失了比較好？

這麼一來，就不會造成他人的困擾了。

黑暗中，沈凌如是想著，讓自己慢慢往深淵墜落，所有的聲音都消失，他聽不見也看不見，所有的空間唯獨剩他一人，吞噬了所有可能性。

突然，他聽見耳邊傳來嚶嚶啜泣，頃刻間，眼前畫面一轉，一束燈光陡然打下，只見一名女子坐在地上掩面哭泣，如潑墨般的黑髮散了滿地，看起來張牙舞爪。

「救救她，救救她……」

含糊不清的字句自指縫間傳出，讓沈凌不自覺往前走了一步，想聽清楚對方究竟說了什麼。

「救救她，救救她……」

「抱歉，我可能幫不上什麼忙……」

「救救她，救救她……」

「對不起，我不知道妳口中的她是誰，所以我——」

「救救她，救救她……」

猶如老舊的收音機，反覆播送那些重複的字句，沈凌站在女子面前，卻發現有了微妙的變化。

「救救她，救救她，拜託你救救她，她們需要你的幫助。」

女子放下雙手，猛一抬頭，臉上兩個空洞的大骷髏流下鮮紅色的液體，她試圖撐開的嘴巴被黑色絲線胡亂縫起，站起後開始對著沈凌尖叫。

🎹 🎹 🎹

碰碰碰碰碰碰碰碰——

一連串急促的敲門聲驟然響起，讓沈凌反射性地從床上彈坐起來，他茫然地看著陰暗的房間，自窗外流瀉進來的月光映照著他的無助，而那如催命般不曾間斷的聲響，催促著他趕緊起身下樓來到門前。

門一打開，映入眼簾的卻是先前遇見的兩名小女孩。

「來來來，你快點過來。」

小女孩們一人一手拉著沈凌的手臂，二話不說直接往走廊盡頭移動，還沒來得及反應，便跟著來到音樂系館大門前。

像是被什麼東西召喚，一路引領他前來的小女孩們頓時消失，只剩他一人站在門前四處張望。呼嘯而過的大風颳過樹梢，樹葉的摩娑在這冷清的冬夜顯得更為孤寂，讓待在原地的沈凌不知道該如何是好。

他隱約記得好像有什麼重要的事情，必須趕緊進音樂系館才行，但究竟是什麼事呢？他想不起來，也不清楚自己為何猶豫了起來。

在一片黑暗中，有個人踩過一地碎葉，最後在與他約莫三公尺距離的地方停了下來。

那個人穿著白衣黑裙，在呢喃的風中，與沈凌四目相交。

而對方的腳踝上，繫了一條水藍色鍊子。

跟他在園遊會上買來送給沈葳的那一條一模一樣。

「沈凌。」沈葳輕喚著，眼底有著不可抹滅的堅定，或許正是那份堅毅不移的凜然，讓她接下來所說的話格外鏗鏘有力，如此深植人心。

「你要記得，縱然你身上死亡的氣息會引來妖異覬覦，但你是聞得到的，是善是惡只有你知曉，也只有你能引領它們歸位，所以請你醒來吧。」

「不要覺得自己不該出生在這世上，因為你從來不會知道，曾經有人因為你的存在而感到慶幸，因為幸好有遇見你，所以人生才會出現一絲轉機。」

「我不能再靠近那裡了，接下來的路你必須自己前進才行，但請別擔心，會有人幫你的。」

「沈凌，你要相信，你並不是孤單一個人。」

「這世上總會有那麼一個人，為你燃起一簇燈火，照亮你的世界。」

所以，是時候該醒來了。

甫睜開眼，沈凌發現天色依然是永無止境的黑，他一樣還在音樂系館，不同的地方是，這一次他是整個人直接懸掛在音樂系館的窗外，輕輕擺盪。

好幾尺的白綾彷彿具有生命般及時纏住他的其中一隻腳，讓他不至於從五層樓高的地方跌落，沈凌突然很慶幸他有將沈葳交給他的紅色錦囊隨時帶在身上，否則這場劫難註定是躲不過了。

真不知道該說是幸還是不幸啊。沈凌不禁苦笑，還沒來得及思考該如何脫離險境，一道熟悉的聲音倒是先引起了他的注意。

「沈凌？果真是你呀。」

只見魏如湛的頭探出窗外，隨後出力將他整個人慢慢拉進室內，而讓後者感到訝異的，還包括現場竟然出現了那兩名眼熟的小女孩。

「你怎麼在這裡？」

「我剛剛在機車棚遇見她們，她們兩個拉著我說就快來不及了，於是就跟過來看看。」

魏如湛指了指兩名小女孩，只見她們站得遠遠的，不停揉著哭得紅通通的雙眼，那哭得一把鼻涕一把眼淚的模樣，確實惹人心疼。

「那你怎麼會知道是我？」沈淩並沒有忘記方才對方說出的話。

「因為幾天前有人來找過我，她說之後會有人需要幫助，希望我不要推辭，因此當她們一出現時，我立刻聯想到你。」

魏如湛如是說著，伸手拉了欲起身的沈淩一把。「所以我就來了。」

是沈葳嗎？但是，為什麼是他呢？這個問題沈淩始終沒有問出口，只是靜靜地看著魏如湛走去安慰那兩名小女孩，他抬頭，只見原先布滿天花板的黑色大蜘蛛早已消失得無影無蹤，彷彿剛才的所見所聞都只是場憑空出現的幻覺，說了也不會有人信。

既然如此，他真的有辦法解開音樂系館傳說背後的謎團嗎？

「那個。」小女孩們突然伸手指往某個方向，這讓沈淩及魏如湛不由得順著她們的手勢看了過去，只見不遠處擺著一面落地鏡，它的出現總顯得有些格格不入。

等等，鏡子？

沈淩突然想起，不久前參加神祕聚會時，就是透過一面鏡子進入聚會的場所，而在音樂系館傳說中，也有出現鏡子的元素，難道鏡子裡頭真藏了什麼祕密？

「必須穿過鏡子才行，那裡有人需要你的幫助，但只有你能過去，你願意嗎？」瀏海用碧色竹葉髮夾夾起的小女孩這麼說著。

「他進不去裡面，但他還有其他的任務，你呢？你的決定是什麼？」以琉璃髮圈綁成高馬尾的小女孩如是道。

「看來鏡子是穿越陰陽兩界的通道呢。」

聽了兩人說出來的話後，魏如湛輕笑，看向沈凌的眼多了幾分沉靜。

「只有你能過去，那就代表那裡有著只有你才辦得到的事，你想怎麼做呢？」

「都來這裡了，還會怎麼做？」

沈凌不禁啞然失笑，似乎想不透現場三人究竟是在打什麼啞謎，畢竟都特地前來了，難道這時候還會選擇臨陣脫逃嗎？

「那可不一定，別忘了你剛剛可是還吊在外頭擺盪呢。」

「那是意外。」

「正因為是意外，所以現在更需要格外小心，不是嗎？」

「我知道。」

「都已經幫了你第二次了，沒想到你還是這麼惜字如金呀。」

魏如湛拍拍沈凌的肩膀，看來已經篤定對方會怎麼做了。「雖然我不清楚你遇見了什麼、遭遇了什麼，但我相信你既然做了決定，那一定是有相當的覺悟，你就放心地過去吧，我會盡快把人帶過來的。」

把人帶過來？這是什麼意思？

還沒來得及釐清對方口中的話語，一聲怪異的聲響忽然從不遠處傳來，使得眾人不約而同看往鏡子的方向，只見眼前的落地鏡竟產生了奇怪的變化，反射物體影像的鏡面逐漸模糊了起來，取而代之的是如電視雜訊般的小雪花畫面。

過沒多久，畫面開始清晰了起來，鏡面呈現的場景依然是眾人所待的這間琴房，然而，裡頭映照出來的卻是一名側對著他們的女子，在這樣寒冷的天裡對方竟然只穿了一件薄外套及短褲，而且從鏡子反射的角度，隱約可以看見遠方似乎有什麼東西讓她保持警戒。

這是怎麼一回事？難道鏡子的另一端所連結的是不同的空間？但是，那場景的所在位置確實是琴房啊……

鏡中的影像讓沈凌陷入一陣徬徨，而鏡子裡的人像是聽見對方的心聲，下一秒突然動了起來，接連閃過無數次迎面襲來的攻擊，雖然看不清楚究竟是什麼，但那一閃而逝的冷光與身影卻給了沈凌一股莫名的熟悉感。

那東西，好像在哪見過。

「『只要跟唱歌的女學生求救，對方就會伸手指向一旁的落地鏡，一旦穿過鏡子就會來到另一個和音樂系館一模一樣的空間』，看來這應該就是音樂系館傳說中的那面鏡子吧。」

魏如湛托著下巴思考，「『和音樂系館一模一樣的空間』，聽起來有點像是平行時空，你怎麼看？」

「我覺得不太一樣。」沈凌雙眼緊盯著鏡子，總覺得眼前的影像有些蹊蹺，而他的頭也跟著疼痛了起來。「假如真的是平行時空，那麼到了另一個時空後，新時空裡不就出現兩個一模一樣的人了？」

「傳說！照著傳說跑一遍！她們需要你的幫忙。」小女孩們突然開口，異口同聲地說出這句話，緊接著拉著魏如湛的手，準備往另一個方向前行：「快來不及了，你必須把她找過來。」

就在沈凌想問小女孩們口中的「她們」指的到底是誰時，他瞥見鏡中女子伸手抹了抹額頭的汗水，在那段空檔中，似乎沒留意到一旁突然有銀光閃現，直往她的方向襲來——

「小心！」

「唰」的一聲，只見一個俐落轉身，外套在空中揚起一個美麗的弧度，被劃開的空間登時在眼前幻化成實體，如月光般的銀白絲線散了一地，最後隱沒於地面。

謝易庭突然很慶幸，要不是當時自己有深入調查音樂系館傳說的怪異之處，她絕對不會像現在這般準備得如此周全，甚至在看見來者時還能保持鎮定。

畢竟，正常人並不會特地在鞋內放一把銀色小刀備用，就算是要防身，也不至於誇張至此。

黑暗中，若隱若現的絲線彷彿具有生命力，像是鎖定獵物般總能精準朝她的方向襲來，那好比撒下天羅地網的陣勢，讓人不得不去猜測潛伏於暗處的究竟還有誰，然而更多時候，她真正忌憚的其實是「她」的動靜。

沒有任何行動，也沒有其他言語表示，只見對方匍匐的身軀牢牢地貼在牆上，而那兩隻纖細白皙的手臂，連同蔓延的黑髮伏於牆面，此時此刻，歪著頭的「她」嘴角噙著一抹笑，以好整以暇的姿態注視著她的一舉一動。

毋須發號施令，大量銀絲便從暗處揮灑而出，這讓謝易庭手上的銀色小刀從未停歇，在接連閃躲的情況下，根本無暇思考該如何擺脫這樣的局面。

謝易庭瞥了一眼陷入沉睡的芝麻和曹娟娟，內心的焦慮亦使得她逐漸浮躁了起來，現場兩人昏迷不醒，眼前又有敵人虎視眈眈，她究竟該怎麼做才能打破現況、進而全身而退呢？

沙沙沙……

沙沙沙……

沙沙沙……

熟悉的沙沙聲自四面八方響起，這使得謝易庭忍不住豎耳傾聽，總覺得這聲音並不生疏，只是一時之間想不起來究竟是什麼。

在聲音響起的同一時間，謝易庭感覺到銀白絲線出現的頻率有趨緩的跡象，這讓她有了得以喘息的片刻，她伸手抹去額頭的汗，開始思量接下來該怎麼做才好，卻聽見一旁忽然傳來一道熟悉的聲音——

「小心！」

白光乍現，還沒來得及反應，憑空竄出的人影登時將謝易庭撲倒在地，只聽見「咻」的一聲，銀絲收束的聲響來得又急又猛，讓人不禁慶幸順利閃過企圖鉤住脖子的絲線。

「謝謝。」謝易庭迅速起身，緊接著將對方從地上拉起。「同學，你還好嗎？」

「我沒事。」不知道為什麼，謝易庭發覺對方臉上閃過一絲困惑，然而眼下情況危急，她實在沒有多餘的心力去探究，而且更重要的一點是——

「你從鏡子穿過來？」

「對。」

或許是因為現場平白無故多了個人，也很有可能只是靜觀其變，謝易庭明顯感覺到「她」好奇的目光，就連攻勢也暫且停下，彷彿正思忖著該如何處理眼前的囊中物，而身旁的男子也順著她的目光，看到了本不該存在於世上的女郎蜘蛛。

但是，他的表情看來十分平靜，僅是拉起圍巾掩住自己的口鼻。

謝易庭瞥了一眼那面早已恢復正常的落地鏡，以及方才從鏡子穿越過來的男子，在這般大熱天裡，對方不僅穿著禦寒衣物，脖子上還圍了一條黑色圍巾，不管怎麼看都太奇怪了，更令人感到不解的是，鏡子的另一端所連結的究竟是什麼？

像是察覺到彼此穿著的差異，兩人各自於內心忖度，而這讓謝易庭想起了一件事。

「我叫謝易庭，今年大三。」她伸手調整了自己的外套，繼續說著：「你呢？至少給我個名字或代號之類的，這樣才方便稱呼你。」

「沈凌，今年大二。」他頓了半晌，隨後開口：「學姊……是中文系？」

「為何這麼問？」

「學姊身上那件，是中文系女排的隊服。」沈凌如是道。

「應該不只這個原因吧。」

謝易庭如是說著，而這句話倒是換來對方的沉默，幾秒鐘後，他說出了兩人心照不宣已久的一件事：「神祕聚會？」

「難怪聲音會這麼熟悉。」

謝易庭深深呼出了一口氣，看來所有事情繞來繞去都跟神祕研究社所發起的遊戲脫離不了關係，如今連在神祕聚會上認識的學弟都出現在這裡了，這當中又代表了什麼？

同樣的疑惑此刻也出現在沈凌心中，雖然他是因為任務與受人所託才選擇前來，但是，為什麼是他呢？

究竟有什麼事是非他不可呢？

沙沙的聲響再度於耳邊響起，這讓兩人不由得繃緊神經，猶如吹響戰爭的號角，潛伏於暗處的東西開始騷動了起來。

透過月光的照射，沈凌看見不遠處倒臥著兩個人，這同時也讓他明白為何謝易庭第一時間不是趕緊逃出琴房，而是選擇留在原處。

雖然小女孩們要他照著傳說跑一遍，但眼下情勢絕非僅是離開琴房這麼簡單，就算他和謝易庭真的有辦法順利離去，那麼留在現場的兩個人又該怎麼辦？他們是否會因此成為犧牲品呢？

就在此刻，周遭忽然傳來犬隻的嚎叫，那聲音忽遠忽近，聽起來很像是校犬小花或烏魚子所發出的宏亮叫聲，然而，這聲狗吹螺卻令沈凌及謝易庭兩人面面相覷，因為聲音並非來自遠方，而是從身旁那面落地鏡裡傳出來的！

同一時間，遠方亦傳來相似的呼喚，像是回應著另一時空所傳遞的訊息，那高昂且綿長的嚎叫聲震動著整個空間，頃刻間，現場突然天搖地動了起來，走廊上依舊是永無止盡的黑，然而他們看見了，那一直以來被他們忽略的情景。

原本以為是光線晦暗才導致視線不佳，殊不知就在方才的那場地震中，空間產生了劇變，天花板的高度被驟然拉高，逐漸現形的是密密麻麻的白色絲線布滿整個天花板，上頭懸掛著如繭般被纏繞包裹成水滴狀的物體，從那透出的陰影，可以隱約看出是人形。

這是怎麼一回事？看著一個又一個的人形絲繭，沈凌此刻的心情只能以震驚來形容，先不論裡頭的人是否還有呼吸，光是這龐大的數量，就讓人不由得感到膽顫心驚。

「如果來不及跑到安全地點躲起來，那麼就只好把其中一個人當成祭品了，因為只要有一個人被殺掉，眼前扭曲的空間就會恢復正常，大家就能得救了。」

「那些學生之所以會昏迷不醒，很有可能是因為他們的魂被音樂系館裡的東西帶走了。」

難道說，人形絲繭裡頭裝的不是人，而是魂魄？

但是，變成祭品又是怎麼一回事？

先前傳說的內容及路人的談話頓時閃過腦海，讓沈凌不得不將腦中的資訊與眼前的情景作連結，假如傳說裡頭有部分是真的，那麼從絲繭的數量來看，到音樂系館探險的人數恐怕比他們所估計的還要來得多。

流言蜚語本身就是真真假假攙和其中，若想讓人信以為真，就必須加入部分真實，只要看起來越像是真有這麼一回事，那就越難讓人摸透當中的虛實。

「曹娟娟！」

一個極為耳熟的名字頓時傳入耳中，身旁的謝易庭在發出一聲驚呼後，二話不說直接衝到對方身邊，這使得沈凌也跟著看向她視線落下的地方，只見謝易庭雙手搖著對方的肩膀，似乎希望對方能趕快醒過來，而從那樣的角度看過去，沈凌發現原來其中一名昏迷者，竟是不久前才與他們有過一段談話的靜靜學姊！

奇怪，靜靜學姊怎麼會出現在這裡？不對，好像不太一樣……

看著曹娟娟一身與謝易庭如出一轍的夏季裝扮，以及自己身上的禦寒衣物，這讓沈凌感覺到很不對勁，因為他記得早些時候，靜靜學姊看起來明明就很怕冷的樣子，既然如此，怎麼會突然換上夏季服飾呢？

彷彿回應著他內心的疑惑，還沒來得及理出頭緒，眼前的景象出現了驚人的變化，而沈凌也總算明白謝易庭究竟看到什麼了。

只見曹娟娟和另一名倒臥地面的人身影開始逐漸變淡，像是回到屬於自己的空間，最後在兩人面前消失。

望著對方手中殘留的餘溫，沈凌愣愣地和謝易庭面面相覷，一陣毛骨悚然從腳底板直竄至腦門，在這短暫的靜默中，沈凌不自覺道出內心埋藏許久的話語，而謝易庭也看出彼此眼底的意涵。

「中文之夜，十二月二十日。」

「我這邊是五月二十一號。」

「學姊認識剛剛那名大四的學姊？」

「大四？你說曹娟娟？」謝易庭搖頭，「我們是同班同學，都是大三。」

簡短的資訊在兩人腦中快速運作，很快的，他們便理出了頭緒，倘若當時神祕聚會的地點是連結各個不同時空的場所，那麼他們目前所處的空間，很有可能並不屬於任何世界。

「時空悖論？」沈凌充滿困惑的聲音如實反映了兩人的心境，而這也讓謝易庭更加深信這一切並非巧合，而是一場精心策劃的安排。

一開始先是神祕研究社的遊戲邀請，再來是提供玩家們交流的神祕聚會，最後是不約而同來到音樂系館，她所追尋的真相乍看之下互不相干、實則有著千絲萬縷的關係，既然如此，學弟又是為了什麼來到這裡呢？

「學姊，照著傳說跑一遍！」

像是觸動了最關鍵的開關，在聲音出現的那一剎那，謝易庭當場直接抓起一旁的琴凳往女郎蜘蛛的方向砸過去，只見銀光乍現，咻咻咻的聲響如風般呼嘯而過，白色絲線瞬間幻化成無形的殺人工具，才三兩下琴凳便在眼前變得支離破碎。

同一時間，趁著對方的注意力被成功吸引過去之際，沈凌及謝易庭抓緊時機往門口的方向衝去，在對方反應過來前，直接一路滑出琴房。

清冷的月光在黑暗的長廊曳出一抹長影，為無人的夜增添靜寂的顫慄，明明應該是有著燠熱暑氣的夏季，此刻周圍溫度彷彿置身冬日，驟降的氣溫與涼意頓時爬上肌膚，但這並不影響兩人急奔前行的步伐。

一旁的玻璃窗上倒映著兩人的身影，以及後方天花板上那急起直追的巨大黑影，匍匐的軀體此刻竟透著死灰的白，試圖捉住逃走的影子。

走廊盡頭的轉角處出現一座樓梯，一如當初前來時的場景，幽暗的一隅彷彿隨時會有鬼魅從裡頭竄出、讓人不得不心生戒備，卻是此時此刻兩人的最終目的地。

「趁『她』還沒追上來時躲在連接四樓和五樓的樓梯間，就不會被『她』找到。」

傳說中想擺脫「她」的辦法，就是待在連接四樓與五樓的樓梯間，但是抵達了之後呢？傳說版本歧異，在眾說紛紜的情況下，接下來又該怎麼做呢？

這個問題在兩人心中始終是道難解的習題，就在他們轉彎之際，他們看見樓梯間竟多出了一面鏡子。

黑暗中反射而出的冷冽寒光訴說著這已不再是原本的空間，假若鏡子的存在是連接不同空間的媒介，那麼出現在樓梯間的鏡子其作用是否和琴房裡的一模一樣呢？

兩人原先的期待終究還是落空，因為當他們站在鏡子面前時，意外發現眼前的鏡子竟無法顯影，冰冷的鏡面帶來的是絕望及死亡，究竟傳說中尚未齊全的部分到底是什麼？

熟悉的沙沙聲已然接近，兩人下意識望向聲音的來源，只見遠方逐步逼近的黑影在牆上張牙舞爪，在那扣著喪鐘的回聲中，沈凌聽見了一道熟悉的聲音。

「唉呀呀，想不到竟然會是這樣的發展，還真是令人失望呢。」

猛一回神，只見許久不見的人影安穩地坐在木梯扶手上，自然垂落的雙腿如小孩子踢躂般輕輕晃動，那笑嘻嘻的模樣與此刻的氛圍可說是格格不入，彷彿自始至終她只是一名觀賞整齣鬧劇的觀眾，從來不是戲中的一員。

「小尹學姊?!」

沈凌和謝易庭異口同聲地道出來者的名字，在那陣訝異中，兩人彼此面面相覷，心中好似有什麼東西正隨著高昂的情緒翻滾著，一時之間卻又摸不清那是什麼感受。

「好久不見，你們最近過得好嗎？」小尹笑著撩起耳鬢的髮絲，還能看見她戴在右手腕上的紫水晶手鍊熠熠生輝，讓人無法忽視它的存在。「啊啊，現在好像不是說這個的時候。」

她抬頭，恰巧和從轉角處探出頭來的「她」四目相交，只見對方那姣好的臉孔有著一抹陰惻惻的笑，而她摸著紫水晶手鍊的手正細細數著上頭的數量。

「雖然干涉劇情發展是件很不道德的事，不過要是能讓事情變得有趣些，偶爾的即興演出也可以被視為體制外的抗爭呢。」

下一秒，她拆下手鍊上的一顆石頭，直接往鏡子的方向扔去。

驀地，石頭穿過眼前的鏡子，只見原本漆黑的鏡面泛起一波漣漪，像是終於接上頻率般，在那盪開的波紋之中，一抹極其熟悉的身影如實映入眼簾。

「沈凌？」

在那道聲音出現的同時，樓梯間瞬間颳起一陣大風，大得讓人幾乎快睜不開眼睛，不過一下子的時間，等眾人好不容易回過神後，從琴房裡追出來的女郎蜘蛛消失了，徒留寂寥的夜訴說著此刻的冷清，彷彿方才的所見所為都只是一場夢幻泡影而已。

「梁教授？」

眼前的梁恩祈其瘦弱的身形看起來更加單薄了，她就站在鏡子面前，沈凌還能看到魏如湛和兩名小女孩也站在一旁，從周圍的景色來看，四人所處的地點正是五樓琴房沒錯。

「打開了，通道打開了！」

「快進去，那裡有妳想要的答案！」

還沒來得及釐清一切，小女孩們的聲音再度傳入耳中，只見梁恩祈遲疑地伸出手輕輕觸了鏡面，在一陣強光之後，從鏡子另一頭穿越過來的她就這樣出現在眾人面前。

「原來傳說還是有部分是真的啊……」

她不禁喃喃自語了起來，空洞的眼神有著難以言喻的哀傷，她無視眾人的目光逕自步上階梯，似乎打算往五樓琴房的方向前進。

「歡迎來到時間的夾縫，雖然我不想阻止妳，但按照規矩，我還是得問妳一個問題——」

小尹笑嘻嘻地攔下身後想阻止對方行徑的兩人，緊接著道出一句匪夷所思的話：「妳想許什麼願望？」

梁恩祈沒有回答，只是一路沿著長廊來到琴房門口，在那扇緊閉的門扉前，她回頭，臉上的笑容竟與謝易庭記憶中的某人重疊了起來。

「妳說我嗎？」

她笑著，毫不猶豫打開眼前的門，在那陣光亮之中，他們聽見了她的答案。

「我想再見她一面。」

第八章　最大利益

她永遠無法忘記，髮絲輕拂在指尖的心動。

清晨的陽光，總是在人們不經意時輕輕灑落，光線在人們身上沿著腰和背脊，迤邐成一條金色光河，遠遠望過去，逆光的主體彷彿被包裹在一團朦朧的光暈中，美麗且寧靜。

對許多大學生來說，早八的課永遠是大學生涯中最痛苦的一件事，沒有之一。

這點從大家打著呵欠走入教室的模樣便能探得幾分，那睡眼惺忪的樣態看在任課老師眼裡早已見怪不怪，甚至還會有些許同情，因為她知道早起對現在過慣夜生活的大學生而言實在是太困難了，倘若這門課並非全校強制必修，大概就只剩教程的課能在這麼早的時間點順利開課了吧。

然而，這世上總是會有例外，比如說像梁恩祈這種老是把系隊當作燃燒青春生命鐵證的傢伙就是最好的例子，她永遠有辦法生龍活虎、一大清早就拉著學長姊一同到球場報到，因此整間教室裡也只有她能夠如此朝氣蓬勃地啃著早餐，堪稱異類無誤。

只不過，這一切都是建立在上課鐘響完畢後至少過十分鐘的基礎上，因為球場和教室有段距離，通常練球練到忘我的梁恩祈都要等到打鐘才會記得收拾行囊，然後慢悠悠地晃到學校附近的餐車買個飯糰，最後才乖乖進教室。

其實梁恩祈也不是故意要遲到的，純粹是因為她太專注於練習的關係，而且遲到一分鐘也是遲到，既然如此，那就讓她順路買一下早餐吧，反正結果都是晚進教室，何必計較這麼多呢？

想當然耳，這樣的想法鐵定會讓人恨不得一拳貓下去，因此每當第一節下課鐘聲響起時，總會聽見一道憤怒的聲音劃破天際。

「梁、恩、祈！妳這學期到底什麼時候才會準時進教室？每次十分鐘的小組討論都靠我來撐，妳找死啊！」面對梁恩祈，江江心裡總有一股恨鐵不成鋼的憤慨。「就算期中的書面報告通通都是妳來寫，妳也彌補不了我因急中生智而大量耗損的腦細胞！」

江江想仰天長嘯的心情不是沒有原因的，因為梁恩祈向來是個挺隨興的人，只有在遇到感興趣的人事物時才會一股腦兒地將心力全部投注進去，然而這樣的性格往往也最容易出問題，畢竟這意味著對方只會去在意自己所在乎的事情。

至於其他事嘛，能惦記在心上江江已經覺得是佛祖保佑了，她根本不敢奢望對方能大發慈悲把心中的順位調換一下。

偏偏好死不死這門課是英文必修，每次進入課本正文前，老師都會要求兩人一組，對該課文的主題進行討論，然後隨機點人起來分享，而從小和梁恩祈就是姊妹淘的江江自然在兩人一同進入音樂系就讀後，很順其自然地如靈魂裝備被自動綁定，從此開啟了必須應付老是不在場的雷隊友所造就的人生關卡之無限輪迴。

「每次小組討論妳都不在，我乾脆去找顏易翎算了，反正她也是一個人，剛好可以一起討論，總比靠我一人來撐要好得多了……」

江江忍不住小聲嘀咕了幾句，而這般碎念倒是被梁恩祈聽個正著，讓嘴裡嚼著肉鬆飯糰的她感到很是不滿，也不管這番話是不是會被其他人聽見，她想都沒想直接反駁回去。

「欸，妳這話也太傷人了吧，講得好像對方很可靠一樣，這麼喜歡那妳就去找她啊，看顏易翎那傢伙會不會甩妳。」

像是宣洩著自己的情緒，向來很不會看場合的梁恩祈直截了當地說出當下的感受，雖然她知道江江只是單純地想抱怨幾句而已，但她這人實在很不喜歡被拿來做比較。

最重要的是，比較的對象竟然還是班上的顏易翎，這倒是讓她心裡面有些不舒服。

不管到了哪裡，只要有人的地方就一定免不了小圈圈這回事，而梁恩祈很明顯和顏易翎是兩個不同世界的人，一個熱衷於參與社團與系隊、渴望在舞臺上能夠發光發熱，一個鮮少與班上同學有所往來、總是以沉靜寡言的形象著稱，倘若非必要，這兩種極端類型的人要同時處於同一空間實在是件難事。

或許是因為個性迥異，向來大喇喇的梁恩祈碰到顏易翎這一類的人時，往往也是束手無策，因為就算你熱情洋溢地向對方搭話，碰到冰山時也會因為其堅韌不屈的特性使人感到尷尬且自討沒趣。

畢竟，光是話題就找不到共通點了，是要如何相處呢？彼此還是相敬如賓比較實際。

所以總歸一句話，她梁恩祈並非討厭顏易翎這個人，而是因為對方在班上的存在感實在是太薄弱、太難以捉摸了，除了課堂報告及被老師點名時的必要發言之外，全班大概沒幾個人聽過對方開口說話，誠屬惜字如金的最佳典範。

很多事情大家向來是心照不宣，只要沒有人刻意將眼前的事實戳出一個洞口，那麼眾人便會維持表面的和平，過著彼此互不干涉的生活。

然而，梁恩祈就是個名副其實的大嗓門，在江江還來不及阻止之際，其音量已直接越過眾人詫異的目光，將整句話完完整整傳達到正坐在位子上看書的顏易翎耳中。

只見顏易翎原本低垂的頭緩緩抬起，隨即循著聲音的方向望去，而說錯話的梁恩祈彷彿察覺自己的失態，在愣了半晌的同時，亦下意識朝對方的位子看了一眼，殊不知兩人就在此刻四目相交。

時間從指縫間緩緩流逝，猶如暴風雨前的寧靜，眾人屏息以待所換來的是現場一片靜默，沒有人敢先出聲，所有的焦點都聚集在兩人身上，彷彿接下來的一舉一動都牽引著大家的情緒……

然後，就沒有然後了。

顏易翎就只是靜靜看著梁恩祈，什麼話也沒說，直到上課鐘聲響起，大家這才回到各自的座位上，而這場鬧劇彷彿沒發生過般悄然落幕，就連課程結束後對方依然沒有任何反應，就和往常一樣，一上完課就收拾好東西準備回宿舍，完全看不出有哪裡不一樣。

這讓梁恩祈尷尬極了。

假如對方生氣、開口謾罵，甚至是皺一下眉頭都好，至少她會覺得心裡好受些，但就是因為顏易翎什麼都沒做，所以她才感覺特別焦慮且不安。

那就好像對方根本不在意一樣。

「梁恩祈，妳發什麼呆呀，炸豬排都涼了。」

坐在對面的江江忍不住出聲提醒，顯然早已發現對方的魂不知神遊到哪去了。「我們問什麼妳就只會答嗯，一聽就知道是在敷衍，說吧，到底是在想什麼？能讓妳操煩那鐵定是大事了。」

「我看應該跟早上的英文課有關吧。」一旁的宋慶華悠哉地從盤子裡夾起一顆煎餃，還煞有其事的輕輕沾了沾醬油才放入口中，繼續道：「阿明他們都已經跟我說了，我看應該早已傳遍整個系了吧。」

「靠北喔，這種事有什麼好說的，有時間在那邊八卦是不會去練聽寫喔！」梁恩祈氣到扔筷子，見自己的好友只會說風涼話，真心覺得誤交損友。

「沒辦法，誰叫我們音樂系向來沒有祕密呢。」宋慶華對此倒是笑得挺沒心沒肺。

面對這樣的情況，梁恩祈的焦慮可說是不減反增，因為學校的英文必修是採能力分班，因此同一科系的學生並不見得會被分在同一班上課，而身為青梅竹馬的宋慶華因達到免修資格的門檻得以選其他課代替，要是連宋慶華都知道這件事了，那麼大家鐵定都知道了。

「那是妳活該，誰叫妳說話老是不經過大腦，就算我們兩個本來就知道妳是說者無心，但是別忘了人家可是聽者有意呀，大概再過幾天，就會被傳成妳很討厭顏易翎、覺得對方踐個二五八萬是在囂張什麼之類的吧。」

江江如是說著，最後一臉憐憫地望著梁恩祈悶悶不樂的臉，大概覺得木已成舟，回不去了。

「反正對方又沒說什麼，就算傳成這樣妳也沒差啊，妳何時在意過其他人的看法了？我看接下來的事妳就別管了，謠言聽多心也是會累的。」

不行，她一定得跟對方解釋清楚才行。梁恩祈恨恨地咬了咬下唇，在內心對自己發誓，至少要在輿論越演越烈前趕緊澄清一下事實。

像是下了什麼重大的決定，梁恩祈二話不說重拾筷子，開始低頭猛扒飯，直至桌上的碗盤全都見底。

所謂的驚喜究竟是什麼呢？

對顏易翎來說，任何出其不意的事情都足以構成驚喜的條件，儘管這些在其他人眼裡都應該被稱為驚嚇才對。

當她走在回宿舍的途中，大老遠就看見梁恩祈站在宿舍門口張望，一發現她出現，就如同鎖定獵物般立刻手刀衝刺到她面前，這點倒是讓顏易翎有些訝異，因為她從來沒有想過有一天對方會主動出現在自己面前。

儘管對方氣急敗壞的模樣在旁人看來與尋仇無異就是了。

「我有話要跟妳說。」

這是進入大學以來，兩人第一次談話。

望著梁恩祈那張焦急的臉，顏易翎不禁在內心默默忖度，這似乎是她第一次看見對方如此慌張的模樣。

噢，撇開有次隨堂考不小心睡過頭而衝進教室的情景不談，對方平日裡倒還真是一貫的處之泰然。

「我那句話並沒有針對妳的意思，妳別多想了。」像是想到了什麼，梁恩祈隨後又補充了一句：「如果那句話讓妳感覺很不舒服，那我跟妳道歉，對不起。」

為什麼要道歉呢？就和往常一樣，顏易翎靜靜注視著來者的臉龐，反覆咀嚼話語當中所隱藏的意涵。

其實她並不覺得對方有錯，因為那不過是一句無傷大雅的抱怨而已，說真的，這沒什麼好生氣的吧？既然如此，對方為何要道歉呢？

是因為太在意他人的看法，還是說，只是單純為了避免日後見面所產生的尷尬呢？顏易翎腦中頓時浮現諸多可能性，儘管還沒釐清對方的思緒，她依然如往常保持微笑、點頭示意沒關係，然後默默越過對方，直接進入宿舍。

從以前到現在，不管她聽到什麼、遇見什麼，總會像現在這樣靜靜地聽著，偶爾以微笑來面對，不曾去回應那些人尖銳的言語。

其實這也沒什麼不好，謠言嘛，有時候難免會被有心人士渲染，甚至會因她的不回應而更加甚囂塵上，然而，有好幾次她曾問過自己，主動澄清真的會比較好嗎？

每當她週末回家，看見年幼的妹妹開心地從玄關衝出來、撲進她的懷裡撒嬌時，她都會忍不住寵溺地摸摸對方的頭，任憑妹妹拉著她到處玩耍。看著妹妹天真無邪的笑靨，她明白真正懂她的人是不會去相信那些流言蜚語的，而在討厭她的人面前就算試圖解釋得再多，對方也只願意相信他眼中所謂的真實，只因站隊這件事從來無關乎真相，風向總是倒向利益大的那一方。

所以說，真相是什麼早已無所謂，反正她已經習慣沉默，風聲終究會有遠去的一天。

原本她以為這突如其來的小插曲不過是一場人生中的小意外，自梁恩祈跑來道歉的那一刻起，兩人的緣分便從此劃下了句點，殊不知彼此卻再度有了交集。

或許是為了證明兩人並無嫌隙，也很有可能只是單純想確認對方是否真的沒生氣，梁恩祈下課後開始有意無意地跑去跟顏易翎搭話，甚至在老師每次宣布要分組時，第一時間衝到對方身邊向眾人「宣示主權」，那展現友好的模樣倒是讓江江等人感到哭笑不得，因為這很明顯就是此地無銀三百兩的真實寫照，演技能夠差成這樣也真是不簡單。

「嘖，我本來就不討厭顏易翎，是你們幾個自己想太多了，很多時候有些話只是隨口說說而已，可以請你們不要這麼認真嗎？」每當有人問起謠言一事時，梁恩祈總是這麼回答，順便附贈一枚白眼，以證明她本人對謠言的心累與無奈。

既然如此，那麼等謠言消失，對方自然就會離開了吧？顏易翎默默想著，就和所有人一樣，原本以為流言蜚語解除後，一切都會回歸正軌，任誰也沒想到的是，在那之後梁恩祈就這麼留了下來，再也不曾離去。

緣分這回事就是這麼奇妙，你永遠不會知道下一秒彼此會有怎樣的際遇，所有的聚散離合彷彿一齣命中註定的戲，一切因果皆其來有自，然而，這樣的道理她們卻要等到很久很久以後才能明白。

在顏易翎眼裡，梁恩祈一直是個活得很隨興恣意的人，那吊兒郎當的模樣總是給人一股凡事都無所謂的錯覺，乍看之下，好似能夠讓對方燃起熱情的只有系隊一事，但自從與對方接觸後，她發現梁恩祈似乎和她之前所看見的不太一樣。

或許是出自於好奇，也很有可能是個性使然，很多時候，梁恩祈並不把自己當主角，而是試著把主場的話語權交給她，像是練習說話般，要她慢慢學習訴說自己的感受。

「既然是朋友，那總不能都我在說話吧，妳也要分享一點自己的生活，這樣妳來我往這才公平。」梁恩祈兩手一攤，那堪稱無賴的招牌動作如實映入眼簾，簡直讓人哭笑不得，但這幅景象卻意外成為記憶中那道最鮮明的光，為她的大學生活烙下難以忘懷的印記。

亦是此生最深刻的牽掛。

其實，人生也不是只會有糟糕的事，還是會有值得開心的一切。

不知從何時開始，她的目光總是緊緊追隨著梁恩祈，那爽朗的笑聲像是具有一股神奇的魔力，總能一點一滴渲染他人的情緒，就連她的嘴角也忍不住悄悄上揚。

因為很耀眼呀。顏易翎如是想著，那溫暖的感覺有如冬日的暖陽，在陽光的照耀下，彷彿所有陰霾都能從此煙消雲散，或許正是因為這樣的特性，所以才會讓她甘願成為一抹影子，只為了不斷追尋那不曾屬於自己的一絲暖意，而這很有可能就是梁恩祈跑來跟她道歉時她之所以會感到訝異的原因吧。

自從與對方接觸後，她發現對方在課業上並不如表面那般漫不經心，音樂系的課程基本上都得投入大量時間練習，但梁恩祈卻破天荒地跑去輔修中文系。

而這件事還是她們兩個剛好路過中文週攤位時，被熱情的中文系同學叫住才得知的。

中文週的筆友活動讓不善於和人互動的顏易翎感到很心動，在梁恩祈等人的推波助瀾下，她留下了自己的聯絡資料，同時也好奇對方怎麼會想去中文系修課。

「多吸收點古典文學，這樣才能激發創作靈感，順便感受東西兩方思想碰撞後產生的火花有多耀眼，畢竟一個老是待在同溫層的人，在創作上是不可能有所突破的。」

說這句話時，梁恩祈難得一臉正色地回答她的問題，顏易翎不禁猜想，這席話要是被其他人聽見，大概又要跌破眼鏡了吧。

主修理論作曲的人，難道都這麼奇葩嗎？這點顏易翎並不清楚，畢竟系上同學選擇的主修大相逕庭，像她就是主修聲樂，雖然並不善於開口說話，但是她能透過對歌曲的詮釋表達自己的心思，或許對方亦是用類似的方式來訴說心情吧。

面對內心的疑問，顏易翎並沒有直接問出口，而是選擇默默藏在心底，只有在參與中文週的筆友活動時，才會將自己的心思透露出來。

有的時候，她會覺得文字具有一股很神奇的特殊魔力，很多無法說出口的話，反而能夠透過書寫進行傳遞。或許是因為彼此素未謀面、毋須有任何顧忌，所以每當她和筆友通信時，總能說出好多好多不曾與人傾訴的祕密。

不知道是不是她的錯覺，每次收到筆友的來信時，顏易翎總能感覺到一股莫名的熟悉，彷彿她和對方早已相識，從字裡行間透露出來的訊息，她能感受到對方是名愛替人瞎操心的老好人，總是對她面對流言蜚語時那默不作聲的態度進行瘋狂碎念。

顏易翎明白，一個願意為他人處境感到擔憂的人不會是什麼壞人，所以她也格外珍惜這份得來不易的情誼，因為這在廣袤的人世裡，一直是件難能可貴的事。

這件事會讓她忍不住想起自己的妹妹，她知道這世上的惡意不曾減少過，但她多少還是希望能為這個世界做點改變，至少在未來的日子裡，她的妹妹可以活在一個比較少歧視的世界，甚至在遇到困難時，有個無私的人願意試著伸出援手，拉對方一把。

原來她還是渴望能獲得救贖啊。顏易翎笑了，對自己的想法感到有些好笑，大概是沒料到原來在自己內心深處，還是期待有那麼一個人，可以陪伴她度過難關。

所以說，現在的她遇到那一個人了嗎？

站在舞臺正中央，顏易翎試著調整自己的呼吸，緊張的心情開始被興奮的心跳取代。她知道當舞臺上三明三滅的開演節奏結束後，眼前的布幕將會緩緩拉起，而這場畢業音樂會的成敗將成為她是否通過考核的依據。

會害怕嗎？黑暗中，顏易翎下意識緊捏著自己的裙擺，顫抖的手指最終仍掩飾不了內心的激動。

不，她並不會感到害怕。像是打了一劑強心針，唇邊漾起的笑意悄悄洩漏了她心底的祕密。因為她知道有個人正坐在臺下等著欣賞她的演出。

而這場畢業音樂會打從一開始所準備的曲目，自始至終，都是為了對方而唱。

這一點，不曾改變過。

炎炎夏日，蟬鳴的季節。

這樣的天氣最適合待在冷氣房內避暑，尤其是燠熱的午後，蒸騰的暑氣總能將它的極限發揮到淋漓盡致，雖然這個時間點照理說很少會有學生在外頭亂晃，但凡事必有例外。

坐在研究室裡的楊教授才剛拿起手邊的馬克杯準備喝水，便立刻聽到研究室的門被迅速敲了三下，緊接著「砰」的一聲，眼前的門毫無懸念地被用力撞開，一抹熟悉的身影就這樣大喇喇地登堂入室。

要不是因為楊教授早已習慣對方的出場方式，手上的馬克杯大概第一時間就會直接砸過去，報警什麼的絕對會是當務之急。

「恩祈啊，就算研究室的門把早就壞了，妳也只要稍微施力推一下就開了，只是開個門而已，沒必要搞得像在演動作片吧。」

楊教授已經能氣定神閒地笑看這一切了，他喝了口水，真心覺得世人對音樂系學生的刻板印象早該進行修正。

「唉呦沒差啦，反正你都習慣了，要是哪天我不是這樣進來，你鐵定以為我被穿越了。」氣喘吁吁的梁恩祈拉開椅子坐下，或許是因為她一手提著排球網袋、另一手揹著背包，那夾帶暑氣而來的燥熱頓時席捲整間研究室，只見對方伸手抹去沿著雙頰滴下的汗珠，那汗流浹背的模樣看起來就是酷暑的代名詞。

「吼，外面熱死了啦，還是待在冷氣房裡最舒適了。」她胡亂抽了幾把桌上的衛生紙猛擦汗，隨後扭開楊教授遞過來的礦泉水的瓶蓋，仰頭咕嚕咕嚕暢飲一番。

「哈哈謝啦，沒帶水就是這麼不方便。」像是獲得了救贖，已經復活的梁恩祈整個人開始放鬆了起來，照慣例直接進入閒聊模式。「不過老師，為何每次我來找你都剛好有礦泉水呀？」

「因為妳每次來都沒帶水，所以我買了一箱備用。」楊教授放下手邊的工作，雙手托著下巴的他看向來者，正式開啟今日的談話：「恩祈啊，妳今天應該不是單純來找我閒聊的吧。」

「沒啊，我就只是來看看你、聊聊天，順便吹一下免費的冷氣而已，畢竟大熱天練球根本熱爆，而且回宿舍開冷氣要花錢，我還是來你這比較涼快。」梁恩祈笑嘻嘻地回答著，那玩世不恭的態度倒是一如既往的灑脫，彷彿這世間並沒有什麼值得認真看待的人事物。

「妳越來越常去練球了。」楊教授說著。

「對啊，因為大專盃就快到了，當然得加緊練習囉。」她微笑，隨後伸了個懶腰，可說是再稀鬆平常不過的答覆了。

「但是恩祈啊，沒人像妳這麼拼啊，系上有同學說半夜看到妳一個人還在球場對牆打，妳真的是為了大專盃嗎？」

他頓了一會兒，最後緩緩說出內心的疑問——

「還是說，妳已經剩沒多少時間了？」

此話一出，梁恩祈的笑容登時僵在臉上，下一秒，她完全是反射性地從位子上站起，將手上的礦泉水往楊教授臉上用力砸去，也幾乎是同一時間，楊教授用手抵住襲來的礦泉水瓶子的底部，在千鈞一髮之際硬生生擋下了對方失序的行為，只聽見她低聲暗道：「你知道的太多了。」

「當局者迷，旁觀者清。看了妳快三年了，學生怎麼了當老師的怎麼可能看不出來？」他示意對方坐下，那慈愛的眼彷彿看著女兒般流露出一絲不捨。「套句我們中文人的話，恩祈啊，這些年妳活得太壓抑了。」

對方低頭不語，以沉默作為回應。

楊教授是中文系的老師，一開始她只是覺得對方很有親切感才跑去跟他聊天，然而不知從何時起，她開始固定時間到楊教授的研究室串門子，偶爾會遇到位於同一層樓的其他老師，或許是因為太常出沒與打招呼的緣故，有時候那些老師還會給她一些零食，搞得好像她比中文系的學生還要熟悉自家系館的樣子。

梁恩祈知道，其實她只是需要一個宣洩的窗口而已，偏偏不管是哪個領域都會有圈子太窄太小的問題，有太多太多的事情她無法同自家人訴說，當中牽扯到的利益糾葛往往令人難以想像，因為你不會曉得今日你所傾訴的對象會不會將這件事宣揚出去。

永遠不要高估自己與對方的交情，也不要小看對方與他人的關係。這是從小到大父親要她謹記在心的家訓。

或許正是因為如此，所以她才會選擇一個八竿子打不著的科系，讓自己有可以抒發的管道吧。有時是滔滔絮語，有時是不成章的字句，其實很多時候梁恩祈也不確定自己究竟想要表達什麼，但是楊教授總是會微笑聽她說話，在她出現盲點時適時拋出問題讓她思考，說真的，這樣就夠了，至少她還沒有瘋，她還能有自己的聲音。

「妳是我們最寶貝的掌上明珠，哪有父母會害自己小孩的道理？聽著，我們這麼做都是為妳好啊。」

「別忘了自己的身分，既然享受了這麼多權利，那妳也應當為這個家盡一份義務，大家都是過來人，希望妳能明白，除非妳想失去現在所擁有的一切。」

「妹仔，遮爾大漢矣，你愛較會曉想咧，恁兩个遮四配，而且這个決定對逐家攏好，有啥物毋好呢？」

大人們的話語如夢魘般在耳畔迴盪，從很小的時候開始，梁恩祈便明白自己在家中的身分及定位，面對那些言情小說及偶像劇裡才會出現的該死情節，以前的她還能感到嗤之以鼻、一笑置之，畢竟人們都說命運掌握在自己手中，她若不從，難道要拿槍抵著她的腦袋不成？殊不知待年紀漸增後，她陡然意識到那竟是她這輩子永遠無法擺脫的宿命。

血緣是這世上最諷刺的東西，僅憑著那一絲血脈，名為「親情」的怪物便能以各式理由與情緒為所欲為，彷彿他們所做的決定都有了最正當的藉口，一句「都是為你好」便足以粉飾所有的謊言。

梁恩祈一直都知道，只要大學一畢業，那麼她將從此失去自由，必須順從家族的安排走入一段只為了利益而結合的商業婚姻，所以在這最後的時間裡她試圖活得比別人更瀟灑、更盡興，然而內心的不甘卻彷彿黑洞般不斷擴大，像是要吞噬她本身的存在令人感到窒息。

她自己本身就是個籌碼，假如她選擇妥協，那麼是否就能換取在夾縫中生存的機會呢？

妳要想清楚，這是妳的人生，不要讓自己感到後悔。

幾天前，一封突如其來的簡訊安靜地躺在收信匣裡，發現寄件者是江江後，她猜想對方想必已經獲得消息了吧，否則跟著管絃樂團遠赴奧地利演出的江江是不會特地發簡訊過來的。

或許，她們的心情是一樣的，任誰也沒想到這次聯姻的人選和理由竟如此令人錯愕……

「對不起。」她小聲地說著，為今日失控的行為感到抱歉。

「沒關係，每個人都有自己煩心的事，至少現在妳願意去正視它了。」楊教授笑了笑，聳聳肩表示沒事。「恩祈啊，雖然我不是妳，也不知道妳的煩惱到底是什麼，但是我希望妳能學著做到一件事。」

「什麼事？」

「永不後悔。」

「蛤？這也太難了吧。」

「所以才希望妳能做到這件事啊。」他從抽屜拿出一包蜂蜜奶油杏仁果，打開後倒了一些給對方，自己也吃了起來。「不管未來做任何決定，妳都得讓自己永不後悔，這樣妳就能堅定地向前邁進，也能無愧於心。」

「那要是辦不到呢？」她困惑著，似乎不是很肯定自己總有一天能達到這樣的境界。

「那妳就想想顏易翎，很多事大概就迎刃而解了吧。」

「靠么喔，你明明就不認識她，沒事提她幹嘛。」梁恩祈憤怒地差點將手上的杏仁果砸過去，但想一想後，還是塞進嘴裡吃下去。

「因為妳每次來時都會提到跟她有關的事，恩祈啊，有些事旁人其實看得很清楚，只是妳還不明白而已。」楊教授忍不住呵呵笑了起來，隨後緩緩繼續道：「悲莫悲兮生別離，樂莫樂兮新相知。」

「不要以為我是外系的就聽不懂文言文，好歹我也修過你開的楚辭好嗎！」

她送了對方一記白眼，順便收拾自己的行囊，那模樣和先前比起來已經豁然開朗了不少，看在楊教授眼裡倒是頗感欣慰。

「好啦，今天謝啦，下次再帶食物來孝敬你。」

道別後，離開研究室的梁恩祈並沒有立即回到宿舍，而是看了一下時間，最後選擇走過椰林大道、穿越竹林島後繞到學校的鬆餅屋附近，果不其然在那裡遇見了宋慶華。

「嘖，你果然在這。」

像是為了回應對方的咂嘴聲，後者悠悠地抬起頭來，只見蹲在地上逗弄松鼠的宋慶華依然是那副好整以暇的姿態。「呦，這不是我們梁家的寶貝千金嗎？今日怎麼突然有空改走這條路了？妳不是最痛恨滿校園跑的松鼠了嗎？」

「呵，你也不差啊，要是被人知道宋氏集團的少爺今日依舊白目地餵松鼠人類的食物，絕對會被懷生社訐譙到底。」

「拜託，我已經從良很久了好嗎？」他無奈地笑了笑，兩手一攤以證明自己所言不假，隨後話鋒一轉，開啟了正題：「我收到江江的簡訊了。」

「我也收到了。」梁恩祈點了一杯伯爵奶茶，隨後直接坐在木椅上，似乎正是為了此事而來。「她大概沒想到我們兩個竟會被綁在同一條船上吧。」

「沒辦法呀，誰會料到我們兩家的大老彼此竟然是公園下棋認識的棋友，而且還莫名其妙地訂下一紙娃娃親呢？就算是八點檔也不會有這麼隨便的劇情，嘖，還真是庸俗呀。」他忍不住露出鄙夷的目光。

「那鐵定是你八點檔看得還不夠多。」梁恩祈沒好氣地翻了個大白眼，「只要我們兩個結婚，就可以獲得五千萬的資金和幾筆土地，怪不得大家都說老人向來深藏不露，我看爸媽那一輩應該都樂壞了吧。」

「豈止樂壞了，我看根本樂見其成吧，現今這世道聯姻本來就是必然的，差別只在於對象是誰及能否平起平坐罷了，能平白無故多出這麼多甜頭誰不會搶著要呢？大人們還真是現實啊。」

「宋慶華。」

「嗯？」

「那你男友怎麼辦？」

「還能怎麼辦，就只能這麼辦囉。」

他苦笑了一下，隨即將目光放在一旁的松鼠身上，有的時候他會很羨慕這個嚙齒類的小動物，想任性時就任性，不會被人指責不識大體。「雖然一輩子都見不得光，但是他願意以影子的身分跟我在一起，我想以同等的心意回報他。」

「還真是鶼鰈情深啊。」她忍不住吹了聲口哨。

「妳好意思說我，妳到底跟顏易翎講了沒？這事拖不得啊。」

「欸，為什麼你跟中文系的老師都要扯到她？我們兩個明明沒怎樣。」梁恩祈有些尷尬地別過頭，雙脣緊抿的模樣倒是洩漏了她的心思。

「梁恩祈呀梁恩祈，我們十幾年來的交情可不是假的，連江江都看出來了，妳還想裝死到什麼時候？」

宋慶華有些憐憫地望著對方，似乎覺得對方怎麼還沒開竅。「妳神經大條沒發現就算了，但是說真的，看在我們眼裡，妳的喜歡是真的很明顯呀，遇到任何好吃好玩的，妳第一時間都是找對方，更重要的是，妳身邊的人哪個不知道對方的存在？」

他嘆了一口氣，為自己好友的笨拙感到憂心。「我們兩個的目的應該是一樣的吧，既然如此，那就想想妳的初衷吧，妳為什麼願意把自己當作這場交易的籌碼呢？」

因為我想和對方在一起，而我所做的選擇，都是為了彼此的最佳利益。

像是一個再清晰不過的答案，對方的身影悄悄浮現於腦海，讓梁恩祈再次確認了自己的心意。

鳳凰花開，又到了該離別的季節。

雖然校園內並沒有種植鳳凰木，但從一旁的國小就能看見一路沿著天際炸開的火紅，夏日的花火耀眼得彷彿燃燒的火鳳凰，有著刺痛雙目的豔美與華麗。

以往到了畢業季，顏易翎都會被列為音樂系歡送隊伍的成員，負責在畢業典禮當天沿路歡送畢業生，而在校園巡禮的過程中，她總能看見許多人拿著向日葵準備獻花，就連校門口的花販們所帶來的花束也以向日葵居多，彷彿這金黃色花朵才是最適合獻給畢業生的祝福。

是因為正值夏天嗎？面對這個問題，顏易翎曾經思考過當中可能的緣由，然而因課業繁忙，這件事很快地便被她拋於腦後，直到自己即將成為學弟妹們歡送的對象時，她這才想起當時未解的疑問。

是祝福所有畢業生都能有個燦爛的未來嗎？望著在學生活動中心前的畢聯會攤位，只見好幾名工作人員舉著立牌大聲招攬客人，這使得顏易翎不自覺看向展示於一旁的向日葵花束，總覺得不知不覺又來到了預約畢業花束的時節。

其實是因為對方很耀眼，在心中是獨一無二的存在吧。她如是想著，最終來到攤位前，買了一朵美麗的向日葵。

不知從何時起，梁恩祈對她來說就是個如太陽般的存在，那時時散發活力與熱情的模樣總讓人忍不住想繞著對方轉，一如向光性植物那般神祕。

就跟向日葵一樣呀。金黃色的花瓣如豔陽般熱情綻放，顏易翎小心拿著手上的花兒，印象中這似乎是她第一次這麼近距離接觸植物，深怕一不小心便會傷到這美麗的存在。

就好比她那早已抑制不住的情感，要是說出來了，會不會不小心灼傷對方呢？

顏易翎不清楚，也不明白自己究竟該怎麼做才是最好的，但是至少在兩人分道揚鑣前，讓她把這朵花送出去吧。

即便是無法輕易說出口的情感，她相信梁恩祈收到後一定能懂她的意思，因為對方是唯一一個了解她的人呀。

原本事情應該會順利發展下去才對，然而在命運之輪面前，兩人註定無法迎來快樂的結局，只因她們都忽略了自身的極限，到頭來她們依舊不夠了解彼此，在最終的抉擇上依然走上歧路。

這一切，都在意料之外。

或許是心有靈犀，也很有可能是命運對兩人的嘲弄，過沒幾天，梁恩祈傳了封簡訊給顏易翎，說有重要的事需要兩人碰面。

「我要結婚了。」

當顏易翎依約來到音樂系館頂樓時，她聽見隨後趕到的梁恩祈這麼說著，在那一瞬間，她感覺胸口像是有什麼東西刺痛了一下，最終傳來清晰的碎裂聲。

彷彿沒察覺對方的異樣，著急的梁恩祈繼續解釋著，深怕對方誤會了什麼，殊不知這些看在顏易翎眼裡，只不過是急於澄清一些事的舉動。

「和宋慶華聯姻只是做給長輩們看的，我們兩個私下協議過了，只要重要場合兩人出席時做做樣子就行了，其餘就各過各的，不會有問題的。」

「結婚後我和宋慶華會從長輩那拿到一筆資金和土地，我們約好一人一半，其中一半的款項已經匯入戶頭了，畢業後妳不是希望以後能以聲樂家的身分來維生嗎？這樣出國的錢和生活費妳就不必擔心了。」

「雖然這段關係不能攤在陽光下，但宋慶華他男友已經同意了，妳呢？妳能接受嗎？」

所以，這是要她繼續當影子的意思？顏易翎愣愣地看著梁恩祈的臉，有好多好多的話她想對對方說，但這些話才剛湧上喉頭，便被她硬生生吞下，彷彿再多的話語在對方面前都只會被解讀為不識大體與任性。

在梁恩祈面前，她可以只當襯托對方的影子，就算一輩子不被看見，只要能繼續待在對方身邊，那也足矣；但是在一段關係中，為什麼她必須隱藏自己的存在，無法正大光明地跟對方在一起呢？

要不要變成影子一直都是出自於她的意願，她以為對方一定會懂她的意思……

像是一場最後的賭注，顏易翎將藏於背後已久的那株向日葵遞給梁恩祈，期待對方能理解她的回答與心意，卻在見到對方一臉困惑的表情後，澈底明白這一切不過是她的一廂情願罷了，她的聲音自始至終都沒有被聽見。

她走向前，伸手捧住梁恩祈的臉，滴下的淚珠心碎得彷彿一曲不成調的樂音，她只知道頂樓的風很強，從耳邊呼嘯而過的風聲像極了咿咿呀呀的回音，而那抹慘澹的微笑卻從此深烙在梁恩祈腦海，要等到很久很久以後才能明白對方當初的意思。

「謝謝妳，陪我一起走過那段春暖花開的日子。」

最終，她仍然什麼都沒說，以微笑成全對方的決定，那最後的凝視猶如被剎那定格的永恆，彷彿要把這一幕狠狠刻在心頭，永不忘卻。

或許，她是故意的吧。

從音樂系館頂樓一躍而下時，她腦海裡最後浮現的究竟是什麼呢？

不知道，但是說真的，她其實並不後悔。

因為她明白有個人將一輩子忘不了她。

一直，一直。

「欸，你知道學校音樂系館的傳說嗎？」

「傳說？什麼傳說？說來聽聽。」

「聽說在很久以前，一名音樂系男生和班上的女生是人人稱羨的情侶，直到畢業前夕，男生才向女生坦承自己即將結婚的消息，女生因承受不了打擊而選擇從音樂系館頂樓跳下。在那之後，只要每到了晚上十一點零一分，整間音樂系館就像是進入另一個異次元空間，不但進去的人出不來，據說五樓琴房還會傳來一陣奇怪的歌聲，只要循著歌聲來到琴房，便會看見當年那名女生坐在琴凳上唱歌。」

「這也太奇怪了吧，又不是希臘神話中的海妖和人魚，都變成鬼了幹嘛還要唱歌？」

「不知道耶，或許是因為還有些話想對那個男生說吧。」

聽著路上兩名學生的談話，走在兩人後頭的梁恩祈不禁苦笑了一下，對於現今學生之間所流傳的故事其實多少略有耳聞，只是時至今日，她仍無法忘記初聞時的那份悸動。

傳說這東西本身就是繪聲繪影的存在，將人們想聽的、想說的揉雜成一個似真似假的虛構性故事，若想讓人信服，那麼當中必定得帶點真實成分，然而真正讓她想不到的，竟是傳說中所產生的變異。

原來，大家並不認同這樣的情感呀。

坐在琴凳上，靈巧的雙手如蝶兒般在黑白琴鍵上翻飛起舞，婉轉悠揚的琴聲自指間流淌而出，很多時候梁恩祈會像現在這樣在五樓琴房演奏著自己譜出的樂曲，為自己的表演作一個最忠實的聽眾。

自從她在國外拿到作曲博士的學位後，便毅然決然回到自己的母校任教，只是十幾年過去了，她依然還在原地踏步，不是不願離開，只是執拗地不想讓自己痊癒。

她還記得那日對方的神情，表面上看似什麼都沒說，但在對方遞出向日葵的當下，其實也什麼都說了呀，而她也從此錯過了對方。

所以她才會刻意長時間待在五樓琴房，只為了有朝一日能與對方見上一面吧。

「老師，妳說這曲子叫什麼呀？」

當她演奏結束時，一名女學生用閃閃發光的眼神看著她，似乎對這首自創曲很感興趣。

「這曲子叫做〈Tournesol〉，花語是沉默的愛，這是寫給我一個很重要的人，雖然我們已經很久沒見過面了。」梁恩祈如是說著，眼神難得溫柔了起來，或許是因為觸動了心底最柔軟的部分吧。

「那個很重要的人是老師的誰呀？」

「當然是初戀情人囉，她可是我生命中最重要的人呢。」

「老師，既然是最重要的人，那對方的出現有帶給妳什麼成長嗎？」

「有啊。」她輕輕地笑了笑，彷彿又憶起了那段單純且無憂無慮的日子。

「她讓我學會了什麼是愛。」

所以請妳出現吧，無論妳以什麼姿態現身，我都會回應妳的聲音。

因為我是真的真的很想妳。

這十幾年來，始終如一。

「所以說，這已經是全部了嗎？」

教室內，一名少女坐在書桌上，橘黃色的天空掠過數點黑鴉，牆上的時鐘倒數著逝去的光陰。

「不對喔，這些還不是全部喔。」

她笑著，手腕上的紫水晶手鍊散發出耀眼的光輝，似乎正回應著她的話語。

她朝虛空之中打了個響指，只見粉筆飛快地在身後的黑板舞動出凌亂的線條，潦草的字跡一如傾瀉而出的怒吼，在那陣幾近瘋狂的吶喊中，依稀能辨識出藏在字裡行間的絕望與騷動。

——我喜歡妳，漫山遍野的喜歡。

——只要一想到有妳陪在身邊，就會有種或許自己還能再撐那麼一下下的想法。

——謝謝妳，對不起。

「這些聲音又是誰的呢？我相信大家都想知道謎底吧，雖然這麼說有點失禮，但當妳試圖打開對方的心門時，別忘了自己緊閉的門扉也該試著開啟。」

她輕哂，朱紅的唇緩緩吐出最後一句話：

「沈凌，開門吧，是時候將迷惘的魂魄引回來了。」

第一扇門

「同學，妳的眼光不錯哦。」

攤位上，一名女同學笑嘻嘻地指著梁恩祈拿在手上細細端詳的那條鍊墜，開始說明了起來：「上頭畫的圖案是木星，而木星同時也是幸運星，不管是自行配戴還是送人，都是很棒的選擇哦，一種可以帶來幸運的感覺。」

幸運星啊……聽起來好像很不錯呢。看著掌中那圓形的半透明墜飾，梁恩祈腦海不自覺浮現某個人的身影，不曉得為什麼，她總覺得對方與這條項鍊十分相襯，戴起來一定特別好看。

「長度是固定的嗎？」

「它是可以調整的喔，如果有需要歡迎來找我，售後服務包君滿意。」女同學接過鍊墜後，轉身找盒子進行包裝。「妳這是要送人的吧，等等我會順便把名片放進去，如果後續有遇到什麼問題，歡迎來中文系找我。」

「中文系？等一下，妳不是藝設系的嗎？我第一次聽說藝術超市會賣外系學生的作品耶。」

梁恩祈瞪大雙眼看著眼前的女同學，她逛了那麼多年的藝術超市，倒是第一次在藝設系館遇到自稱是中文系卻能賣作品的人，她看了看擺在一旁的名片，有些不太確定：「呃，妳叫做……小尹？」

「噓，這是祕密喔，畢竟我只是輔系，要是被發現可是會被趕出去的。」她笑著，伸出食指壓在唇間比了個噓，戴在右手腕上的紫水晶手鍊讓人忍不住多瞧了兩眼。

「作為幫忙保守祕密的謝禮，下次見面時，我會替妳實現一個願望。」

第二扇門

「老師，我那邊沒位置了，這東西先借放在你那，時間到了我再來跟你拿。」

「恩祈啊，我這邊又不是倉庫，要是東西搞丟了我可不負責啊。」

「唉呦不會啦，反正你架子上一堆書，找個縫塞進去不就行了……你看，這樣就行啦。」

「恩祈啊，妳就這樣把要給人家的定情信物隨便塞在這裡，妳也太沒誠意了吧。」

「哪裡沒誠意了，我就只是借放而已又不會少塊肉……不對，誰跟你定情信物了！我和顏易翎只是朋友關係！你不要亂想！」

「我剛遇到鄭教，他說他在巡校園時，看到妳拿著紙袋一直在鳴鳳樓旁鬼鬼祟祟，直到顏易翎出現妳就上前假裝巧遇，但手上的東西最後還是沒送出去。」

「……我總有一天一定會想辦法把鄭教調離你們中文系！」

第三扇門

「妳不該成為她的絆腳石。」

「老實跟妳說吧，家族需要這筆資源，但妳的存在會動搖她的心智，為了她好，我們希望妳接受這項提議。」

「只要妳願意離開，那麼我們即刻就能送妳出國，並提供妳所需的一切資源，前提是妳不准跟恩祈提起這件事，之後也不要出現在她面前了。」

「別傻了，妳們這年紀的女孩子哪懂什麼是愛情，只是一時的意亂情迷而已，之後就會恢復正常了。」

「就算是真的，那又如何，現今這世道真能有妳們兩個的容身之處？妳是聰明人，梁家能有現在的規模，靠的是什麼妳不可能不知道，既然如此，妳還想成為當中唯一的變數嗎？」

「人際關係一直是妳求學階段的課題，我猜，妳一定活得很痛苦吧，我相信其他人知道了以後一定會同情妳的處境，畢竟，人的忍耐是有極限的，撐不下去也是理所當然的。」

「別忘了，學校裡頭也都是自己人。」

第四扇門

從系館頂樓一躍而下時，她想起自己與妹妹的約定，還有那名不曾見過面的筆友。

依稀記得她最近一次收到的回信，上頭一如既往寫了許多關心的話語，以及一句令她印象深刻的強烈祝願：

如果快樂很難，那麼請你至少平安。

是啊，如果快樂很難，那麼自己至少也得平安吧？

說真的，她其實很感謝那名筆友帶給她的鼓勵，或許正是因為如此，所以她才有勇氣繼續努力向前，直到自己再也無法前進為止。

因為能夠支撐她的人事物已經不在了啊。

死亡會比較輕鬆嗎？不知道，她沒死過，所以沒辦法比較。

但是有的時候，對某些人來說，活著其實比死去還要痛苦。

而這樣的結果至少是自己選擇的，不是假他人之手，真的是太好了。

對不起，姊姊盡力了。

第五扇門

「恩祈啊，妳不要再這樣折磨自己了，她要是知道了，也不會開心的。」

「老師，你在說什麼呢？我只是讓自己活著而已，而這也是你們所希望的，不是嗎？」

她咯咯地笑著，眼底閃爍著異樣的瘋狂，日漸消瘦的身形與那頭長髮越發鮮明了起來，一如記憶中的某個人，讓人不由得心痛了起來。

良久，楊教授低聲暗道：「妳們兩個越來越像了。」

「像才好呀，畢竟我是代替她活下來的嘛。」也是為了贖罪。

正是因為當年不曾設身處地去理解妳的心境，所以才會錯過最後的暗示，唯有親身走過一遭，才能明白妳當年遭遇了怎樣的煎熬。

我是真的愛過妳，所以我會代替妳活下去，而在這贖罪的過程中，我終將成為妳。

倘若以發瘋作為代價，那麼我們之間是不是就會有不一樣的結局？

尾聲

「妳終於肯見我了。」

琴房中，一名女子坐在琴凳上，一如記憶中青澀的模樣，彷彿最美的年華都停留在兩人最後相識的那一年，乍看之下，兩人的身影與氣質竟有著莫名的相似。

「如果這是一場夢呢？」

「就算是夢也沒關係。」

「但是這裡不適合妳。」

她輕輕搖了搖頭，臉上露出一抹苦澀的微笑。「別把自己困在網子裡了，因為它們並沒有捉住妳。」

「要是有天我被捉住了呢？」

「那我會陪妳。」

「但我怕妳又像上次那樣逃開了。」

「不會的，這次不逃了，因為我也累了，想好好休息了。」

「那妳願意嫁給我嗎？」

一陣強風掠過耳際，只見梁恩祈單膝跪下，從口袋掏出一個小盒子，打開後，盒中躺著的是當年沒送出去的半透明圓型墜飾，在靜止的歲月中流淌著美麗的光亮。

「我第一次看見有人求婚不是拿戒指。」

「因為我不知道妳的戒圍。」

「妳還是一樣坦率。」

顏易翎笑了，伸手撩起肩上的長髮，而梁恩祈則是繞到她身後，替她把項鍊戴上。

「恩祈，妳知道我的願望是什麼嗎？」

牽著對方的手，她在梁恩祈的唇上輕輕落下一個吻，眼底飽含笑意。

「我希望妳活得好好的。」

胸前的半透明墜飾散發出溫柔的淡青色光輝，耀眼得讓人難以移開目光，遠方忽地傳來一陣熟悉的鐘聲，一線美麗的曙光筆直地射進房內，只見窗外的天空悄悄翻起一抹魚肚白，停滯的時間終於開始運轉。

「妳都要試著去相信，無論未來遇到任何事，身邊總會有那麼一個人，在妳摔得粉身碎骨之前，想盡辦法努力接住妳。」

在梁恩祈失去意識前，她聽見顏易翎輕輕哼唱起當年她為了應付課堂作業所寫的改編曲，雖然她自認為確實改得亂七八糟，而且當時還被老師碎念了一頓，但她發現對方似乎很喜歡這首曲子，每當顏易翎哼唱著那輕快的旋律時，不知道為什麼，她總覺得眼前的一切也跟著閃閃發光了起來。

朦朧的金光將她緩緩包圍，溫暖得好似那段可以恣意遨遊的日子，那個時候她還能歡笑度日，而顏易翎總會陪在她身邊，彷彿面對再大的困難，她都有本事撐過去。

「妳啊，果真是我人生裡，最美麗的一場意外。」

手中緊握的一串鑰匙慢慢消失在空氣中，站在金光之外的沈凌看了看自己的手，回想著那串憑空出現在自己手上的鑰匙，以及那一扇扇緊閉的心門，似乎終於明白為何小女孩們會說這是只有他才辦得到的事了。

沒有生氣的活人，是完全被摒棄於體制之外的存在，正因為遊走於灰色地帶，所以才能以特別的方式展現自身的能動性吧。

而他能做的，便是找到最終的關鍵人物，將那些迷失方向的魂魄引回來。

但是面對埋藏十幾年的心結，究竟該如何解開呢？

或許，這些只有當事人才知曉吧。

很快的，眼前被金光包裹的身影逐漸消失，同一時間，整棟建築物開始天搖地動了起來，牆上出現的龜裂一如被撕開的畫紙，即將傾頹的空間預示著接下來的結局，而現在他們該做的，便是趕緊離開這個地方。

「好了，現在該換我們脫離險境囉。」

小尹笑嘻嘻地雙手合十擊掌，將陷入沉默的兩人的思緒拉回現實。「啊，不過因為通道已經關起來了，所以我們無法從鏡子穿越回去就是了。」

「那我們該怎麼做才好？」

看著小尹那總是笑得天不怕地不怕的模樣，說真的，謝易庭內心有滿腹疑問想抓著對方問個清楚，畢竟有太多證據顯示所有謎團幾乎是圍著小尹這號人物打轉。

更重要的是，小尹究竟是何人？

「那還不簡單，直接跳下去就好了呀。」

小尹來到窗邊，毫不猶豫指著眼前的那扇窗。「想讓事情完全落幕，就靠你們兩個了。」

「學姊，這裡是五樓。」沈凌忍不住出聲提醒。

「這我知道呀，反正都是出去嘛，試試看不就得了。」小尹笑得很沒心沒肺。

「學姊，妳還真是出了名的不負責任啊。」謝易庭揣著拳頭恨恨地說著。

「別那麼死腦筋嘛，框架都嘛是人類自己建構出來的，建築物倒塌和選擇跳下去，不覺得後者更有機會存活嗎？」

其實她一直覺得自己忘記了很重要的事。

大學四年說長不長、說短不短，在這段時間裡，總會有特別重要的人事物以回憶的方式進行保存，但是每當她進行回想時，不知道為什麼，她總覺得自己的記憶被狠狠刨去了一塊，從此缺了一角。

現在她已經四年級了，每當她憶起那一夜所發生的事，她發現自己對那些至今仍無法解釋的詭異現象並不感到恐懼，反而有股很深很痛的悲傷。

彷彿她所遺忘的是生命裡一個極為重要的人。

看著稀疏的微光灑進房內，從床上坐起的她知道，一日又過去，現在已經是清晨了。

那一晚過後，大家都說她變了，不再像以前那樣愛搞怪、讓人傷透腦筋，甚至有人說她這樣的轉變應該是受到了什麼刺激、因此整個人開竅了，但是說真的，她並不認為自己改變了，很多時候，她只是陷入沉思了而已。

或許是因為早已習慣早起，也很有可能只是單純的睡不著覺，清晨的天空還沒有完全亮起，她已經起身梳洗完畢，到鳴鳳樓外頭走走散心。

不知道為什麼，今日的她內心感到特別煩躁，等她好不容易回過神時，猛一抬頭，音樂系館就在不遠處。

自從那夜之後，她便很少接近事發之地，只因害怕再次回想起那無端的傷痛與宛如黑洞般難以填補的異樣感，但是，今日的一切好像不太一樣。

像是有什麼從腦海快速掠過，這使得她下意識往音樂系館的方向跑去，一段段被強制抽離的記憶開始閃過一抹熟悉的影子，甚至多出了好多她不曾擁有的記憶，在那些記憶之中，都有一個人陪著她一同歡笑，也只有那個人能夠包容她的任性妄為。

她越跑越快、越跑越快，甚至在不知不覺中衝刺了起來，她的直覺告訴她就快要出現了，當五樓琴房的窗口閃現出耀眼的金光時，幾乎用跑百米速度衝刺的她朝窗口的方向伸出了手，喊出了記憶中久違的稱呼——

「謝大！」

金光迸現之時，一個人影從窗口處落下，而她的雙手毫不猶豫接住來者，在原地轉了個圈後，雙雙倒在草地上。

「曹娟娟妳是想死嗎！妳到底知不知道徒手接人是很危險的事？妳把高中物理通通還給老師了嗎！」

謝易庭整個人暴跳如雷，有種恨不得就這樣把壓在身下的曹娟娟直接壓死的打算，她的身上纏著一條好幾尺的白綾，要不是跳下去前學弟突然從口袋掏出一個紅色錦囊，要她務必抓住其中一角一起跳下去，現在的她大概早已摔成肉餅了吧。

這世上的怪事已經夠多了，至於學弟的紅色錦囊為何具有如此神奇的功效，謝易庭已經懶得去追究了。

「哈哈哈哈哈……是謝大，原來是妳，真的是妳……」

曹娟娟不禁咯咯地笑了起來，眼角泛淚的她張開雙臂緊緊抱住謝易庭，而這個舉動倒是讓後者頓時覺得尷尬癌爆表，儘管曹娟娟不清楚自己為何有種喜極而泣、終於見到對方的感覺，但是她很清楚，她的直覺告訴她眼前的這一切是多麼的得來不易。

因為記憶會騙人，只有眼前的人才是真真實實存在的。

「對不起，不知道為什麼我好像應該跟妳說聲對不起……」

「欸欸妳哭什麼啊妳……不要哭了啦……」

「嗚嗚我不管啦——」

兩人的聲音在清晨的校園悄悄迴盪，而站在遠處的沈凌看見這一幕後，嘴角不禁悄悄上揚，他將手中的紅色錦囊收入口袋，只見緊繫於窗口與兩人身上的白綾彷彿具有生命般，就這樣迅速回到囊內。

同一時間，沈凌想起了自己其實與謝易庭早就有過一面之緣，那時候路過球場的他不小心被正在練球的謝易庭所擊出的排球砸中，是碰巧看見的魏如湛送他去健康中心休息的。

如此一來，時間的軌跡總算是修正了吧。

「看來你成功了。」

一道熟悉的聲音自身後落下，待他循著聲音的方向望去，只見遠方樹蔭下，魏如湛臉上一如既往掛著那抹熟悉的微笑，似乎早已等待多時。

「既然回來了，那就先好好休息吧。」

事情結束後，原本因不明原因陷入昏迷的學生們紛紛醒了過來，據他們所言，其實他們也不清楚昏迷前究竟發生了什麼事，只知道自己在夢中一直跑、一直跑，似乎作了一個很深沉的噩夢。

或許是因為他們醒來的時間點正值期末，所以相關消息並沒有在校園引起一陣軒然大波，只有少數人仍持續追蹤後續進度，但是整體而言，眾人還是將整起事件視為一個具有時效性的熱門頭條，在事件爆發之際群起激昂、熱烈討論，等熱度退減了之後，便慢慢在人們的生活中逐漸被淡忘，頂多偶爾回想起時，成為一個茶餘飯後的話題。

至於什麼是真、什麼是假，這些在人們接收訊息的當下多半不在乎，因為他們只願意去相信自己想聽的、想看的，只有極少數的人們願意去探究虛實，只要時間拉得夠長，很快的，人們便被眼前忙碌的生活轉移注意力，而這些也終將埋沒於歷史洪流之中，僅在特定時候以某種形式永恆留存。

這些無關乎對錯，只因在這庸碌的生活中，人們早已自顧不暇，遑論撥出心力關注與自身毫無直接利益關係可言的人事物。

當沈凌再度遇見梁恩祈時，對方已剪去那頭及腰的長髮，一如當初在琴房看見的那些回憶裡的她，那俐落的短髮與活潑氣息簡直可說是判若兩人，彷彿撥去了從前的陰霾，雖然未來的路還很漫長，但她的臉上已經能逐漸看見當年的自信與光采了。

見到梁恩祈的那一天，手上拿著食物的她正擺好架式，準備與鬆餅屋旁企圖搶食的松鼠進行決鬥，她大老遠的就看見從遠處走來的沈凌，並且揮手打招呼，見對方回應了之後，她突然將手中那袋食物拋至空中，緊接著原地瞬間起跳，奮力揮臂使出一個完美的擊球。

沈凌不懂排球，但是他曾經目睹過跳躍發球的威脅性與破壞力，所以在聽見對方喊出「沈凌這就交給你了」這句話時，他幾乎是下意識的衝向前接住那包用牛皮紙袋包好的食物，同一時間，他看見大量的松鼠如飛蛾撲火般奮不顧身地朝他的方向撲來，從那一刻起，松鼠的美好形象在他心中已蕩然無存。

當沈凌將這件事告訴楊教授時，楊教授當場大笑了好幾聲，說梁恩祈從學生時期就對會包圍人類的松鼠恨得牙癢癢的，每次經過鬆餅屋的那條路時，為了守護懷中的食物，她可說是無所不用其極，就連路過的鄭教也曾幫她的食物進行過掩護。

楊教授提起這件陳年往事時，臉上已沒了先前的愁雲慘霧，反而多了些許欣慰，似乎對於對方恢復昔日活力這點感到相當開心，另外，他還偷偷告訴沈凌，根據他的小道消息，現在的梁恩祈已經不再受制於家族的權力了，自她回國的那一刻起，她便暗中培植自己的勢力，再加上另一個家族接班人的公開支持，簡直如虎添翼。

或許是因為心結早已解開，也很有可能是這一切已經有了不一樣的轉變，沈凌發現兩人身上的死亡氣息早已消失，雖然不清楚楊教授之所以沾染上對方的氣息是否源自於自責，但整體來說，這樣的結局還算滿意。

至於小尹，自那次見面之後，沈凌就再也沒見過她了，雖然小尹身上有許多難以解釋的謎團，但是說真的，沈凌並不認為他們有本事從對方身上獲得解答，畢竟這世上並不是每一個問題都有答案。

小尹的存在就好比一陣風，總是來無影去無蹤，始終讓人捉摸不透，除非對方願意說，否則大概又會得到無厘頭的回應吧。

坐在北大湯圓店，沈凌正看著牆上的菜單，有選擇障礙的他已開始事先思索等會兒究竟該點些什麼，而一旁的魏如湛也沒閒著，如往常般來到櫃檯跟老闆及老闆娘聊天，看起來已經熟識一段時間了。

不知道是因為有過幾面之緣，還是基於共患難的革命情感，事件結束後沒多久，謝易庭便靠著小語錄上的聯絡資訊將他們兩個抓出來，說要找一天一起出來吃頓飯，算是慶祝音樂系館之行後的一次重生，另外還說會帶上一名很吵的朋友，要他們別介意。

時間過得很快，一轉眼就來到了約定之日，等沈凌和魏如湛各自到店裡後，他們收到謝易庭傳到群組的訊息，說她臨時有事，可能會晚一點到。

據謝易庭所言，這次之所以會遲到是因為她跑去梁恩祈的研究室串門子了，怕聊得太盡興以至於忘了時間，因此先傳訊息通知他們。

至於她和梁恩祈為何會變得如此熟稔，這點謝易庭並沒有多作解釋，而沈凌也沒有去探究，畢竟相逢自是有緣，很多時候是毋須理由的。

突然，一陣耳熟的手機鈴聲於四周響起，將沈凌的思緒拉回現實，等看見來者的名字後，他不禁深深吸了一口氣，最後起身走至店外，按下了接聽鍵。

『你還好嗎？』

熟悉的聲音自另一頭傳來，讓他忍不住熱淚盈眶。

「我很好，妳呢？」

『一切如故，伯父亦是。』

「對不起，謝謝妳。」

『我只懂後者，前者，不太明白。』

「有件事我一直沒告訴妳，所以才道歉。」

『那這件事，你願意說嗎？』

「我想要說的是，對不起，妳的身上從來沒有死亡的氣味，真的沒有，因為我聞到的，一直是檀香。」他頓了好一會兒，這才緩緩開口：「這就是妳不能再靠近音樂系館的原因吧，因為神靈要是接近了，那麼梁教授她們就再也沒有見面的機會了。」

電話的另一端始終保持沉默，算是間接證實了沈凌的臆測。

或許，從頭到尾他要的並不是真相，而是一個可以支撐他活下去的信念，在自責與悔恨的同時，有人可以無條件的包容他、接納他，讓他明白在這世上還是有屬於自己的容身之處。

「妳還會是我妹嗎？沈葳。」在經過幾番沉默後，他問出了一直以來最想問的問題。

『會的，只要你相信，那麼我就會是沈葳、你永遠的妹妹。』

像是一句發自肺腑的話語，良久，她道出了許久不曾說出口的心裡話：

『寒假要一起回高雄看看伯父嗎？』

「好。」

『一言為定。』

新竹的寒風冷冽刺骨，站在店家外頭的沈凌此刻卻不再覺得冷，他聽著魏如湛等人的盈盈笑語，讓自己徜徉在金色陽光之中，自指尖傳來的些許暖意告訴他，雖然凜冬未過，但他明白，暖春終將到來。

這一次，他終於可以回家了。

番外一　惡之花

她其實很討厭這個世界。

自以為是的人，自以為是的正直。

這些她通通都很討厭。

她叫做江雪，據說這名字是她那該死的父親翻《唐詩三百首》時，無意中瞥見柳宗元寫的〈江雪〉，因此直接拍板定案。

據父親的說法，那是因為他很喜歡腦中所浮現的關於這首五言絕句的雪的圖景，而且在他的觀念裡，雪通常有著文雅美好、品格高尚等寓意，所以他希望自己的女兒也能擁有如雪般高潔的品性，算是對孩子的祝福與期許。

她不清楚當時父親的腦袋是不是被雷打到，或者這只不過是隨口亂掰出來的理由，至少在她眼中，那首詩給人一股強烈的孤傲感，根本和她父親的誤讀有著天差地遠的級別，而她也確實長成了一個孤傲的人。

在任何地方，只要牽扯到錢，為了自身利益而感情破滅的例子並不少見，偏偏她的父親頭殼壞掉了，不過是被略施小惠而已，馬上就跪天謝地、恨不得為公司鞠躬盡瘁到奉獻出自己的所有，讓她實在很想翻白眼。

自古以來，無論是電視劇還是小說，身為老臣若想在夾縫中生存，就得想盡辦法佔得一席之位，唯有掌握話語權才能守住自己的那份利益，偏偏她的父親大概是自小便被洗腦慣了，完全不懂得要為自己做打算。

在她很小的時候，就很常聽父親說梁家是江家的恩人、這份恩情必須銘記在心之類的話，那個時候她只想腹誹那是你們上一代人的事了，當初是祖父硬要幫朋友作保才導致整個家窮困潦倒，不能因為梁家曾經伸出援手，就老是耳提面命要後代子孫務必記得這件事。

更重要的是，她的父親都已經去對方的公司賣命還恩情債了，憑什麼到了她這一輩也要像父親他們那樣為梁家貢獻一份心力？

或許正是因為父親的奴才性格使然，自她有記憶以來，她的父親很常為了工作四處奔波，而她的生活也跟梁家緊密相依，彷彿從接受了幫助的那一刻起，家族的人便註定成為梁家的左右手，畢生都得為當年的決定付出相對應的代價。

一如那一日父親帶著穿著小禮服的她來到那幢中西合璧的樓房，所有的籌備都是為了梁家而存在，真要說起來，她的身分只不過是這盤棋局中的一顆棋子罷了。

既然如此，那就讓她當一名稱職的演員，接手演出這場磅礴大戲吧。

那個時候，她見到了一名與自己年紀相仿的小女孩，那陽光得讓人感到刺眼的特質，讓她一眼認出那就是梁家的寶貝千金。

一個備受寵愛且活得無憂無慮的人，原來真的會讓人感到刺目呀。她笑著，如往常般露出一抹有禮貌的微笑，在大人的陪同與介紹下，無論出自於自願或強迫，她勢必會以符合所有傳統規範的完美禮節贏得長輩的讚賞，從此扛起了服侍眼前的主子的重擔。

江家的責任，就是負責輔佐梁家的人，唯有成為對方的劍與盾，才有存在的價值。

當初梁家看上的，便是父親他們這般可悲的忠誠吧。她如是想著，握住了對方釋出善意而伸出的那隻手，兩隻小手緊緊握在一起，像極了未來的某種預言，也說明了從此兩家註定相互依存、絕不可能獨善其身的處境。

後來，對方什麼也沒說，直接用疊字當作小名喊了起來，那笑著的模樣看起來極為惹人厭，不知道是否源自於她對名字本身的厭惡，也很有可能只是單純想甩開那該死的包袱，說真的，她竟然不討厭這個稱呼，甚至任由對方將它當成小名。

江江、江江。

聽久了以後，似乎也慢慢習慣了，儘管她問梁恩祈為什麼這麼叫她時，對方回答這樣比較方便也比較好聽的理由唬爛到讓她想翻白眼就是了。

有的時候，她會覺得梁恩祈是個很奇怪的人，雖然乍看之下儼然就是個無可救藥又樂觀過頭的笨蛋，但那漫不經心的背後卻又潛藏著極為細膩的心思，假若不曾仔細留意，便很有可能錯過這些細節。

例如學音樂這件事，就讓她感到相當困惑。每次梁恩祈上課時，總愛強拉著她一同接受音樂的洗禮，原本她以為陪著小公主的日子會很難熬，然而過了一段時間之後，她發現自己並沒有想像中那般討厭這些活動，甚至從中萌生了不一樣的想法。

她知道自己厭惡著周遭的一切，只不過她從來沒想過，原來這世上還會有她喜愛的東西存在。尤其是在聽見大提琴音色的當下，那如磁性般的吸引力總能讓她在低沉的迴響中感受到難得的平靜，彷彿只有在這般時光裡，她才有機會釐清自己內心的聲音。

從小到大，她一直是名稱職的演員，所以早已習慣在他人面前斂起自己真正的心情，然而她始終無法明白，究竟是在什麼時候洩漏了自己的心思。

雖然她的身分是玩伴兼小跟班，但江江真的不明白對方究竟在想些什麼，無論是一堂堂的基礎訓練課程，還是樂器的挑選，她唯一要做的就是順從家族的安排、以梁家的喜好作為自己的喜好，而她也早已做好這樣的覺悟，然而那個時候，梁恩祈卻指著一把大提琴，說這個很適合她。

所謂的「適合」指的究竟是什麼呢？正因為瞥見了對方眼角那若有似無的笑意，所以她更加肯定自己的直覺，也明白了那看似不在意的態度其實亦是種偽裝。

她不了解對方的心思，也不打算走進對方的心裡，只要完成自己份內的事，那就沒問題了吧？

「姿勢不對，身體就會處於緊繃狀態，拉出來的音色也就不那麼動聽了，唯有把自己安放在正確的位置，才能演奏出好聽的聲音。」

這是學琴的過程中，老師最常對她說的一句話。

是不是只有把自己安放在正確的位置上，她才能夠感到真正的開心呢？江江如是想著，對於自己的任務向來堅信不移，也盡全力扮演著被指定的角色，然而有些時候，總會有那麼一兩個人讓她不是很順心。

比如說，宋慶華的存在就讓她感到相當煩躁。

梁家和宋家是世交，彼此有所交集在所難免，青梅竹馬什麼的自然不是件稀奇事，但她的直覺告訴她，宋慶華和她是同路人，在那看似凡事無所謂的笑容背後，隱藏著自己最真實的一面。

演戲的最高境界，在於你的演技不僅要讓其他人相信你所扮演的角色，就連自己也要差點信以為真。

一個人如果不夠清醒，便會迷失在自己創建的角色設定裡，正因為她一直都醒著，所以她明白何謂真假，也更能勘破與她擁有相似性質的人。

說真的，從來不曾交心的兩個人，真的有辦法成為朋友嗎？江江如是想著，在梁恩祈面前，她和宋慶華總是如實扮演好三人小團體中的角色，無論是哪個成長階段，在他人眼中他們幾乎被視為一個群體，而她的演技也可說是無懈可擊。

然而，這樣的情形終究還是變了調，從那唯一的變數出現的那一刻起，她便有預感所謂的平衡終會有被打破的那一天。

從小一路升學上來，透過家族的安排，他們三個總是有辦法待在同一個班級，即便進入大學，這樣的情況也不曾改變過。

但是當顏易翎出現了以後，她發覺有些東西悄悄改變了。

一開始，她以為梁恩祈只是想澄清謠言才開始接近對方，畢竟打從進入班級的那一刻起，她就已經事先觀察過班上的局勢。說實在話，顏易翎就是個徹頭徹尾的邊緣人，一如求學階段裡總會出現那麼幾個安靜到讓人不易察覺的存在，所以當時她並沒有想太多，只當對方是生命裡的過客，畢竟生活中多少還是要有些足以作為消遣的人事物，才不至於感到無趣。

可惜的是，她終究還是失算了。

梁恩祈的變化任誰都能察覺得出來，遑論從小便相處在一塊的江江，自然不可能錯過當中的不對勁。

音樂系館四樓設置了許多間供學生練習使用的琴房，只要事前預約，便能在指定時段前往使用，然而，琴房的數量永遠無法和使用人數成正比，排隊登記搶破頭是常有的事，但是這些通通不干她們的事。

特殊的人享有特殊的待遇，這在這個社會是不變的萬用法則，也是早已公開的祕密，音樂系館五樓有一間琴房，那是她們可以優先使用的地方，專屬的意義在於僅有特定人員能使用，即便明白何謂不公平，只要別太超過就不會遭到他人非議。

雖然說是這麼說，但實際上也只有梁恩祈會去使用而已，或許這得歸功於對方的好人緣，所以才沒有引起任何反彈。

她和宋慶華並不喜歡會被打擾的生活環境，所以三人之中只有梁恩祈選擇住校，雖然對內的說法是比較能和同學打成一片，但江江明白那充其量不過是表面上的說詞，梁恩祈真正的目的其實是想擺脫家裡的控制，而梁家的人估計也猜到對方的企圖，所以特別囑咐她務必看好對方，以免對方做出脫序的行為，進而破壞家族名聲。

江江知道這是她的任務，只不過她向來不是一個聽話的孩子，畢竟她和梁恩祈好歹也是自幼相識到現在，就算沒有真感情，多少也得念在這份情誼上，所以基本上她都是睜一隻眼閉一隻眼，只要對方別太超過就行了。

但是，什麼樣的情況她該出手呢？

五樓琴房、祕密暗號。

當江江無意中發現梁恩祈會和顏易翎約在五樓琴房碰面時，她曾經笑著跟對方提起這件事，那時梁恩祈聳肩表示還不都是因為你們兩個都不住校、害自己只能隨意抓個人一起來陪練，這番話是真的，而江江也是相信的。然而，隨著時間推移，就在兩人越走越近、梁恩祈也開始有了自己的祕密之後，她便知曉自己不能再視若無睹了。

「妳要記住，為梁家著想，就是為梁恩祈好。」

是的，這些她通通明白，為了梁家，她勢必得採取行動，這些都是為了對方好呀。

父親的叮囑，宛如魔咒般時時縈繞在耳旁，讓她更加堅信自己的判斷不可能有誤，尤其是在看見兩人相處時，內心不斷翻攪的憤怒感隨之襲來後，她這才意識到自己的位置竟然被一個無名小卒所取代，即便這些根本算不上什麼大事，但重視的人事物被搶走的滋味本來就不好受，更何況從小到大她還真沒受過這樣的屈辱。

既然如此，那就由她來清除所有道路上的阻礙吧，唯有讓自己變成怪物，才能讓所有秩序回歸平衡。

像是接收到上天的旨意，她策劃了一場讓人樂此不疲的遊戲，在這場遊戲中，所有規則都由她訂立，至於那些不符合體制的人，便由她親自發動制裁。

其實她也沒特別做什麼，求學過程中，總會有那麼幾個喜歡以欺負人為樂的傢伙存在，一個不會反抗的人自然容易成為他們的目標，既然環境及條件早已具備，那麼她要做的便是攏絡人心，因為居於上位者只需發號施令，剩下的自然會水到渠成。

說真的，其實有些事的發生都只是湊巧而已，如果說這些是命中註定，那麼她鐵定深信不疑。

那一天，外頭下著毛毛細雨，新竹的冬天總是具有刺骨銘心的能耐，她知道顏易翎和梁恩祈約在五樓琴房碰面，說實在話，其實這也不是什麼祕密了，只要有心去看，明眼人都看得出來兩人之間有什麼，但也正是因為如此，所以格外容易成為眼中釘。

很多時候，冷眼旁觀也是一種罪過，因為不出聲會被視為一種默許，而她要做的，便是靜觀這一切的發生。

她知道，那群人一直很討厭顏易翎，老是以「好玩」、「惡作劇」的名義來捉弄對方，雖然旁人看來那不過是開個小玩笑，但她明白，所有的惡意皆是由看似無傷大雅的小玩笑聚集而成。

她的命令從頭到尾就只有一項：不要讓對方太好過。

而那群人也如實遵照她的指令，給了對方永生難忘的驚喜。

一個人說出來的話其真實性都有待考究了，更何況是傳話呢？

周遭的惡意無所不在，而看得見的敵意其實是可以防範的，但是有些時候，當你以為的中立無意間成為助長惡勢力的幫兇時，那樣的震撼究竟有多麼令人絕望呢？

其實她也沒額外多做些什麼，不過是以梁恩祈的名義請人幫忙傳話給顏易翎，說臨時有事改約在築思橋上，要給對方一個驚喜。

臨時的傳話、臨時的約定。

太過緊湊的安排讓甫返至宿舍的主角沒有太多求證的時間，平日不熟識卻保持著友好關係的同學以緊急姿態突然現身，就連當事人也信以為真的語氣是要如何使主角起疑呢？

一場安排好的騙局若想成功，那就不能只將焦點放在主角身上，最好連周遭的人也一起算進來，因為只有越多人相信，謊言才越有積非成是的價值。

最後事實證明整件事完美得天衣無縫。

完美得讓人事發後誤以為只是消息上的誤傳而已。

當她看見那群人趁顏易翎不注意時將對方推入客雅溪的當下，她就和那群人一樣忍不住笑了出來，一如每次慶生時，總有不少同學會趁壽星不注意時把他們扔進樹德樓前的水池，這些都是精心籌備的驚喜呀，就算趕回去換衣服，還來得及赴約嗎？

最重視的約定沒有好好遵守的感覺是什麼呢？她不清楚，但她明白，像顏易翎這一類的人最在意的就是誠信啊守時啊這類雞毛蒜皮的小事，尤其面對的還是自己唯一的朋友，那樣的自責究竟有多麼令人痛心呢？

真是太有趣了。她抿嘴而笑，為自己的神來一筆感到相當得意，也更加確信自己的信念。

人生就是需要多點樂趣才不會覺得日子太過乏味，或許正是因為如此，所以當她有一天忽然收到神祕研究社寄來的邀請函時，當下她只是微笑，隨後提筆寫下自己的答案。

無論是惡作劇還是真有其事，就讓她看看究竟是在玩什麼把戲吧，只要完成任務累積積分就有機會獲得許願的資格，打著如此誘人的噱頭來吸引人們加入，其背後的目的又是什麼呢？

天下沒有白吃的午餐，看似越能輕鬆獲取甜美果實的事情，其所付出的代價往往越超乎想像，人們渴望不勞而獲的心理恰恰反應了早已喪失判斷及危機意識的能力，刻意利用人性弱點來便宜行事，當中的意圖還不夠明顯嗎？

站在學生活動中心三樓的諮商中心外頭，看著那一點都不起眼的信箱，她笑著，將小卡投遞進去，無視那隱隱帶出的嘲諷感，正式接受這場荒謬遊戲的挑戰。

當江江戴著貓咪面具參加神祕聚會的那一天，僅僅一眼，她便認出戴著老虎面具的人就是宋慶華，而宋慶華看著她的眼神也透露出這項訊息。

像是一場諜對諜的遊戲，他們誰也沒有說破，很有默契地假裝彼此不認識。她改變聲調與性格，完美詮釋傻白甜的角色，盡可能地混淆視聽；宋慶華則是一貫的悠哉風格，以最真實的自己來面對群眾，即便問起科系，也從來沒有遮掩的打算。

白天，他們是最默契十足的兒時玩伴，沒人懷疑過他們堅貞的友情；夜晚，他們披著墨色各自前來，是最熟悉也最陌生的兩路人。

會參與遊戲的人通常都是有所祈求，她不清楚宋慶華究竟是為何而來，而她也不想去探究對方的隱私，只要沒有妨礙到她，就算願望是希望世界毀滅她也無所謂。

她的職責是為江家剷除異己，只要所做的一切都是為了梁恩祈好，那麼她就能無愧於心，這一切就都值得了。

原本她以為只要將自己安放在最正確的位置，如實貫徹這樣的信念便能感到真正的開心，然而，直到某一天，她突然發現並不是所有的事情都能在掌握之中，尤其是人心，她一直以為自己掌握了全部，卻還是在難以理解的情況面前有所遲疑了。

明明是有強烈針對性的惡意，諸多訊息也透露出這並不是單純的警告、連梁家的人也察覺不對勁找上門來了，她始終不明白對方為何能假裝什麼也沒發生般繼續生活下去。

更重要的是，這些事情對方都不曾向梁恩祈提及，彷彿一切和平。

即便是為了不讓人操心而衍生的善意的謊言，說到底，身為一名可悲的被害人，除非對方有想感化他人的聖母情結存在，否則刻意隱瞞這些又有何意義呢？

或許是因為這股煩躁感令人生厭，也很有可能是她倦了，所以那個時候她難得從暗處走出，一把抓起顏易翎濕透的長髮，想弄清楚此時此刻對方心裡究竟在想什麼。

「為什麼妳不離開呢？」她不禁喃喃自語了起來。

「因為她是唯一一個懂我的人。」

那時候，對方是這麼回答的，笑得既疲憊又勉強，但眼神裡卻有著堅定不移的光亮。

為了那個理解妳的人，無論遭遇怎樣的委屈，妳都無所謂嗎？對方的一席話，讓江江對自己的信念產生動搖，也開始懷疑自己執意前行的方向是否正確。

她很清楚在梁恩祈心中顏易翎佔了多少份量，也明白對梁家而言顏易翎根本無益於家族勢力，但是，假如為梁家著想真的是為梁恩祈好，那麼所謂的「這麼做都是為你好」不就只是將自己的想法強加在他人身上而已嗎？

到底該怎麼做才是最好的呢？這個問題始終困擾著江江，就在她還沒理出頭緒的同時，有另一件大事如風暴般無預警向她襲來，讓她意識到很多時候命運並非掌握在自己手中，那些情緒勒索到頭來只是用來掩蓋自身利益的藉口罷了。

聯姻。

當梁家與宋家達成協議的消息傳開了之後，江江從沒想過原來自己會感到如此錯愕，雖然早就明白這是無法改變的事實，也知曉江家總有一天會採取行動，但是收到指令的當下，她多少還是感到徬徨了。

真正為一個人好，不就是要對方過得快樂才有意義嗎？假如對方並不能感到真正的開心，那麼這些決定不就只是單純的自私而已嗎？

在奧地利的那個夜晚，她躺在床上輾轉反側，為的不是隔日重要的國際交流，而是一段從未釐清過的複雜情緒，在團員們熟睡的鼾聲中，她想了又想，最後傳了一段這輩子她從沒想過的話給對方：

妳要想清楚，這是妳的人生，不要讓自己感到後悔。

究竟怎樣才算是後悔呢？這件事江江不清楚，她從來不認為自己的一生會有什麼好值得悔恨的人事物，因為只有弱者或決策失誤的人才會產生這般可恥的念頭，然而，自從顏易翎從音樂系館頂樓一躍而下、梁恩祈不再像以前那樣開懷大笑之後，她這才明白所謂的憾恨究竟是什麼。

顏易翎走了，梁恩祈的心也跟著死去，當她看見對方那空洞的笑容時，她這才意識到原來自己真的做錯了。

從罪惡之中綻放而出的花，究竟該怎麼做才能洗清雙手的罪孽呢？

江江如是想著，戴著貓咪面具的她向前跨出一步，在眾人欣羨目光的注視下，一道耀眼白光瞬間籠罩全身，待她睜開眼，她發現自己身處一個近乎黑暗的小房間，地板上點燃的白蠟燭以她為中心圍成一個神祕的圓，恣意跳動的燭火則是映出了她的迷茫與自責。

辦理離校手續的前夕，她完成任務所累積的積分毫無意外超越眾人，在最後一次參加神祕聚會時，順利拿下當月唯一的許願機會。

「妳想許什麼願望？」

輕柔的女聲詢問著，那笑嘻嘻的聲音當中帶了點凡事無所畏懼的熟悉感，讓她不得不想起那名斷然離開臺灣的友人，對方曾經也是如此惹人厭，但此時此刻的她竟然開始懷念起那段時光了。

或許，她心裡是明白的，只要那傢伙過得快樂，那麼她也能發自內心感到真正的開心，因為這是她身為朋友唯一能做的事。

也是她安放自己最正確的位置。

這輩子她從來不信神，也不相信有神存在，但是如果可以的話——

神啊，請祢讓梁恩祈和顏易翎有再次相見的機會吧。

番外二　無聲

在他很小的時候，他只知道那些圍繞在身邊的通通都是「人」，並不知曉原來在人類制定的法則裡，還有「性別」這項分類。

他永遠記得，那個時候幼稚園的老師說要玩遊戲，要求他們分成兩列，男生站在她的左邊、女生則是右邊。

說真的，聽見那句話的當下，他整個人瞬間懵了，因為他不知道什麼是「男生」、什麼是「女生」，連左右都還會弄錯的年紀，怎麼可能知道那兩個陌生的名詞是什麼，因為沒有人告訴他啊。

小孩子向來直率天真，當大家開始移動時，他當下的反應是自己的好朋友站哪裡，那他跟著移動準沒錯，只要像大家一樣列隊，那麼應該就沒問題了吧？

或許是因為第一次碰見這種情況，只記得那時候老師看起來一臉尷尬，連忙拉著他說你是男生、所以應該站這邊才對。

從那個時候起，他這才明白原來在人們眼裡他是「男生」，不僅僅只有性別，連這世界的規則也通通是由人類建構出來的。

面對那些由人類建構出來的秩序，是不是只要不符合多數人的期待就得被視為異類呢？

他如是想著，看著手中那副表姊在金工課上製作的耳環，像是施了什麼特別的魔法，總覺得眼前的世界也跟著閃閃發亮了起來。

他對於美麗的事物向來著迷不已，尤其是銀閃閃的飾品，總是能順利攫取他的目光，因為愛美所以也想把自己變成心目中最喜歡的模樣，難道這樣的想法也需經過世人審視？

或許正是因為意識到這世界充滿了惡意，所以從很小的時候開始，他便懂得以凡事無所謂的態度來面對周遭的目光，用嘻嘻哈哈的模樣來擁抱這世間的異樣。

因此，當他第一次遇見梁恩祈時，才會覺得對方是如此特別吧。

「欸你這樣很好看耶。」

那個時候，坐在落地鏡前的他偷拿了好幾款表姊新買的唇蜜，在鏡子前依樣畫葫蘆地塗了起來，而那一天宋家舉辦了一場小型宴會，大概是因為大人間的交際遊戲實在是太過無趣了，所以梁恩祈才會在偌大的宅邸裡冒險，然後在那隱密的小房間撞見他吧。

他對於自己的美感相當有自信，不過他很清楚，大人們其實不喜歡他對自己所施展的魔法，因此他看得最多的永遠是皺眉，而他也早已習以為常，並不覺得有什麼好慨歎的，只因世界的運作向來如此令人糟心，連最親近的家人都不願意支持了，遑論其他人。

所以，他從來不對人抱有任何期待，只要沒有期待，就不用擔心會受到傷害。

然而，梁恩祈卻是第一個給予他肯定的人。

他永遠記得，當時對方瞪大的雙眸布滿了驚喜與讚嘆，一反長輩們彼此互相客套的摶感情態度，那樣的驚嘆是發自內心的讚美，而非恭維。

從那一刻起，他便明白所有人之中，梁恩祈是最特別的那一個。

他本身就是一個愛美的人，一如所有樂器之中，他最喜歡的就是長笛，原因無他，單純只是因為吹長笛看起來比較優雅、比較有氣質而已，他承認自己就是個膚淺之人，而這般白爛的理由估計也只有梁恩祈能夠接受吧，因為這就是他呀。

同樣揹負著家族宿命，同樣身為談判籌碼，明明擁有如此相似的背景，卻總以截然不同的態度來面對，對於身為同路人的他來說，或許這正是梁恩祈最特別的地方吧。

一個人究竟得經歷過什麼才會讓演技如此出神入化呢？他如是想著，對於長輩之間名為關心實為套情報的試探早已見怪不怪，所以當他看見江江時，他對於自己的直覺絲毫不感到訝異，因為那雙狡黠的眼暗藏著精明的湧動，想必在對方眼裡自己亦是如此吧。

這大概就是為何他一直不喜歡江江的原因吧，他對於城府深的人向來敬謝不敏，不過他倒是不排斥和江江相處，因為家族裡的人也大多是各懷鬼胎，值得慶幸的一點是，至少江江不像那群人看了就討厭，只要沒有影響到自己，那麼應該就沒關係了吧。

好比小說或連續劇裡的老掉牙劇情，一路升學上來，他們三個果不其然成為他人眼中的鐵三角、總時不時聚在一塊。透過家族的安排，他們最終進入同一所學校，延續著被安排好的緣分。

其實，這也不是什麼祕密了，無論檯面下是如何的暗潮洶湧，要是連最基本的表面功夫都做不好，那麼說實在話，只有這點程度那也別想出來混了。

雖然他和江江不是同路人，但他們也懂得維持表面上的和平，至少在梁恩祈面前，兩人都有一致的默契，在彼此互不干涉的情況下，假裝什麼都不知情。

他原本以為他們的宿命只能和家族裡的其他人一樣，遵循既定的軌道一再複製前人的命運，然而，自從顏易翎出現了以後，他突然發現這一切有了一絲轉機，有些事情還是可以改變的。

以前的梁恩祈從來不在乎任何事，能夠引起她注意的只有音樂和系隊，或許是因為家族的關係，除了他和江江，梁恩祈從來不與人交心，表面上看起來交友遼闊、人人都是朋友，但實際上能走入她心裡的人屈指可數。

直到顏易翎出現了以後，他感覺命運的齒輪開始緩緩轉動，看似茫然、無止盡的人生，終於有了值得牽絆的人事物與目標。

對梁恩祈來說，顏易翎是能夠讓她敞開心房的人嗎？看著兩人形影不離的身影，其實他自己也不確定，即便從小是以青梅竹馬的身分一起長大、凡事都能無話不談，很多時候他還是習慣把話語權交給對方，只要對方不主動提起，那他基本上就不會過問。

每個人或多或少都有一些不想讓人知道的祕密，差別只在於說出來以後是否會讓形象受到影響而已，所以當他收到神祕研究社的邀請函時，當下便決定加入這場誘人的遊戲，並不是因為有所求才選擇參加，只是單純覺得無所謂而已。

千篇一律的生活，千篇一律的行程，早已被安排好的人生實在只能以枯燥乏味來形容，因為明白很多事的掌控權不在自己手中，所以他慣於以被動姿態現於世人，反正他對任何事都抱持著無所謂的態度，既然如此，就算參加也不會怎麼樣吧？

他笑著，在指定時間披著月色獨自前去，僅需一眼，他便認出神祕聚會上戴著貓咪面具的人是江江，看著那雙狡黠的眼，他估計對方也認出來了吧，畢竟都認識十幾年了，僅憑聲音多少也能辨識出一二。

就算不是同路人，他們之間仍存在著某種默契，在神祕聚會上，他們假裝彼此互不認識，誰也不拆穿誰，用自己最熟悉的方式活躍著。

神祕研究社一直是個充滿謎團的存在，先不論完成遊戲指令累積積分就有機會獲得許願的資格這件事是否為真，光是善於洞察人心這點就頗耐人尋味了，尤其是在收到任務的當下，他越來越肯定這場遊戲背後的目的鐵定不單純。

請將自己喜歡吃的食物分享給松鼠。

協助懷生社宣導「領養代替購買」的觀念。

為客雅溪編織傳說並散播出去。

將班上同學的一個小祕密說出去。

每一次捎來的遊戲任務，像是不斷提醒著心想事成勢必得付出一定的代價，裡頭或多或少總會有那麼幾個摻雜著些許惡意的指令，因此每當任務出現時，他不見得會全盤接收，而是挑選幾個無傷大雅的項目去執行。

他曾經暗中調查過祕密研究社究竟是何方神聖，然而到頭來卻一無所獲，彷彿憑空出現的神奇組織，完全沒有留下半點蹤跡讓人探尋，就連身旁也不曾出現過任何帶點口耳相傳性質的傳說，僅能從每次收到任務小卡及邀請函的當下確認它真實存在過。

只不過，這不是最奇怪的地方，參加過幾次神祕聚會後，他竟有了一個驚人的發現——神祕聚會上的每一個人，其所屬的時空可能都不太一樣。

他曾經偶然聽到幾名參加者的談話內容，像是新北市衛生局女員工自殺、香港抗爭、新冠肺炎、烏俄戰爭、校園兇器特展等這些他從沒聽過的事件與活動，彷彿來自某個遙遠的國度，他不知道這些名詞背後所代表的意思是什麼，但從那些人義憤填膺的語氣來判斷，這些並不是會讓人感到開心的事。

他不清楚那些人究竟為何而戰，也不知道所謂的對與錯是否有如科學數據般足以拿來衡量的基準，但假如有一天，連「被自殺」這件事都能浮上檯面成為掌權者讓人畏懼且噤聲的一種手段，那麼這樣的世界究竟算不算是末日來臨的寫照呢？

而這樣的未來，真的能不讓人感到絕望嗎？

每個月前來參加神祕聚會的人員並不固定，有新的人來，也有舊的人離開，參加者主要仰賴面具作為識別依據，至少在他參與的這段時間裡，每個人都擁有自己的專屬面具，無一例外。

直到他在神祕聚會上看見兩名戴著相同面具的人之後，老實說，他內心突然湧現一股衝動，向來不按牌理出牌的主辦方刻意製造了這般巧合，還特地引起他們的注意，想必裡頭一定暗藏玄機吧。

因此，當江江提出兩人可能有共同點的想法時，他內心其實是贊同的，而這也讓他想起自己和江江的身分，就某方面而言，他們不也是同路人嗎？

無論是校內還是校外，關於那些發生在周遭的事情，其實他都是知道的，只是沒有去干涉而已。很多人都存在著一種迷思，以為只要裝作沒看見，那麼那些事就不存在，彷彿只要告訴自己這些通通不干我的事、我什麼都不知道，就能減輕曝光後來自他人的責難。

無論是檯面上還是檯面下，他從來不會去管江江究竟要做什麼，因為只要不妨礙到自己，那麼無論發生什麼事，其實他都無所謂，而這也是他和江江彼此立下界線的默契，畢竟都是成年人了，難道還會連點分寸也沒有嗎？

事實最終證明道德限制了人們的想像。

每次東窗事發後，只要人人一句「應該還好吧」、「我怎麼知道會變成這樣」、「我又不是故意的」、「他不說我們怎麼知道他不喜歡這樣」，彷彿就能靠著千篇一律的爛藉口把曾經造成的傷害降到最低。

「宋慶華，你和我其實沒什麼不同。」

是啊，我們兩個其實是一樣的，並沒有什麼區別。他笑著，對此不予置評，平日諜對諜的相處模式早已讓他在對方面前慣於防備，因此當江江說出這句話時，他沒有反駁也沒有提出異議，就只是像往常一樣微笑看著她。

「我知道，但是，妳不能傷害最重要的那個人。」

他不是聖人，也不是什麼正義使者，他人的責難於他而言根本不痛不癢，因為他根本無所謂，然而，他很清楚一件事，假如對方所傷害的人會讓他的好姊妹傷心，那麼這件事他勢必會管到底。

那一天，由於他臨時被通知有場飯局必須出席，基於有福同享、有難同當的患難情誼，他打定主意要拉著每逢相關場合便戰力滿點、講話高級酸的梁恩祈一起參加，讓那些愛管人閒事的長輩們見識一下做多餘的事會有怎樣的下場。

好比預料之中的既定發展，他想都沒想便起身至音樂系館，在前往五樓琴房的路途中，他大老遠就聽見那熟悉的曲目，果不其然梁恩祈和顏易翎正在裡頭練習。

他永遠記得，那個寧靜的晌午搖曳著些許燦爛金光，悄悄映現了心頭流淌的暖意，像是施了一道神奇的魔法，整間系館彷彿陷入沉睡般令人印象深刻，或許期中考結束後，整個校園裡就只剩她們還會待在這裡練習了吧。

很多人都以為琴房有隔音效果，其實並不然，大概只有路過或住校的學生才能澈底領略被樂音瘋狂轟炸的心情吧。那個時候他沒有敲門打擾，而是選擇斜靠在牆上，靜靜聆聽裡頭流瀉出來的琴音與歌聲，直到聽見梁恩祈打開門後所發出的一聲詫異，這才意識到原來表演早已結束。

他不知道自己怎麼會聽得如此入迷，或許在他心目中，她們兩人合作無間的演奏才是他最嚮往的關於美的一種極致展現吧，至少他能肯定的一點是，梁恩祈從頭到尾都很享受這場表演，因為只有全身投入且融入其中的演出，才算是一場成功的演出，而這是他們三人小團體練習時不曾出現過的。

當時嚷著肚子餓的梁恩祈抓著錢包直接往外跑，拋下一句「我先去覓食有話等等回來再說」便消失在走廊盡頭，讓他不由得佩服原來系排的鍛鍊都是真的，怪不得諸多學長姊相當看好梁恩祈的資質，那驚人的速度與反應能力確實無人可及。

他如是想著，緩緩步入琴房，與裡頭的顏易翎四目相交，隨後相視而笑，算是打過招呼了。

雖然他和顏易翎在班上連點頭之交都算不上，但他從梁恩祈那裡聽了不少關於對方的事，依照梁恩祈的性格，鐵定也向對方傾吐了許多關於他們三人的事情吧，況且顏易翎屬於沉默寡言的類型，方才沒有刻意迴避他的目光，不也說明了她知道自己與江江立場的區別嗎？

或許正是因為如此，所以當下他才會忍不住開口，詢問對方為何選擇承受那些不該存在的罪孽，畢竟只要離開或將這些事告訴關鍵人物，不就可以解決了嗎？

因為梁恩祈自始至終都被蒙在鼓裡呀。

那個時候，坐在琴凳上的顏易翎只是笑著搖搖頭，沒有正面回答他的問題，而是輕輕哼唱起方才與梁恩祈一同練習的曲目，雖然乍聽之下略有不同，但那婉轉的曲調卻讓他永生難忘，也間接意識到歌聲中欲傳遞的訊息。

若他沒記錯，這應該是德國作曲家Richard Strauss的作品〈Morgen!〉，據說這首曲子是送給妻子的結婚禮物，柔和靜謐的樂音彷彿訴說一段溫柔而平淡的美麗故事，一如那細膩又飽含情感的嗓音，直到很久很久以後他才明白原來那歌聲中藏著不易察覺的情意。

他不清楚究竟是怎樣的執著讓對方堅持至此，也不明白面對那些滿懷惡意的人們何必如此客氣，他只知道如果換作是他，那麼以他的性格是絕對不會善罷干休的。

很多人都說要感謝那些傷害你的人，因為他們讓你變成了一個更好的人，說實在話，這樣的言論只會讓他瘋狂翻白眼而已，憑什麼被傷害了還得學會跟對方道謝說謝謝你捅了我好幾刀讓我差點傷重不治？這社會根本有病吧。

傷害就是傷害，並不會隨著時間流逝就變成從沒發生過，因為它始終在那裡，沒有消失。

人生在世，毋須感謝那些傷害你的人，真正要感謝的應該是當初選擇堅持不懈、努力變得更好的自己，因為很多人被傷害了以後也成為了會去傷害別人的人，但是你沒有這麼做，而是選擇讓自己成為一個更好的人，所以我們要感謝的是當初努力撐過來的自己，還有那些陪伴在我們身邊真正愛我們的人。

對於神祕研究社的最終目的，他始終抱持著存疑的態度，假如那些揣測與流言是藉由一次又一次的惡意累積而成，那麼願望之所以能夠實現，是否也是透過相同的方式來完成呢？

這些事他無從求證，也來不及找出答案，因為自從顏易翎離開了以後，整個世界都變了。

所有的謊言與傳聞彷彿量身訂做，在不斷變形的過程中逐步扭曲真相，那些被遺忘的人事物是否真能有重見光明的一天呢？

畢業後，梁恩祈遠赴國外，表面上是出國深造，但他知道對方選擇離開臺灣的真正原因是什麼。那一日機場送行，他什麼話也說不出口，只能像以前那樣靜靜看著一切發生，因為梁恩祈看起來雖然是笑著的，然而那雙眼卻空洞得彷彿失去靈魂，徒留一具軀殼於人世。

即便日後學成歸國，情況依然沒有好轉的跡象，記憶中那個愛笑又灑脫的梁恩祈像是不曾存在過般，這些年來他所熟識的那個人消失了，取而代之的是悲傷與強顏歡笑，梁恩祈收斂了她的脾氣與一身傲氣，完全變成了另一個人，這讓他看了既難過又心碎。

假如所有的悲傷與懊悔皆源自於他當初的袖手旁觀，那麼現在這個局面他是否也該負起一些責任呢？

不知道，他真的不知道。

直到多年以後，從心諮系畢業的男友指著書本上那個專有名詞給他看，他這才明白梁恩祈的內心遭遇了多大的劇變：

倖存者內疚。

是啊，確實是這樣沒錯，這世上能夠解開對方心結的人，就只剩下那個人了。

偏偏那個人再也不會出現了。

當他再次踏入久違的校園，已經是十幾年後的事了，記憶中的輪廓早已不復存在，熟悉的人事物也消失了，唯一還留下的便是對校園僅存的一絲眷戀。

他看著在傻瓜樹下擺攤的學生們，以及和校犬互相追逐的雙胞胎小女孩，她們髮上的竹葉與琉璃飾品讓他不禁回想起藝設系的同學們，那時候他最愛拉著梁恩祈至藝術超市掃貨，不只使盡各種手段推坑，自己還買了諸多琉璃擺件回家，以彌補他著迷於美麗的玻璃工藝卻無法選修之憾恨。

如果能回到過去，他是否還會假裝什麼也沒看到呢？

「你想許什麼願望？」

彷彿接續了當年斷掉的時空，當眼前戴著面具的黑衣人問他這個問題時，他竟然有種回到過去的錯覺。

他去學校找梁恩祈的那一天，不知為何口袋裡突然出現了一張神祕聚會的邀請函，而且和當年參與遊戲時拿到的一模一樣，這不僅讓他燃起一絲希望，也更加肯定這一切和學校一定有著千絲萬縷的關係，畢竟自從他畢業離開了以後，就再也沒收到跟神祕研究社有關的消息了。

當晚他前去赴會，果不其然當年碰見的參與者全換了一輪，而他憑藉著之前累積的積分，順利成為當月唯一的許願者，像是延續著當年未完成之事，在那搖曳的燭火中，他看見了從黑暗帷幕步出的身影。

或許是因為遲遲未收到答覆，只見眼前的黑衣人緩緩摘下自己的面具，那笑嘻嘻的模樣及右手腕上的紫水晶手鍊，讓他想起了一個不該存在於記憶中的人物，正因為太常在藝術超市與校慶園遊會上遇見，所以他才會對那關於美的獨特韻味有著很深的印象吧。

「小尹。」他記得當初桌上的名片是這麼寫的。

「唉呀呀，還記得我真是不簡單呢。」她笑著，像是為了獎勵對方的記性，她如小孩子般在原地歡樂轉圈，看起來相當開心。

「為什麼要舉辦這場遊戲？」

「因為好玩啊。」她笑嘻嘻地說著，眼裡盡是淘氣。

是啊，這世上的諸多惡意與作為，很多時候不也只是因為「好玩」而已嗎？

如果當初他做出不一樣的決定，那麼這一切是否還能挽回呢？

不知道，他真的不知道。

但是假如能夠還給對方一個公平，那麼他願意嘗試，也給自己一次贖罪的機會——

「拜託妳，請妳給梁恩祈和顏易翎有再見一面的機會。」

番外三　約定

她已經不記得自己叫什麼名字了。

從她有記憶以來，她便享有眾人祭祀的香火，裊裊升起的白煙總能模糊來者的面容，在那呢喃低語的祝禱中，她習慣凝睇人們虔誠而專注的臉龐，聆聽他們的祈求與盼望。

所以說，她算是神靈嗎？望著腳踝上那布滿棕褐色鐵鏽的腳鐐，斑駁的鏽跡有著怵目驚心的歲月殘痕，她搖搖頭，否定了這項推論。

自古以來，能夠被祭祀的對象，除了祖先之外便是神靈，然而，在這漫長的日子裡，她很清楚自己兩者皆非、什麼也不是。

因為，和去廟裡參拜的信徒相比，很多時候他們眼中出現的不單只是敬畏，還包括難以言喻的恐懼，而在那般未知的恐懼裡頭，總摻雜著幾分戒備。

既然如此，她究竟是什麼呢？看著來來去去的人群，對於自己的存在，她始終感到疑惑，依然沒有答案。

原本她以為這些困惑會被歲月的洪流逐漸掩埋，但她萬萬沒想到的是，這世間總有些事容易出乎意料之外，偏偏這些都得等到很久很久以後才會明白。

老實說，其實她也不清楚自己怎麼會特別留意那個孩子。甫出生幾個月的孩童，本來就比較能看見成人無法接觸的世界，因此，當那孩子睜著圓滾滾的大眼望著她時，她並不感到意外，畢竟有太多的孩子都是如此，毋須大驚小怪。

隨著時間成長，孩子們的眼睛會漸漸與成人無異，等接受世俗的洗禮之後，便再也看不見那些被摒棄於外的世界。

但是，那個孩子卻不太一樣。

彷彿能感應到她的存在，每次跟著長輩一同前來的孩童裡，她總能感覺到有人正注視著她，待她循著那股視線望過去，總會不約而同對上同一雙眼，好比塵世僅存的一塊淨土，那眼眸是如此的澄澈且明亮。

直到對方開口，她這才發現，原來當年的那名孩童已經長大了。

「我叫沈祁，妳呢？」

對方笑嘻嘻地遞給她一朵花，那笑起來的模樣極其動人，一如隨風輕輕擺動的花兒，也是自那一刻起，便註定了兩人的緣分。

人類的壽命只有短短數十載，不過一眨眼，便已是白駒過隙，所以這些生靈於她而言，只能算是生命裡的過客，同樣地，以人類的角度來看，她猜大概也是如此吧。

畢竟，只要時間一久，他們就再也看不見她了呀。

更何況，對於一名才幾歲的小女孩來說，只要有更新鮮有趣的人事物出現，應該很快就能轉移對方的注意力了吧？

她如是想著，把這一切當作一場巧合，殊不知再次相遇時，對方竟端了一盤綠豆糕過來。

「神明不是都喜歡吃甜的嗎？」

稚嫩的童音搭配那雙圓滾滾的大眼，見沈祁那傻呼呼的模樣，以及手上那盤很明顯是從供桌上偷渡來的供品，讓她不禁感到既好氣又好笑。想當然耳，下一秒，她便聽見不遠處傳來一聲震耳欲聾的怒吼，只見一名婦人抓著竹掃帚直接衝了出來，上演了一場你追我跑的追逐戲碼。

像是一段怎樣也斬不斷的孽緣，在那之後，沈祁總會出其不意的出現在她周圍，幾乎每一次都是笑嘻嘻地帶著糕點來找她。有時是鳳眼糕，有時是椪餅，有的時候甚至連紅龜粿都出現了，唯一不變的是那雙望著她的眼總潛藏著美麗的光亮，似乎只要她不搭理，那麼就不會有善罷甘休的一天。

可是她真的不是神明呀。大概是為了回應對方充滿期待的眼神，她最終還是拿起了一塊鳳梨酥，在灼灼目光的注視下，輕輕咬了一口，金黃色的內餡一如那馥郁的果香，酸甜滋味頓時充斥齒間，似乎有什麼正悄悄盈滿心田。

「我姓沈、單名祁，既然妳不記得自己的名字了，那我喚妳『葳』如何？」

那個時候，沈祁是這麼說的，也不管她是否答應，就這樣逕自喊了起來，那笑著的模樣總有股讓人無法拒絕的魔力，或許便是這般厚臉皮的程度，才會讓她一直惦記在心上吧。

有的時候，她會對沈祁這個人感到困惑，明明只是個什麼都還不懂的孩子，小小的軀殼卻藏著比同齡孩童還要早熟的靈魂，那彎笑的眉眼裡，始終有著不易察覺的心思。

「彼就是緣分、是緣分啦。」

土地爺笑呵呵的摸牌，下一秒迅速翻開，一句「自摸」直接結束這場賭局。

倒牌後，眾人一陣譁然，土地爺則是哈哈大笑了幾聲，那神色自若的模樣儼然就是箇中翹楚，倘若想摸清楚一個人的牌技，只要摸一把便可見真章。

午後時光，廟埕的榕樹下一如既往地熱鬧，總是會像現在這樣聚集不少以打牌來消磨時光的老人們，她偶爾會來這裡走走，看人們如往常般敘舊，而那下棋泡茶聊天的景致，有時候會令她悠然神往。

「遐濟年過去矣，沈家村有幾个人會像伊按呢來揣你？」

土地爺笑著，或許是見她面露困惑，這才轉換成另一種熟悉的語言。「在人類世界裡，大多的儀式與祭拜都是因為有所求而逐漸約定俗成，各取所需並不為過，認真說起來，這也算是一種互利共生吧，能夠真正不帶目的的又有多少呢？」

「別想太多了，就是有緣才看得見呀。」

是呀，就是因為有緣才會相遇，既然如此，她為何會有如此防備心呢？

站在媽祖廟外，她知道那些想不明白的事需要有人為她指點迷津，即便知曉對方屆時一定會熱烈的歡迎她、要她毋須太過見外，但她終究只是站在門口往內看，沒有踏入。

她知道這時間對方正在小憩，正因為珍惜著彼此的緣分，所以她不會任意跨越那條界線。

畢竟她和他們終究還是不一樣呀。

金黃色的火燄猶如舞動的神靈，一如她熟稔俐落的步伐，被利刃劃過的代價便是被業火燃燒殆盡，聽著那撕扯人心的慘嚎，即便早已麻木，有的時候她仍會感到困惑，不清楚自己的行為是否真的正確。

會來祭拜她的只有沈家人而已，傾聽呢喃祝禱中的祈願、守護沈家人免於慘遭妖異之毒手向來是她的職責所在，她已經記不得自己是從何時接下這個責任，在那久遠且模糊的記憶裡，她唯一記得的是宛如枷鎖的使命，以及那布滿鏽斑的腳鐐。

或許是因為她對時間的存在早已麻木，也很有可能只是因為太常碰面所以才沒察覺當中的變化，等到她發現時，那名古靈精怪的小女孩已在不知不覺中長成亭亭玉立的少女了。

「妳還是一樣都沒變。」

再次見到沈祁，已經是好幾個月後的事了。

不知從何時開始，沈祁偶爾會消失一陣子，然後有一天突然如精靈般出現。

據對方的說法，那段時間是到外地讀書了，雖然不是很樂意，但還是會抽空回家一趟。

當然，具體過了多久都是沈祁告訴她的，早已鈍化的感知使她頂多感覺到似乎有段時間沒碰面了，殊不知細細數過後，光陰已然流逝。

「妳會想離開這裡嗎？」

當沈祁這麼問她時，其實她的內心並沒有一個明確的答案，沈家村雖與另一個村子相鄰，但是兩村鮮少有來往，而她嘗試過、唯一能抵達的最遠的地方，便是鄰近沈家村的那座媽祖廟。

到頭來，她還是離不開沈家村呀。她笑而不語，對於這個問題始終沒有給出確切的答覆。守護沈家是她的職責，儘管她不清楚為何要這麼做，但是和她相比，對方應該是能自行決定是否要留下的人吧，既然都選擇要離開了——

那妳為什麼還要回來？她問著。

「因為妳在這裡呀。」

對方笑嘻嘻地說著，那稀鬆平常的口吻彷彿訴說著一件不起眼的小事，有一瞬間，她覺得似乎有什麼東西正悄悄改變。

其實她並不清楚那股感覺究竟從何而來，只知道有股莫名的暖意悄悄流淌心頭，等到她終於領會那究竟是怎樣的一份情感時，已經是很久很久以後的事了。

沈祁一直是個如風般的人，你永遠很難抓住對方的行跡，或許正是因為如此，所以沈祁帶給她的往往是出人意表的驚奇。

以及，難以言喻的悸動。

已經不記得那是哪一天了，思念的長河總是容易提醒著那些過去熟悉的場景，有時歲月的淘洗並不會使記憶消失，經過篩選後，那些如微光般的過往反而是越發鮮明了起來。

她已經忘了究竟是如何來到這個話題了，只記得那時候沈祁拿樹枝在沙地上畫了一個小房子，並在裡頭寫上「祁」和「葳」兩個字，笑笑地說這是她們兩個的「家」。

所謂的「家」究竟是什麼呢？她想了又想，對於這個問題只能給出「歸屬感」這個答案，偏偏沈家村於她而言從來不是家，而是桎梏般的存在。

曾經有好幾次，沈祁問她願不願意一起離開沈家村，但是她都只能搖頭婉拒對方的提議。她低頭看了看自己腳踝上的腳鐐，她明白沈祁的心思，也曾經動過類似的念頭，然而，她很清楚自己永遠無法離開沈家村，至少她是這麼認為的。

或許是因為人的熱忱有限，後來沈祁有段時間消失了，等對方再次出現時，她這才意識到兩人的緣分終究還是盡了。

「我要結婚了。」

這句話像是一記震撼彈，終究讓她止水般的心湖起了波波漣漪，雖然早已看過太多相似且既定的生命軌跡，內心也明白在這世道，對方總有一天也會跟她們一樣必須尋求主流價值觀的庇護才得以生存，但是當必須這麼做的那個人是沈祁時，她多少還是徬徨了。

「以前，我會選擇我愛的人；現在，我會選擇愛我的人。因為我已經等不了那麼久了。」

當時，沈祁是這麼說的，那笑著的模樣讓她感到既熟悉又陌生，有的時候，她會覺得自己並不了解沈祁，似乎打從一開始，她就沒有真正走入對方的心裡。

而真正令她感到不解的，是對方接下來所說的那句話——

「葳，沈家欠妳的，總有一天會還給妳的。」

沈家究竟欠了她什麼？而沈祁又知道些什麼呢？

像是一個環環相扣的羅生門，有太多的謎團藏在未知的隱喻裡，偏偏所有的徵兆其實早已有跡可循，只是這些線索都得等到拼圖拼湊完畢之後，才讓人意識到那些不願面對的事實有多麼令人痛心。

喜宴那天，沈家祠堂難得擠滿了人，她沒有看見新郎，只看見穿戴一身鮮豔喜紅的沈祁，俏皮地朝她的方向眨眨眼，隨後斂起神色，一反平日嬉笑的模樣，在眾人屏氣凝神的注視下虔敬地上了一道香，那炸開靜寂的聲聲道賀如潮水般隨之襲來，在恭敬與祝賀的交織聲中，沈祁坐上了那個特殊的位子。

沈家的女性從不被允許祭祖，也不能隨意踏入祠堂，當中唯一的特例只有沈家的嫡系血脈，唯有握有實權的沈家族長才有權利進入祠堂上香。

從那一刻起，她才知道原來沈祁是沈家的女兒。

終究還是被算計了呀。站在門口的她沒有出聲，只是靜靜觀望著這一切，在人聲嘈雜的喧鬧下，她斷然轉身，離開了那個是非之地。

其實她應該是知道的，沈祁的特別之處不可能只有她注意到，所以她這樣算是自欺欺人嗎？或許，在面對整個沈家時，她的心情也是像現在這般矛盾。

後來，聽說沈祁離開了沈家村，以另一種方式開拓了沈家的祖業，具體詳情她並不清楚，只是偶爾會從人們的閒話家常中聽見零碎的訊息。一如她對沈祁的認識，所有的反對聲浪都以一種神奇的方式收拾得服服貼貼，沈祁展現了如此高明的交際手腕，難道真的都出乎她的意料之外嗎？

或許，她一直是知曉的，只是自己的雙眼選擇蒙蔽一切，甘願沉淪於謊言。

其實說是謊言那也不對，畢竟她從來沒有問，而沈祁也沒有騙過她，她們就只是像往常那樣，隔著那條看不見的界線小心翼翼的相處著，深怕一個不小心，便會壞了那必須存在的平衡。

沈祁是人，偏偏她什麼也不是，無論是什麼樣的承諾，除了時間，她通通給不起。

所以，繼續保持距離才是最好的吧，至少不會有一方受到傷害。

因為，她的存在便是為了守護沈家而生，除此之外，也容不得她想那麼多了。

然而，沈家究竟是在做什麼呢？老實說，她也不是很清楚，畢竟那不是她的管轄範圍，有的時候，就連誰才是真正被豢養且忌憚的對象也讓人分不出來。

「因果輪迴，善惡有報，有的時候不是不報，只是時候未到。像是沈家，別看他們好像沒什麼事，所有的業終究還是會回到自己身上，即便是偷樑換柱，那也是違背法則的，就算日後被打入十八層地獄，那也不足為奇呀。」

一如人們茶餘飯後的話題，她在媽祖廟附近總是無可避免地聽到這一類的話語，而這些也只有在遠離沈家村後才聽得見。

沈家村幾乎可說是與世隔絕，村裡的人除非是到外地求學與採購日常所需，否則在非必要的情況下，通常是不會輕易離開村子的。或許是因為平日裡多少還是有交涉的必要性，鄰村或多或少也知曉那些隱而不宣的祕密，畢竟有需求就會有門路，總有人負責擔當起中間人的角色。

原本她以為再也不會見到沈祁、兩人的緣分已到此為止，殊不知命運總是以各種難以預料的方式將她們的足跡交錯在一塊，直到多年以後回想起時，她才意識到很多時候並不全然是命運的安排，在那些數不清的機緣中，她自己其實也推了一把。

「妳還是沒變。」

那一天，沈祁牽著一個孩子，無預警出現在她面前。

從對方那微微隆起的腹部，以及孩童那令人熟悉的輪廓，可以知曉那是沈祁的孩子，一如當年她看見的那麼小的女童，眉間的一顰一笑彷佛刻自同一個模板，有一瞬間讓她有了回到過去的錯覺，唯一不一樣的地方是，當年的女童如今已經是兩個孩子的母親了。

「他叫沈淩，幾年前出生的，可惜頭胎不是女孩，如果是女孩，那就好了。」沈祁笑著，隨後指著自己的肚子。「但是這胎是女孩喔，名字也已經取好了。」

「就叫做沈葳。」

葳、沈葳。

為什麼刻意取了這樣的名字？這兩個相仿的名字背後，究竟藏了什麼祕密？

望著沈祁的笑顏，那時的她終究沒能看出那抹微笑暗藏的深意，沈家的祕密太多太龐雜，她不想接觸也不願去正視，但她從來沒想過，所有的佈局與顛覆竟會與她有關。

而沈祁也兌現了當年說的那一句話——

「葳，沈家欠妳的，總有一天會還給妳的。」

那一天，所有的徵兆彷佛是個預警，預示著即將來臨的變故，那時候不知道為什麼她沒來由感到一陣心悸，那是她從未有過的感受。當時外頭烏雲密布，過沒多久便下起了傾盆大雨，遠方天際傳來轟隆作響的雷鳴，讓人有股不祥的預感。

那時她下意識往門邊望去，只見沒有撐傘的沈祁站在滂沱大雨中，距離她只有幾步之遙，對方什麼也沒說，就只是像往常露出那熟悉的笑容，而在看見這一幕的當下，她彷彿聽見胸口傳來清晰的碎裂聲。

她著急地伸出手，試圖抓住沈祁，半透明的身影卻讓她撲了個空。

「為了獲得強大的庇護，先人們強行刨出孕婦腹中的胎兒，設法以祕術煉製，在經過無數次的試驗及犧牲之後，最後終於在最違背道德的方法中找到了最成功的實驗體——我猜那股恨意應該就是力量的來源吧，越是痛苦就越能驅使出更強大的力量，所有的當事人從來沒有被詢問過意願，一切都是大人們說了算，但是歷來總有失控的時候吧？」

「葳，妳身上之所以沒有血腥味，除了長期受到那間媽祖廟的香火薰陶，也跟妳的心有關吧，一個不會被仇恨蒙蔽雙眼的清醒之人，說到底，終究還是不夠狠心呀，而沈家人之所以特別忌憚妳，那是因為除了血緣的禁錮之外，他們根本控制不了妳吧。」

「葳，妳和我具有相同的血脈，曾經身為正統嫡系血緣族長之女的妳，應該很渴望能像其他人一樣正常長大吧？」

「雖然這麼做很自私，但是假如有人能陪在妳身邊，那就不會感到孤單了吧。」

「葳，我們做個交易吧，我把沈凌託付給妳，用三條命和那些無數生靈的命數，換妳護他一世周全，可好？」

「葳，身為沈家族長，一如當初的許諾，我還妳一個正常的人生。」

下一秒，她聽見喀噠一聲，腳踝上的腳鐐應聲斷裂，等到她再次睜眼時，她來到了一個全然陌生的地方，她摸了摸包著紗布的左臉，已然明白這是怎麼一回事。

就算是魂飛魄散，妳也要這麼做嗎？凝睇窗外皎潔的月光，她深深吸了一口氣，大量的氧氣隨即灌入肺部，當中摻雜著的刺激消毒水味頓時衝進鼻間，讓她意識到自己身處的一切並非一場夢，而是真實存在的世界。

無論是顛覆整個沈家還是逆天而行，妳就是算準了我一定會心軟，所以才故意那麼說的吧。沈祁，妳還真是自私呀。

看著走入病房的那名少年，熟悉的輪廓讓她想起多年前初見的那名孩童，她不想驚動對方，也無意隱瞞自己的身分，只是當她開口、聽見自己聲音的那個當下，有一瞬間她突然懂了，那些曾經不明白的事及所有的佈局都像是一場天衣無縫的策劃，而她也早已身在其中。

「哥，你來啦。」

相似的聲音、相似的容貌，究竟是要何等縝密的心思才有辦法做到如此呢？沈祁，妳知道妳口中的還我一個正常的人生，必須摧毀整個沈家才有辦法做到嗎？

望著少年落荒而逃的背影，她知道對方一定察覺了什麼，所以她沒有說太多話，因為這樣就夠了。

那搖搖欲墜的身影及全然熄滅的生命之火，已經證明命運的齒輪早已緩緩轉動，沈家最後的血脈註定活不過二十二歲，這便是沈家得付出的代價。

而沈祁所做的，便是加速命運的推動，但究竟為何要這麼做呢？這一點，她始終想不透。進醫院那天，就是沈家的終結之日，即便她出手介入、及時遏止了非人的侵奪，但身上沒有半點生氣的活人，真的有辦法在往後的日子裡順利度過此劫嗎？

說實在話，她真的無法保證，當一個人遭遇如此劇變時，他的內心究竟得獨自承受多大的壓力？當他認為自己不過是苟活時，到底該怎麼做才能讓他有繼續活下去的勇氣？

這些問題她估計沈祁大概從來沒想過，而她也不清楚到底該如何是好，然而，就在找出解決辦法之前，先前種下的因無預警迎來反噬的果，惡毒的誓言在對方身上留下了難以抹滅的記號，那些生靈發出憤怒咆哮的背後，藏了太多難以言喻的心結。

像是說好了般，嗅著氣味一路尋來的妖異總能如實找到沈凌的藏身之處，即便她能在它們現身之前解決一切，隨著時間流逝，蠢蠢欲動的暗影只會越加肆無忌憚，終究會有防備不周的時候。

那一天，就是她澈底失職的日子，而她也算是間接承認了自己的身分。

有別於以往前仆後繼尋來的妖異，那越發猖狂的笑聲開始潛伏於影子裡，截然不同的級別更是讓她始料未及，而她也確實大意了。

她不曾想過要隱瞞自己是誰，但她也不曾在沈凌面前主動提及這些事，原本她以為只要假裝彼此都不知情，就能繼續維持這看不見的平衡，殊不知卻是在這樣的情況下吐露實情。

「他們二人願意相信我，定不負所託，修正那早已亂了套的時間軌跡。」

「不論未來發生任何事，我會以性命擔保，必定保全沈家最後的血脈，直至約定的年限。」

她這樣算是謊言嗎？沒有如實全盤托出，算不算是一種欺騙呢？因為從頭到尾都是沈祁一人單方面做的決定啊。

後來，沈凌考上了新竹的學校，再也沒回來過了。

有的時候，她不禁會這麼想著，如果當初她和沈祁從未相識，那麼這一切是否就會不一樣了呢？

「如果會擔心，那就過去吧。」

那個時候，那個人是這麼對她說的。

在歲月的刻鑿下，早已不再年輕的身形多了幾分社會歷練的滄桑，一如昔日她在沈家村看著長大的人們，從嬰孩出生的喜悅至老年凋敝的惆悵，不曾止息的時間持續在人類身上流轉，而對方始終不願與沈家村再有來往的原因，或許她是知道的。

沈家村裡住的都是沈家人，只有親疏遠近的分別而已，當初自己的弟弟便是以傀儡的身分入贅沈家，人人都知道這個位子註定是棄子，而沈家的祖業又完全違背天理、總有一天終將招來反噬的後果，偏偏自己的弟弟不但願意栽進去，身邊的人亦以此為榮，興許是這般扭曲的病態心理，讓他從此恨著與沈家村有關的一切。

既然如此，倘若被發現現在的她並不是他名義上的親姪女，對方又會有怎樣的心情呢？

「無論妳是什麼人，其實都無所謂，因為妳終究做出了決定。」

在陽光的照射下，她看見對方脖頸處那道早已結痂的疤隱隱泛著微光，那名她和沈凌必須喚一聲「伯父」的人，此刻正背對著她蹲在陽台整理盆栽，所以她看不清楚對方說此話時臉上的神情。

「不論是對我，還是對沈凌，那一天妳並沒有袖手旁觀。」

「既然沒做出什麼傷天害理的事，那就抬頭挺胸、光明正大地活著吧，我想那個人也是這麼想的。」

所以，她的存在是被允許的嗎？像是為了釐清內心的疑惑，經過幾番思量後，她最終還是搭著搖搖晃晃的公車，循著最初的感應與指引，再度重返記憶中的廟宇。

久別重逢，景物依舊，只是她從沒想過，再次相遇竟會在這樣的情況下碰面。

同樣慈祥的面容，同樣沉穩且令人安定的聲音，興許是這般不疾不徐的平和步調，以及能夠接納眾生的寬大心胸，才能讓曾陷入迷茫的生靈的心不再漂泊，尋得了足以安放身心的依歸。

那一天，土地爺難得不在，往常熱鬧的廟埕安靜得彷彿中了沉睡的魔咒，枝葉間灑落的金光讓她想起第一次見到這座媽祖廟時，心中流淌過一絲暖流的奇妙際遇。

「爾來了。」

明明應該是高懸在城隍廟樑柱上的匾額才會出現的句子，從對方口中道出時，反倒蘊藏著無限韻味。

身為無數人尊崇的神靈，媽祖娘娘是否知道自己內心的徬徨、是否知曉究竟該如何化解呢？這些疑問尚未說出口，便被對方遞來一盞茶的動作給打斷，在那裊裊升起的白煙中，她聽見了足以讓她追尋此生意義的答案。

「歷經紅塵，還能堅持住本心，方是真的修行。」

對方笑著，一如當初她在這座廟宇中所接受過的薰陶，被洗滌的不只是滿手血汙，還包括不因自身身分而被無條件包容與信任的心。

「沈葳，就去做妳想做的事吧，不論做出的選擇是什麼，對妳來說都是最好的決定。」

是啊，當初沈祁執意要還給自己一個正常的人生，指的原來是這個意思。

她笑了，在經過無數載的時光流轉後，她終於發自內心開懷的大笑。

自那一刻起，沈葳明白了她該前行的道路究竟是什麼模樣。

或許，她心中始終有著一幅關於「家」的圖景，當年沈祁是否早已察覺這般渴望，所以才給了她對於家的想像呢？

去找沈凌的那一天，沈葳並不清楚這麼做究竟對不對，而她也從來沒想過會在什麼樣的情況下與對方再次相見。

假如對方依舊恐懼著她的存在，她究竟要怎麼做才能消弭彼此的隔閡呢？

沿著南大路直行，沈葳終究來到了沈凌所在的陌生都市，經過夏一跳早餐店時，裡頭擁擠的人潮讓她不經意多瞧了幾眼，只見那一張張稚嫩的臉龐有著學生獨有的青澀，有一瞬間，她發現自己試圖從中辨識熟悉的身影，只為了尋找許久未見的故人。
有的時候，她不禁會想著，沈凌是否過著和那些大學生一樣的生活？往後，無論是一路上見到的可娜咖啡和仙迪，還是津香排骨及其隔壁的鴨肉麵店，沈葳都會試著尋找對方的足跡，企圖拼湊她在沈凌的生命歷程中那缺席已久的遺憾拼圖。
「沈家最後的血脈註定活不過二十二歲」這句話其實並不精確，如果以比喻來進行說明，那就好比一棵開枝散葉的大樹，主幹永遠是最重要的，一旦主幹的生命力枯竭，分支再多也將迎來分崩離析的局面，因此嫡系血脈才是整個沈家存亡的關鍵。
隨著時限逼近，沈葳明白對方所剩的時間不多了。與嫡系越相近的血緣，遭到反噬的情況就越嚴重，而這又以手無縛雞之力的新生晚輩最為明顯，在同輩們幾乎凋零的情況下，真的很難不嗅到那股絕望。
而這也是她踏進那所學校時意外察覺的部分。
一所生氣盎然的學校，其命數即將枯竭之前，其實都有跡可循，當她一踏進學校時，她聽見遠方傳來了不絕於耳的蟲鳴，溪水泠泠作響，讓她想起了沈家村的山澗也是如此，那潺潺水聲更是喚醒了曾經有過的靜謐時光。
可惜的是，那都是過去殘留下來的記憶了，這些記憶以精魂般的孤獨形式留存至今，與此今時，衰敗的氣息正於四周瀰漫，被惡意滋養的存在即將破繭而出。
那棟音樂系館果然就是問題所在吧。站在距離之外遙望，即便是白天，沈葳依然能感受到那股被籠罩在陰影之下的孤寂感，無論是過去還是現在，只要不符合體制那就無法成為「人」，彷彿這些掌權者所訂立的遊戲規則天生就該被遵守。

「有沒有什麼辦法可以讓對方別再哭泣呢？」

一對雙胞胎小女孩抬起頭來望著她，稚氣的大眼流露出與外表不符的擔憂，她們不安地摸著兩隻被喚作小花及烏魚子的校犬的背，那憂心忡忡的模樣似乎對此有著愛莫能助的無力感，更重要的是，蹲在地上的小小身軀已經開始變得逐漸透明，而這是這所學校即將消逝的一項鐵證。

即便是以小女孩的姿態出現，那也改變不了她們身為校園守護靈的事實，古老的魂魄被藏在這般嬌小的軀殼內，或許她們所顯現出來的，是這所學校最初創立時被人們孕育出來的本心。

然而，所謂的「人心」究竟是什麼呢？

相似的磁場總會吸引來相似的人事物，既然沈凌來到了這裡，那便註定不可能相安無事度過大學四年，因為人們始終沒有發現，那些隱藏在言語之中的暴力具有多麼強大的力量。

「她」的存在便是最好的證明，一個由人性醜陋面及惡意所聚集形成的意念聚合體，終究是仰賴人類慾望而生的產物，無論「她」究竟是鬼魅還是妖異，其實都毫無分別。

那些午夜夢迴出現的哭泣聲，其實也包括自身的無能為力吧。聽著學生們彼此的交頭接耳，沈葳對音樂系館一事已了然於心，她曾試圖帶著沈凌離開、好避開那些妖異的覬覦，然而，在沈凌拒絕的那個當下，她便明白對方心裡的那個結始終還在那裡，依舊沒有解開。

而這亦是沈凌無法避開的劫數。

或許，正是因為意識到這是沈凌必須面對的課題，所以她才會特地在某個時間點來到機車棚、只為了拜託那個人保護沈凌吧。

「為什麼是我呢？」

在昏黃路燈的照射下，映入眼簾的是一身簡潔俐落的白色休閒服搭配黑色夾克外套，只見對方兩手插入低腰牛仔褲兩側的口袋，慵懶的語調與那一臉無所謂的笑容埋藏著不易察覺的警醒，沈葳知道這一切都只是表象，也深知在衣物的掩飾下，他的左手臂上其實還有一個刺青。

那是象徵著某種決絕與果斷的記號。

「長年侍奉媽祖並將其發展成當地重要信仰的魏家，一直是鄰村握有重權的望族，身為魏家下一任族長候選人的你，應該早就看出沈凌的不一樣了吧，你曾經幫助過他，所以我相信你。」

「單憑這點就對陌生人託付自己的信任，不覺得這場賭注的風險不管怎麼看都弊大於利嗎？更何況，只要妳願意，以妳的能力不也能解決？」

「這是沈凌的劫難，他有他的任務必須執行，我無從干預。」

「是真的無從干預、還是不願意出手呢？」

不同於沈凌的拘謹與不自在，對方以那看似玩世不恭的外表，緩緩道出了一句令她印象深刻的話：

「不親自出手是因為不忍心吧，因為妳明白那樣純粹的情感有多麼真摯，所以才試著想出讓兩邊周全的辦法。說到底，妳並沒有自己想像的那般狠心呀。」

是這樣嗎？既然如此，究竟要到達怎樣的程度才算是真正的狠心？所謂的善與惡真的有明確的界線可言嗎？這些問題好比深埋於土裡的種子，等時機一到，便會悄悄伸出它的芽，破土而出。

當一個地方的生氣開始寥寥無幾時，曾被視為「奇怪」的「異己」便會開始取代原本的人事物，以無聲無息的方式悄悄融入一切，而人們不見得能察覺當中的異樣，因為遊戲規則本來就是被訂立出來的，就某方面而言，這些騷動不過是回歸框架出現之前的體制而已。

或許，這就是為何當沈葳在鳴鳳樓前那棵人稱「傻瓜樹」的樹下看見那名女子時，心中那股異樣的違和感油然而生的原因。

附近的攤位並不少，大家都盡力招呼每一名駐足的學生，然而，女子右手腕上那條紫水晶手鍊卻異常閃耀，縱使凝聚智慧之光，依然掩飾不了配戴者身上的氣息。

放眼望去，僅是一眼，對方便發現了她的存在，那笑吟吟的模樣讓她想起了一個人，不同的地方在於對方的笑容始終潛藏著幾分戲謔與玩興，以自身的存在模糊了本該涇渭分明的界線。

或許，正是因為彼此都有著特殊的出身，所以才能嗅出那股異樣吧。

那個時候，身穿高中生制服的沈葳走到攤位前，在對方笑吟吟的注視下，道出一句她最想問的問題：「為什麼開啟這場遊戲？」

「因為好玩呀。」

沒有半分猶豫，沒有絲毫遲疑，彷彿一切盡在不言中，那笑嘻嘻的模樣直接說出了許多人步上由惡意鋪成的道路時內心最真實的想法。

一如這世上所有孩童進行任何行為時那源自於好奇的驅力，僅是一個看似不起眼的理由，甚至連動機也稱不上，便成為校園裡常見的一種「好玩的遊戲」，而這不就是霸凌現象中最常見的理由嗎？

所有的惡意都是以一種覺得「好玩」的心態進行散播，人們當下想到的是好不好玩、有不有趣，卻從來沒去想過參與的後果會是什麼，這些集體的共犯結構以排除異己的方式鞏固自己的圈子，也讓沉默從此不再代表中立。

說到底，人心終究還是自私的呀，既然如此，現在的她是否也有了人心？

「心即是道，道即是心，妳呢？妳的又是什麼呢？」

那一日，媽祖娘娘問了這個問題，那個時候的她還答不出來，直至收到掛號的那一刻起，她終於明白自己內心真正的答案。

收件人寫著「沈葳」兩個大字的包裹裡，放著一個精緻的小紙袋，待她打開裡頭的盒子後，映入眼簾的是一條美麗的水藍色鍊子，這不禁讓她想起那把長年伴在身邊的匕首，那是她以自身心魂凝聚而成的護身之物，也是當初她存在的唯一意義。

不一樣的是，這一次，是她自己做的決定。

如今，她找到了屬於自己的道路。

沈葳笑著，將那條水藍色鍊子繫在自己的腳踝上，走向了可能被他人視為重蹈覆轍的深淵。

「那妳呢？明明知道自己身在棋局之中，為何仍要跳下去？」

一如那名女子反過來問她的問題，沈葳給出了她的答案，即便聽起來是如此的冠冕堂皇，但她終究有了自己的私心：

「為天地立心，」

——「我叫沈祁，妳呢？」

「為生民立命，」

——「既然妳不記得自己的名字了，那我喚妳『葳』如何？」

「為往聖繼絕學，」

——「葳，沈家欠妳的，總有一天會還給妳的。」

「為萬世開太平。」

——「雖然這麼做很自私，但是假如有人能陪在妳身邊，那就不會感到孤單了吧。」

「這就是我的道。」

縱使時光倒流，我還是不後悔與妳相遇，就算知曉所有的一切都只是一場算計，我依然會奮不顧身地執意前行。

正因為是妳的孩子，所以我答應妳，我會成為妳的劍、妳的盾，守護妳最重視的那個人。

因為，是妳帶給了我那段難以忘懷的歡樂時光，即便這麼多年過去，妳仍是我這一生中為數不多的美麗風景。

（全文完）

釀冒險61　PG2534

午夜琴房的魅影

作　　者　　燈貓
責任編輯　　喬齊安
圖文排版　　黃莉珊
封面插畫　　唯莎
封面設計　　陳香穎

出版策劃　　釀出版
製作發行　　秀威資訊科技股份有限公司
　　　　　　114 台北市內湖區瑞光路76巷65號1樓
　　　　　　電話：+886-2-2796-3638　傳真：+886-2-2796-1377
　　　　　　服務信箱：service@showwe.com.tw
　　　　　　http://www.showwe.com.tw
郵政劃撥　　19563868　戶名：秀威資訊科技股份有限公司
展售門市　　國家書店【松江門市】
　　　　　　104 台北市中山區松江路209號1樓
　　　　　　電話：+886-2-2518-0207　傳真：+886-2-2518-0778
網路訂購　　秀威網路書店：https://store.showwe.tw
　　　　　　國家網路書店：https://www.govbooks.com.tw
法律顧問　　毛國樑　律師
總 經 銷　　聯合發行股份有限公司
　　　　　　231新北市新店區寶橋路235巷6弄6號4F
　　　　　　電話：+886-2-2917-8022　傳真：+886-2-2915-6275

出版日期　　2022年9月　BOD一版
定　　價　　360元

讀者回函卡

Printed in Taiwan

國家圖書館出版品預行編目

午夜琴房的魅影 / 燈貓著. -- 一版. -- 臺北市：
釀出版, 2022.09
面； 公分. -- (釀冒險；61)
BOD版
ISBN 978-986-445-710-6 (平裝)

863.57 111012417